Wesley King

DANIEL IS DIFFERENT

Wesley King

DANIEL IS DIFFERENT

Aus dem Englischen von Claudia Max

magellan

Für alle, die an Zwangsstörungen leiden.
Hoffnung findet man selten allein.

1

Es war an einem Dienstag, als mir zum ersten Mal klar wurde, dass ich verrückt war. Na ja, die Vermutung war mir schon früher gekommen, war ja unvermeidlich, aber ich hatte gehofft, es wäre nur eine Phase, so wie damals mit drei, als ich ein Feuerwehrauto sein wollte. Aber als sie an jenem schicksalhaften Oktobertag nach dem letzten Klingeln Hallo sagte, war es offiziell – ich war definitiv gaga.

Dienstag ist normalerweise mein Lieblingstag in der Woche. Es ist komisch, den Tag zu mögen, aber für mich – eine magere, exzentrische dreizehnjährige soziale Absurdität mit nur einem richtigen Freund – birgt er echte Lichtblicke.

Zum einen haben wir kein Footballtraining. Die meisten Jungs gehen vermutlich gern hin, aber als Ersatz-Kicker sitzt man die meiste Zeit bloß herum und sieht größeren, kräftigeren Jungs dabei zu, wie sie gegeneinanderknallen und sich lebenslange Gehirntraumata zuziehen. Ich weiß, die Studien darüber laufen noch, aber man braucht sich bloß ein paar Minuten mit Dale Howard zu unterhalten, um am liebsten gelbe Warnsignale auf die Helme kleben zu wollen.

Manchmal besorge ich für das Team Gatorade. Dabei stelle ich die Becher sorgfältig in akkuraten geometrischen Mustern auf, um das Trinken zu erleichtern und mögliches Verschütten zu verhindern – das ist dann aber auch das Einzige, was mir Spaß macht. Normalerweise sitze ich bloß allein auf der Bank und mache mir Gedanken, was passieren würde, wenn das Spielfeld von Aliens angegriffen würde, die radioaktive Eier in die End Zone legen. Oder wenn fleischfressende Monster, die sich ausschließlich von Footballspielern ernähren, aus dem Boden kämen und Coach Clemons jagen würden. Oder wenn wir von einem fiesen Superschurken namens Klarg angegriffen würden, aus dessen Augäpfeln Feuer schießt und der eigenartigerweise anfällig auf orangefarbenes Gatorade reagiert, das ich selbstverständlich in großen Mengen vorrätig habe. Ihr wisst schon, was ich meine.

Das Ergebnis ist immer dasselbe: Ich rette die Welt und muss nie wieder zum Footballtraining.

Ihr fragt euch vielleicht, warum ich überhaupt zum Footballtraining gehe. Das Problem ist, mein Vater, mein älterer Bruder Steve und mein bester Freund Max stehen alle total auf Football und würden wahrscheinlich nicht mehr mit mir reden, wenn ich aussteige. Ich glaube, bei Max reize ich es schon ganz schön aus, deshalb spiele ich lieber weiter. Oder sitze eben auf der Bank.

Ich mache auch noch andere Sachen beim Training, aber die sind schwerer zu erklären. Zum Beispiel zähle ich die Spieler und binde ständig meine Schuhe und stelle die Becher wieder ordentlich auf, wenn sie durcheinandergeraten sind. Ich denke, das sind ziemlich normale Reaktionen auf Langeweile, zumindest für mich. Ich habe viele solche Angewohnheiten. Warum, weiß ich nicht genau. Aber da ich den größten Teil meiner Zeit damit zubringe, sie vor anderen zu verheimlichen, kann ich ja schlecht jemanden fragen, was normal ist.

Ich heiße übrigens Daniel Leigh. Wie »Li«, nicht »Le«. Es wird häufig falsch ausgesprochen. Ich habe schon erwähnt, dass ich eine dreizehnjährige soziale Absurdität bin, und das ist auch so. Weiter fällt mir eigentlich nichts ein, was ich sonst noch über mich erzählen könnte. Ich gelte als intelligent, und früher war ich auch im Begabtenprogramm, aber dann haben sie es abgeschafft, weil es ein bisschen irritierend war, den anderen Schülern zu erklären, dass einige begabt sind und sie nicht. Außerdem scheint ihnen aufgegangen zu sein, dass wir »Begabten« unser ganzes Leben lang Außenseiter sein würden, wenn sie das Programm weiterlaufen ließen, aber das ist sowieso passiert, dumm gelaufen.

Ich weiß nicht mal, was »begabt« bedeuten soll. Ich kann mir leicht Dinge merken und lese jeden Abend Romane, aber das heißt ja nicht, dass ich klüger bin als Tom Dernt, der lieber Football spielt und superbeliebt ist. Meine Lehrer behaupten, ich habe einen sehr großen Wortschatz und meine Aufsätze seien bei Weitem besser als das, was man in meiner Altersgruppe erwarten würde, aber mein Bruder hat mir geraten, das mit den ausgefallenen Wörtern sein zu lassen, weil ich sonst nie eine Freundin abbekommen würde. Da er eine Freundin hat, befolge ich seinen Rat wohl besser. Ich meine, *halte* mich besser an seinen Rat.

Außerdem schreibe ich gern. Im Moment sitze ich gerade an einem Buch, von dem ich allerdings niemandem erzähle –

nicht einmal meinen Eltern. Ich will eigentlich nicht, dass es jemand liest, wahrscheinlich wird das ein Problem, wenn ich jemals veröffentlicht werden will. Mein Buch heißt »Der letzte Junge«. Es ist eine Abenteuergeschichte über einen Jungen namens Daniel.

Nicht gerade aussagekräftig, ich weiß. Die erste Seite habe ich schon zweiundfünfzig Mal geschrieben, aber zufrieden bin ich immer noch nicht damit.

Oh, ich lasse mich auch oft ablenken und schweife vom Thema ab. Dann rede ich über viele Dinge, die niemanden interessieren. Was soll daran intelligent sein? Kommen wir also auf Dienstag zurück.

An diesem Tag haben wir in der letzten Stunde Geografie. Es ist eines meiner Lieblingsfächer, und wir bekommen selten Hausaufgaben, weil der leidgeprüfte Mr Keats normalerweise vor uns kapituliert und sich eine Stillarbeit ausdenkt, bei der er hinter seinem Pult sitzen und Zeitung lesen kann. An diesem Tag ist auch kein Mathe – noch ein Pluspunkt, denn in Mathe bin ich echt eine Niete. Also kein Football, keine Hausaufgaben, und als Sahnehäubchen obendrauf spielen Max und ich anschließend bei mir Videospiele, bis seine Mutter irgendwann spät am Abend von der Arbeit kommt. Wie ich schon sagte, Dienstag ist der beste Tag. Na ja … normalerweise. Dieser Dienstag war nicht so toll.

Ich saß wie immer neben Max, der sich über unser bevorstehendes Spiel gegen die Whitby Wildcats am Samstagmorgen ausließ. Er ist auch im Team, aber im Gegensatz zu mir spielt er wirklich. Max ist der Tight End, was wesentlich wichtiger ist als der Ersatz-Kicker – wie ehrlich gesagt jede andere Position auf dem Feld. Max vergisst gern, dass ich überhaupt nicht auf Sport stehe, und fängt zwanzig Mal am Tag davon an, aber das ist schon in Ordnung. Wir sind seit dem Kindergarten beste Freunde, und als er in der Fünften beliebt wurde und ich nicht, hat er mich nicht fallen lassen. Genau genommen hält mich die Freundschaft mit ihm sogar im Dunstkreis der beliebten Schüler, wo ich sonst niemals wäre. Ich bin einer von denen, den die coolen Typen zwar kennen, mit dem sie aber nie reden würden. Das ist aber schon mal besser, als der Loser zu sein, der in den Spind geschubst wird, was ich ansonsten garantiert gewesen wäre.

Auf jeden Fall saßen wir an diesem schicksalhaften Tag im Geografieunterricht und er redete über Football und ich sah zu Raya rüber. Raya ist ein Mädchen, mit dem wir öfter rumhängen. Na ja. Max. Ich hänge mit Max rum, der mit Raya rumhängt. Sie ist wirklich cool, schon richtig erwachsen und viel zu hübsch, um sich um den Ersatz-Kicker der Erie Hills Elephants zu kümmern. Ja, kein toller Name für ein Footballteam. Wir ziehen vor den Spielen auch diese Party auf dem Parkplatz ab – Heckklappe auf, Getränke und Grill und so. Aber egal.

Zurück zu Raya. Ihre Klamotten sind ziemlich schräg – Strickjacken und Schals und quietschbunte Sachen, die eigentlich überhaupt nicht als cool gelten. Glaube ich zumindest. Ich trage T-Shirts und Hoodies, die meine Mutter bei Walmart kauft, insoweit bin ich nicht gerade der Modeexperte, auch wenn ich im Internet jede Menge Artikel darüber lese – für den Fall, dass Raya mal nachfragt. Ich weiß zum Beispiel, dass Männer unbedingt taillierte Hemden und Hosen mit Bügelfalten tragen sollten, wenn sie erfolgreich und für Frauen attraktiv aussehen wollen. Ich habe es eine Weile in Erwägung gezogen, aber nachdem mein Bruder angedroht hat, mich eigenhändig zu verdreschen, falls ich in Stoffhosen mit Bügelfalten in die Schule gehe, trage ich einfach weiter Hoodies. Ich weiß auch, dass einige Pariser Modemacher immer noch Elfenbein verwenden, was mich ärgert, weil Elefanten für eine Halskette getötet werden, die man ebenso gut aus Plastik hätte herstellen können. Ich mag Elefanten. Sie sind klug, mitfühlend und angeblich erinnern sie sich an alles, auch wenn ich das nicht bestätigen kann. Ich werde versuchen, beim Thema zu bleiben.

Rayas Haare sind ziemlich kurz geschnitten und hip, normalerweise sind sie rot gefärbt oder so. Aber das ist mir eigentlich ziemlich egal. Okay … ihre Augen sind wirklich schön – sie erinnern mich an heiße Schokolade mit Marshmallows, eines meiner Lieblingsgetränke. Und sie hat ein hübsches Lächeln mit einem leichten Rechtsdrall, was einen ihrer spitzen Eckzähne entblößt. Das sind einfach evolutionäre Überbleibsel unserer Vorfahren, die sie in rohes sehniges Fleisch und Muskeln schlagen mussten, aber zu Raya passen die spitzen Reißzähne perfekt.

Außerdem ist sie klug und lustig und hat beim Lächeln dieses kleine Grübchen auf der rechten Wange. Wie lange hatte ich wieder gestarrt?

»Du bist ein Spinner«, sagte Max und stupste mich am Arm.

»Was?«

Er seufzte. »Typisches Beispiel, Alien.«

Max nennt mich übrigens Alien. Ich habe diese Angewohnheit, dass meine Augen glasig werden und ich vor mich hin starre, ohne es mitzubekommen.

»Weißt du, sie ist auch nicht perfekt«, sagte Max.

Meine Schwärmerei für Raya Singh war allgemein bekannt.

»Doch, ist sie«, verteidigte ich sie.

»Ist sie nicht«, beharrte Max. »Und vor allem steht sie nicht auf dich.«

»Woher willst du das wissen?«

»Ist so ein Eindruck.«

Ich drehte mich wieder zu Raya und ließ niedergeschlagen die Schultern hängen. »Vielleicht hast du recht.«

Max beugte sich mit Verschwörermiene zu mir. »Aber das wirst du nur rauskriegen, wenn du sie fragst.«

Fast hätte ich losgelacht. Die Klasse flüsterte zwar sowieso schon herum, aber ein Lachen wäre ein bisschen zu viel gewesen und hätte ungewollt die Aufmerksamkeit auf uns gelenkt. Mr Keats schrieb irgendetwas aufs Whiteboard, was wir uns notieren sollten. Ich glaube, ein paar Leute machten es, und ich wollte eigentlich auch, aber Max meinte immer, es sei viel cooler, sich keine Notizen zu machen. Bei Tests ist das allerdings ein Nachteil, wie mir aufgefallen ist.

Max' Ratschläge waren nicht immer die besten. Er war ich in cool. Er war schlank und muskulös und hatte kurz geschnittene schwarze Haare und blaue Augen. Obwohl er sich zurückhaltend verhielt, was er möglicherweise von mir hat, standen die Mädchen auf ihn. Ich hatte schlicht und ergreifend Angst vor Mädchen. Vor allem vor Raya.

»Was soll ich sie denn fragen?«, hakte ich nach. »Raya, magst du mich?«

Er zuckte mit den Achseln. »Ja, klingt vernünftig.«

Ich sah Max fassungslos an. »Das war sarkastisch gemeint.«

»Oh. Tja. Ich an deiner Stelle würde es einfach versuchen. Was hast du zu verlieren?«

»Meine Würde, meinen Stolz und meine Selbstachtung.« Ich hielt inne. »Okay, ist angekommen.«

Ich seufzte und sah zum Whiteboard. Mr Keats hatte endlich aufgehört zu schreiben und musterte missbilligend die Klasse. Wenn ich seinen Modestil beschreiben müsste, wären es gestreifte, bis obenhin zugeknöpfte Hemden und beige Hosen mit Bügelfalten. Oh … mein Bruder hatte recht.

Ganz unten auf der Tafel stand:

Geografietest: DIESEN Freitag, 19. Oktober.
BEREITET EUCH VOR, BITTE.

Ich nahm stirnrunzelnd meinen Stift und schrieb mir das Datum auf. Zumindest fing ich damit an.

Als ich ansetzte, »19« zu schreiben, hielt mein Stift abrupt auf der Seite inne, mitten in der »1«. Und dann kamen sie. Ich nenne sie Zaps. Sie bewirken unterschiedliche Sachen, aber es gibt ein bestimmtes Schema, das folgendermaßen abläuft:

1. Schlechter Gedanke.
2. Schreckliches Gefühl oder schreckliche Empfindung, ungefähr so, als wäre man gerade von einem Dementor angegriffen worden.
3. Erkenntnis, dass man sterben oder verrückt werden oder nie wieder glücklich sein kann, wenn man nicht sofort etwas unternimmt.

Dieses Mal lief es so ab:

1. *Diese Zahl hat eine ungute Aura.*
2. Kribbeln im Nacken und die Wirbelsäule hinunter, der Magen verwandelt sich in eine steinharte Laugenbrezel und knallt auf die Schuhe. *Du wirst bis an dein Lebensende unglücklich sein und immer darüber nachgrübeln.*
3. Schreibe die Zahl nicht weiter.

Ich weiß nicht, ob das Sinn ergibt. Es ist, als ob man jemandem von einem schlechten Traum erzählt. Der andere hört zu und sagt »Oh, wie schrecklich«, aber eigentlich versteht er es nicht, und weil es nicht in der Realität passiert ist, nimmt er es sowieso nicht ernst. Das würden die Leute bei mir vermutlich auch sagen, aber für mich ist es real. Es ist so real wie nur irgendwas. Denkt an Situationen, in denen ihr euch wirklich elend gefühlt habt – zum Beispiel bei einer fiesen Grippe oder als euer Hund gestorben ist oder als ihr gerade aus dem Team ausgeschlossen wurdet, in dem ihr unbedingt sein wolltet –, und stellt euch vor, dass genau das passieren wird, wenn ihr mit neun statt zehn Schritten zum Bad geht. Dann wisst ihr, wie die Zaps funktionieren.

Es war nichts Neues. Die Zaps kamen ungefähr zehnmal am Tag – an manchen Tagen sogar öfter. Ich hatte keine Ahnung, wieso, die einzig logische Erklärung war, dass ich nicht mehr alle Tassen im Schrank hatte. Ich hatte nicht das Gefühl, verrückt zu sein, und bezweifelte auch, dass »19« auf eine bestimmte Linie in meinem Notizbuch zu schreiben, mit dem Weltuntergang enden würde. Trotzdem konnte ich das Gefühl nicht abschütteln. Ich strich die Zahl schnell durch.

»Warum hast du das gemacht?« Max sah mich neugierig an.

Ich schluckte einen Kraftausdruck herunter. Normalerweise achtete ich sehr darauf, dass niemand die Zaps mitbekam, aber ich war einen Moment unkonzentriert gewesen und hatte mich nicht vergewissert, dass Max nicht zu mir herübersah. Meine Wangen färbten sich rot.

»Es sah so hingeschmiert aus«, sagte ich lässig und wich seinem Blick aus. »Dachte, so vergesse ich den Termin.«

Max zuckte mit den Achseln und malte weiter Männchen. »Als ob du einen Test vergessen würdest.«

Der Rest des Unterrichts verlief normal und ich warf Raya noch ein paar verstohlene Blicke zu.

Kurz vor Schulschluss knisterte eine Durchsage aus der Anlage. Die ganze Klasse fuhr zusammen. Die meisten hatten in der Stillarbeitszeit entweder vor sich hin gedöst oder sich leise unterhalten. Da ich die Aufgabe schon fertig hatte (und Max von mir abgeschrieben hatte), redeten wir über Football. Vielmehr Max redete – ich hörte bloß zu und war froh, dass an diesem Abend kein Training war. Max war gerade mitten in einer Geschichte über eine neue Laufroute, die er einüben musste, als uns die barsche Stimme des Direktors unterbrach.

»Achtung, an alle Klassen. Ich habe eine kurze Durchsage für die Mittelstufe.«

Direktor Frost war nicht gerade der Inbegriff eines glücklichen Menschen. Er sah aus wie ein Höhlentroll und hatte auch den entsprechenden Charakter: mürrisch und reizbar.

Manchmal fragte ich mich, ob er überhaupt nach der Schule nach Hause ging oder einfach in seinem Büro lebte, umgeben von den Knochenhaufen von Schülern, die zu viele Verweise bekommen hatten.

Heute hörte er sich noch grimmiger an als sonst.

»Wie ihr euch vielleicht erinnert, findet in zwei Wochen die erste Tanzparty des Elternbeirates statt«, sagte er und klang, als würde die bloße Vorstellung einer Party Übelkeit bei ihm auslösen. »Der Beirat hat mich gebeten, euch daran zu erinnern, Tickets zu besorgen, bevor sie ausverkauft sind. Eure Lehrer haben Karten vorrätig. Weiterhin werde ich das Geschrei in den Gängen nach Schulschluss nicht mehr dulden. Heute Nachmittag bin ich im Haus unterwegs und verteile Verweise. Das ist alles. Ach ja, und putzt euch die Schuhe an den Matten ab!«

Damit war die Durchsage beendet. Die Klasse erwachte schlagartig wieder zum Leben, einige Mädchen sahen aufgeregt aus, ein paar von den Jungs machten Witze oder stöhnten. Der Direktor hatte die Party schon Anfang des Schuljahres angekündigt, aber vermutlich hatten es alle vergessen. Mit einem Mal ratterte mein Hirn auf Hochtouren. Mein Blick wanderte zu Raya, die natürlich völlig unberührt von der Neuigkeit wirkte und abwesend ihren Freundinnen zuhörte. War das meine Chance? Würde irgendjemand eines der Mädchen auffordern? Ich sah mich um. Es wurde auf jeden Fall viel herumgeflüstert.

»Das klingt stinklangweilig«, meinte Max.

»Finde ich auch«, sagte ich und musterte ihn, während ich auf meinem Stuhl herumrutschte. »Aber wirst du hingehen?«

Max überlegte. »Wahrscheinlich.«

Mr Keats schüttelte hinter seinem Pult den Kopf. Offenbar

wurde ihm klar, dass keiner sich mehr um die Aufgabe scherte, die er gestellt hatte. Als die Klingel schrillte, winkte er bloß mit der Hand.

»Raus mit euch«, sagte er. »Gebt das Arbeitsblatt morgen ab.«

Max und ich packten schnell unsere Sachen zusammen und verließen das Klassenzimmer. Die Gespräche um uns herum drehten sich noch immer fast ausschließlich um die Party. Taj, einer von Max' Footballkumpels, kam zu uns und klopfte Max auf die Schulter, mich übersah er geflissentlich. Das tat er oft – vermutlich, weil er fast dreißig Zentimeter größer war und mich einfach nicht sehen konnte.

»Fragst du eins der Mädchen, ob es mit dir zur Party geht?« Taj grinste.

Max lachte. »Ich glaube nicht.«

»Das macht keiner, oder?«, mischte ich mich ein.

»Warum nicht?«, fragte Taj. Er war ein großer, stämmiger Junge und der Linebacker der Mannschaft. »Ich werde es auf jeden Fall machen. Ich hab keine Lust, der Typ zu sein, der mit euch Schnarchsäcken rumhockt, während die anderen Jungs mit den Ladys zugange sind.«

»Ladys?« Ich merkte, wie sich mir der Magen umdrehte.

»Sagt man halt so«, erwiderte Taj trocken. »Maxy, du musst jemanden fragen. Wie wär's mit Clara?«

»Sie ist so eine Dramaqueen«, sagte Max.

Taj zwinkerte. »Aber eine heiße.«

Während Max und Taj lachten, sprintete ich neben den beiden her. Ein paar würden also tatsächlich Mädchen auffordern. Mädchen. Wie Raya. Das hieß, ich konnte sie theoretisch fragen, ob sie mit mir hingehen würde. Wenn ich nicht schon beim bloßen Gedanken daran das Gefühl gehabt hätte, mich übergeben zu müssen. Wem wollte ich hier eigentlich was vormachen?

Meine Gedanken waren bei der Party, und so merkte ich erst zu spät, dass ich auf die Fugen zwischen den Fliesen trat. Ich durfte nicht leichtsinnig werden. Ich verkürzte meine Schrittlänge um ein Viertel, bis meine Turnschuhe ordnungsgemäß auf der matten weißen Keramik landeten. Ich war ein Meister darin, meinen Schritt zu ändern, ohne dass es jemand mitbekam.

Ein Stück vor uns ging langsam eine Schulbegleiterin, Miss Lecky, den Gang hinunter, hinter ihr lief Sara Malvern. Sara war … anders. Sie war seit der ersten Klasse auf unserer Schule, wurde aber fast immer getrennt unterrichtet. In der ganzen Zeit hatte sie nie gesprochen. Acht Jahre und kein einziges Wort.

Ich erinnere mich noch an den Tag, als sie zum ersten Mal am regulären Unterricht teilnahm. Das war in der Fünften. Als ich ins Klassenzimmer trat, saß sie mit einer Begleiterin in der Ecke. Ihr Blick war auf die Tafel gerichtet, und sie bemerkte nicht, dass wir hereinkamen.

»Und jetzt begrüßt alle Sara«, forderte uns meine Lehrerin, Mrs Roberts, vor Unterrichtsbeginn auf.

Das taten wir, aber Sara lächelte nicht mal.

»Vielen Dank«, sagte ihre Begleiterin.

Sara sagte natürlich wochenlang gar nichts. Ich bekam mit, dass ihre Schulbegleiterin mit ihr redete, doch das war alles. Sie saß einfach bloß da und antwortete nie.

Im November gab sie schließlich ein Geräusch von sich. Aber sie redete nicht. Sie brüllte.

Sie sah merkwürdig aus an diesem Tag; nervös und verschwitzt und unruhig. Normalerweise war sie nicht unruhig. Ich saß in ihrer Nähe, so bekam ich alles mit. Ihre Begleiterin versuchte, sie zu beruhigen, aber das schien es bloß noch schlimmer zu machen. Schließlich sah ich, wie die Begleiterin sie am Arm anfasste. Sara kreischte. Die ganze Klasse zuckte zusammen und Mrs Saunders ließ die Kreide fallen. Sara riss ihre Hand weg, stieß den Tisch um und rannte auf den Gang.

Danach sah ich sie nie wieder im regulären Unterricht.

Ich war nicht sicher, ob sie sprechen konnte oder ob sie eine Lernstörung hatte oder so. Ich konnte mir überhaupt nicht vorstellen, was mit ihr nicht stimmte. Ihre großen grünen Augen waren immer trüb und glasig, als würde sie auf irgendetwas in der Ferne blicken. Sie schaute niemanden an und schien auch nicht mitzubekommen, wo sie war. Sie brachte ihren Tag wie ein Zombie hinter sich, in Gedanken war sie ganz woanders. Sie trug immer ein Armband mit kleinen Glücksbringern, die beim Laufen klimperten, ich konnte jedoch nicht erkennen, was sie darstellten.

Die anderen nannten sie Psycho-Sara, bis auf dieses eine Mal hatte ich sie jedoch nie etwas Verrücktes tun sehen. Sie wirkte bloß verstört. Ich konnte mit ihr mitfühlen. Manchmal war ich selbst ziemlich verstört.

Als ich mit Max und Taj an Sara vorbeilief, passierte etwas Merkwürdiges.

Sie drehte sich zu mir, ihre trüben Augen wirkten plötzlich klar und scharf.

»Hallo, Daniel«, sagte sie.

2

Ich war so verdattert, dass ich nicht mal dazu kam, ihr zu antworten. Sara schlurfte einfach weiter den Gang hinunter, ich drehte mich um und sah ihr hinterher. Max und Taj neben mir liefen langsamer. Max sah mich ungläubig an.

»Hat Psycho-Sara gerade mit dir geredet?«, flüsterte er.

Ich beobachtete, wie ihr schwarzer Pferdeschwanz davonwippte. »Scheint so.«

Acht Jahre. Und sie hatte einfach Hallo gesagt, als wären wir die allerbesten Freunde.

»Das ist krass«, sagte Taj und ging weiter. »Vielleicht möchte sie von dir zur Party eingeladen werden.«

Max brach in Gelächter aus und schubste mich zu den Eingangstüren. »Lass uns abhauen. Du kannst sie morgen noch fragen, ob sie mit dir zur Party gehen will.«

Ich lachte bloß verlegen und folgte ihm nach draußen, doch meine Haut kribbelte noch überall glühend heiß. Es war schon merkwürdig genug, dass sie mit mir geredet hatte. Ich hatte nicht angenommen, dass sie überhaupt sprechen konnte.

Das seltsame Gefühl, das mich überkommen hatte, als sie

mich ansah, war allerdings noch schlimmer. Es kam mir vor, als wäre sie der einzige Mensch, der mich jemals *richtig* angesehen hatte. Aber das war absurd. Es ergab keinen Sinn.

Max und ich traten in die kühle Herbstluft hinaus, und ich versuchte, Sara Malvern zu vergessen.

Wie gesagt, ich arbeite gerade an einem Buch. Ich schreibe mittlerweile seit fast einem Jahr daran, und einmal habe ich es sogar bis zur zwanzigsten Seite geschafft, bevor ich wieder alles gelöscht habe. Es soll ein Meisterwerk werden, aber so fühlt es sich nicht an.

Zu schreiben gibt mir ein gutes Gefühl. Es ist so ungefähr die einzige Zeit, in der keine Zaps über mich kommen. Ich weiß nicht, ob es daran liegt, dass mein Hirn zu beschäftigt ist, oder weil ich meine eigene Welt erschaffe, in der es keine Verrückten gibt. Manchmal ist es für mich die einzige Pause am Tag, und vielleicht bewahrt mich das Schreiben davor, endgültig durchzudrehen.

Im Großen und Ganzen handelt das Buch von einem Jungen namens Daniel, der aus Versehen die gesamte Menschheit ausgerottet hat und einen Weg finden muss, sie zurückzuholen, bevor der Prozess nicht mehr rückgängig zu machen ist. Sein Tag beginnt folgendermaßen:

> Als Daniel aufwachte, schimmerte wie jeden Tag das samtige Morgenlicht durch die marineblauen Vorhänge. Es lag jedoch eine schwere Stille in der Luft, die ihn beunruhigte … ein Schweigen, das tiefer

und unheilvoller schien als sonst. Er zog schnell eine abgetragene Jeans und einen Hoodie an und eilte auf den Flur, wo er sich neugierig umblickte.
„Hallo?“, rief er. Seine Stimme flatterte wie eine aufgescheuchte Fledermaus durchs Haus.
Daniel rannte die Treppe hinunter, doch in der Küche war niemand. Es war halb neun Uhr morgens. Seine Familie hätte in der Küche sitzen sollen: seine Mutter, sein Bruder und seine Schwester. Er versuchte es mit dem Fernseher. Dem Radio. Aber es kam nur ein Rauschen.
Verzweifelt rannte Daniel auf die Straße, Angst ließ seinen Magen zusammenkrampfen.
Die Straßen waren ruhig. Die Häuser wachsam. In der Oktoberbrise waren weder Autos noch Fußgänger oder irgendwelche anderen Geräusche zu vernehmen. Als er langsam in die Mitte der Straße ging, kam ihm die schreckliche, schuldbewusste Erkenntnis. Das war sein Werk. Er hatte alle getötet.
Aus dem Augenwinkel erhaschte er einen Blick auf den Mond, der noch immer zögerte, an der Erde vorüberzuziehen. Er erstarrte und konnte den Blick nicht von dem lumineszierenden Himmelskörper lösen. Seine Beine gaben nach und er wankte.
Der Mond hatte sich seit letzter Nacht verändert. Es schien unmöglich, aber so war es.
Ein Stück von ihm fehlte.

Ich hatte vor, mit der Action zu beginnen und dann in Rückblenden zu erzählen, aber ich bin unschlüssig. Also verfolge ich den neuen Plan, das Buch einfach runterzuschreiben und bis zum Ende kein einziges Wort daran zu ändern. Anders werde ich nie fertig.

Ich weiß nicht mal, warum ich es überhaupt schreibe, schließlich habe ich meine Geschichte noch nie jemandem gezeigt und habe auch nicht vor, es jemals zu tun. Wie gesagt, zu schreiben ist etwas, was ich nur für mich tue.

Mir blieb nicht viel Zeit, um über Sara Malvern nachzudenken. Nach der Schule spielten Max und ich bei mir zu Hause drei Stunden lang »Call of Duty« und verputzten zwei Tüten Kartoffelchips auf den großen braunen Sofas im Wohnzimmer. Meine Mutter schimpfte mich zweimal wegen der Chipskrümel auf den Kissen aus. Es war einfach ein typischer Dienstag. Ich hatte bloß einen Zap, dieses Mal mit dem Lichtschalter im Bad. Lichtschalter machen mich echt fertig – keine Ahnung, warum.

Trotz der zwei Tüten Chips beschloss Max, zum Abendessen zu bleiben. Meine Mutter hatte Chickenwings gemacht, und weil sie an Max einen Narren gefressen hat, bestand sie immer darauf, dass er mitaß. Sein Vater ist vor ein paar Jahren abgehauen, und seine Mutter arbeitet bis spätabends, deshalb bekommt Max selten ein richtiges Abendessen. Er freut sich immer, bei uns zu sein. Max gehört zu den Kindern, die Eltern gegenüber völlig unbefangen sind. Er hat eine Begabung für gepflegte Unterhaltungen.

Mein Bruder und meine Schwester waren ebenfalls zum Abendessen da, nur mein Vater kam immer erst spät von der Arbeit nach Hause und aß deshalb einfach bei der Sportschau die mit Alufolie abgedeckten Reste.

»Wie war dein Tag?«, fragte meine Mutter Max und tat meiner Schwester Salat auf.

Wir saßen um den Eichentisch. Weil Max so oft bei uns war, gab es sechs Plätze. Das Holz hatte Tausende von Kratzern und Flecken und Schrammen, aber wir haben ihn von meiner Großmutter geerbt, und meine Mutter hing an ihm. Damit man all die Schäden nicht sah, deckte sie ihn mit besonders großen Sets und Tafelaufsätzen.

Max legte seinen Hühnerflügel auf den Teller. »Ziemlich gut. Die Schulparty wurde noch mal angekündigt.«

»Öde«, sagte Steve.

Er fand alles öde. Steve war sechzehn und viel zu cool für alle anderen – vor allem für mich. Er spielte Football und hatte eine Cheerleader-Freundin und trug so ziemlich rund um die Uhr Basecaps. Wir hatten wenig Ähnlichkeit miteinander. Ich war mager und hatte blaue Augen, Sommersprossen und Haare, die im Lauf des Jahres von Blond zu Braun wechselten. Steve war muskulös und sportlich und seine kurzen dunklen Haare passten zu seinem grimmigen Blick. Wir redeten nicht oft miteinander. Ich hätte mich gern mit ihm unterhalten, aber er wirkte nicht übermäßig interessiert.

»Eine Party ist nie öde«, sagte meine Mutter und wandte sich zu mir. »Wirst du hingehen?«

Ich zuckte mit den Achseln. »Vielleicht.«

»Solltest du aber«, meinte sie. »Max, sorg dafür, dass er geht.«

»Mach ich, Mrs Leigh.« Max zwinkerte mir zu. »Vielleicht nimmt er sogar ein Mädchen mit.«

Ich warf ihm einen finsteren Blick zu, aber meine Mutter riss erfreut die Augen auf.

»Wirklich?«, fragte meine Mutter. »Wen denn?«

»Niemand«, brummte ich. Ich merkte, wie meine Wangen zu glühen anfingen.

Meine kleine Schwester, Emma, kicherte. Sie war so ungefähr in jedem Punkt das exakte Gegenteil von Steve. Emma war neun, superschüchtern und am allerglücklichsten, wenn sie in ihrem Zimmer lesen konnte. Wir verstanden uns richtig gut. Früher holte sie mich jeden Abend, damit ich mich an ihr Bett setzte und ihr vorlas, und auch jetzt lasen wir noch oft gemeinsam.

Steve schnaubte und schlang einen Hühnerflügel hinunter. »Alien kriegt doch sowieso kein Mädchen dazu, mit ihm auszugehen.«

Mein älterer Bruder nannte mich ebenfalls Alien. Außerdem Übernerd. Dumpfbacke. Weichei. Schnarchsack. Eigentlich so ziemlich alles außer »Daniel«.

»Das ist nicht nett«, wies ihn meine Mutter zurecht. »Die Mädchen können froh sein, wenn Daniel sie fragt.«

Ich seufzte. »Danke, Mom.«

»Er ist in eines der beliebtesten Mädchen verknallt«, sagte Max. »Ich habe vorgeschlagen, dass er sich eine andere aussucht.«

Meine Mutter wirkte plötzlich ziemlich besorgt. »Wie beliebt?«

»Macht das einen Unterschied?«, fragte ich beleidigt.

Sie zögerte. »Es ist nur so, beliebte Mädchen können ziemlich gemein sein. Ich möchte nicht, dass du verletzt wirst.«

Max lachte, lehnte sich zurück und rieb sich leicht über den Bauch. »Er kriegt das schon hin. Vielen Dank noch mal, Mrs Leigh. Das war wirklich lecker. Aber ich sollte jetzt wahrscheinlich trotzdem lieber gehen. Was ich gegessen habe, reicht für den Rest der Woche.«

»Soll ich dich heimfahren?«, fragte sie und schob schon ihren Stuhl zurück.

»Nein«, antwortete er. »Ich lauf das mal lieber ab. Wir haben Samstag ein Spiel und ich will in Form sein.«

Ich brachte Max raus, und als er die Eingangstür öffnete, sah er mich mit einem schiefen Grinsen an. Dieses Grinsen setzte er oft ein, wenn er wusste, dass jemand wütend auf ihn war. Normalerweise funktionierte es, aber ich war immer noch ein bisschen sauer.

»Bis morgen, Alien«, sagte er und hob lässig die Hand zum Gruß.

»Das hättest du dir sparen können.«

Er verpasste mir mit seiner kräftigen Rechten einen Klaps auf den Arm und lief die Verandatreppe hinunter. »Ich weiß.« Er blieb stehen, drehte sich um und setzte noch einmal das schiefe Grinsen auf. »Übrigens, ich glaube auch, dass die Mädchen froh sein können, wenn du sie fragst.«

»Halt die Klappe.«

Max begann zu lachen und eilte, die Hände in den Jeanstaschen, die Straße hinunter. Ich schloss mit finsterer Miene die Tür. Mom würde bei der erstbesten Gelegenheit wegen Raya nachhaken, so viel war klar. Als ich die Treppe hochging, um

Fragen aus dem Weg zu gehen, hörte ich sie in der Küche mit Steve streiten.

»Ich bin sechzehn!«, brüllte Steve und schlug mit der Faust gegen die Wand.

»Wenn du die Wand beschädigst, bezahlst du das!«, kreischte meine Mutter zurück. »Und ganz richtig, du bist sechzehn. Es ist unter der Woche und du wirst um zehn zu Hause sein!«

»Das ist unfair!«

Sie zankten sich fast jeden Abend. Emma schloss schon ihre Tür. Ich ging in mein Zimmer, klappte meinen Laptop auf und checkte meinen Facebook-Account. Keine Nachrichten.

Ich konnte nicht widerstehen und klickte Rayas Seite an. Im Gegensatz zu allen anderen beliebten Mädchen zog sie auf ihren Selfies keine Schnute, sondern lächelte auf ihrem Profilbild. Ich konnte sie nie im Leben fragen, ob sie mit mir zur Party gehen würde. Sie würde ablehnen und dann war es aus und vorbei mit meinen Träumereien.

Ich lehnte mich zurück und sah mich in meinem Zimmer um. Es wurde nie richtig fertig. An einer Wand standen Bücherregale und Actionfiguren, an den anderen hingen Band- und Filmposter, außerdem eines von Tom Brady. Das hatte mir mein Vater geschenkt, als ich ins Footballteam aufgenommen wurde. Mein Schreibtisch stand unter dem staubigen Fenster zur Straße und war ständig mit Zetteln und Zeichnungen und Büchern zugemüllt. Ich wollte gerade auf meine Facebook-Seite gehen, als die Zaps zuschlugen. Ich ging zurück und klickte noch mal. Es fühlte sich immer noch nicht richtig an. Nach zehn Klicks spürte ich schon die Schweißperlen auf meiner Stirn und schloss den Browser. Ich wollte unbedingt noch mal zurück und es erneut mit Anklicken versuchen, aber ich wusste, dass ich damit etwas anstoßen würde, das möglicherweise Stunden dauern würde. Ich musste schreiben. Jetzt gleich.

> Daniel starrte den Mond fassungslos an. Er sah aus wie ein Vanilleplätzchen, von dem jemand den unteren rechten Teil abgebissen hatte. Der Mond starrte zurück, er schimmerte schwach im Tageslicht.
>
> Daniel gingen tausend Gedanken durch den Kopf. Aber nur einer war wichtig. Das Gerät war funktionstüchtig gewesen. Er hätte es nie für möglich gehalten, wie es dort ganz hinten und völlig zugestaubt auf dem Dachboden gestanden hatte. Aber es gab keine andere Erklärung. Er hatte es angeschaltet und damit etwas Schreckliches in Gang gebracht.
>
> Als er entsetzt den Himmel anstarrte, fiel ihm noch etwas anderes ins Auge. Eine schnelle Bewegung. Daniel drehte sich gerade rechtzeitig, um etwas zwischen zwei Häuser schlüpfen zu sehen. Etwas Großes.

An meiner Tür war ein vorsichtiges Klopfen zu hören, dann eine noch leisere Stimme. »Dan?«

»Komm rein.«

Emma trat ins Zimmer, unter ihrem Arm klemmte ein Buch. Sie spähte unter der blonden Haarsträhne hervor, die ihr ins Gesicht hing.

»Was machst du gerade?«, fragte sie neugierig und schielte auf meinen Laptop.

»Nichts«, sagte ich und klappte ihn zu, bevor sie etwas lesen konnte. Schon die wenigen Sätze hatten mich ruhiger gemacht. Ich hatte jedenfalls nicht mehr das Gefühl, den Link anklicken zu müssen. »Was ist denn?«

Sie setzte sich aufs Bett und zuckte mit den Achseln. »Hast du Lust, dass wir ein bisschen lesen?«

»Gern.«

Wir legten uns beide auf den Boden und starrten den Deckenputz an. Das taten wir oft.

»Was siehst du?«, fragte sie leise. Manchmal dachten wir uns in dem Putz ganze Geschichten aus. Emmas Haare verteilten sich wie Sand über den Teppich.

Ich konzentrierte mich vor allem auf einen Punkt. »Einen Vogel. Vielleicht ein Adler. Eroth, der König der Adler, der über die Ebene von Alog gleitet. Ich glaube, er bereitet sich auf einen Kampf vor. Kobolde marschieren auf das Königreich zu. Und du?«

»Ein Gesicht. Es sieht wie ein Mädchen aus. Hübsch, aber kalte Augen. Vielleicht eine Prinzessin … nein … eine Bogenschützin. San'aa, die Tochter eines gestürzten Königs und die berühmteste Bogenschützin von Arador. Sie trifft aus hundert Metern Entfernung ins Schwarze.«

Emma sah zu mir herüber und lächelte verschmitzt, ihre braunen Augen funkelten.

»Fragst du wirklich ein Mädchen, ob es mit dir ausgehen will?«

»Wahrscheinlich nicht.«

»Du warst irgendwie anders beim Abendessen.«

»Wie denn?«

Emma schien zu überlegen. »Ich weiß nicht. Irgendwie … abwesend. Noch mehr als sonst.«

Mir fiel sofort wieder Sara Malvern ein. Ein Kribbeln lief über meinen Rücken und dann bis in meine Socken.

»Vermutlich bin ich einfach müde«, erwiderte ich und hoffte, sie würde die Angst in meiner Stimme nicht heraushören.

Emma schlug ihr Buch auf und begann zu lesen. »Das nehme ich dir nicht ab.«

»Ist ja nichts Neues.«

Wir lasen, bis meine Mutter hereinkam und Emma ins Bett schickte. Wir standen beide auf und streckten unsere müden Glieder. Emma sagte mir Gute Nacht und schlurfte durch meine Tür. Ich beobachtete, wie ihr Schatten um die Ecke bog und im Flurlicht verschwand. Ich war wieder allein.

Ich beschloss, noch eine Weile zu schreiben. Als ich meinen Laptop aufklappte, bemerkte ich einen Zettel, der aus einem meiner Rucksackfächer ragte. Stirnrunzelnd zog ich ihn heraus. Darauf war mit fleckiger schwarzer Tinte eine Nachricht gekritzelt.

Ich brauche deine Hilfe.
Ein anderes Sternenkind.

3

Nachdem ich den Zettel mehrmals gelesen hatte, faltete ich ihn mit zitternden Händen zusammen. Ich hatte keine Ahnung, was ein Sternenkind war oder warum irgendjemand meine Hilfe wollen sollte. Der Absender musste den Zettel in einem unbeobachteten Moment in meinen Rucksack geschoben haben.

Aber wer?

Ich beschloss, zuerst »Sternenkind« zu recherchieren. Vielleicht würde mir das einige Anhaltspunkte geben. Meine erste Suche ergab Folgendes:

»Als Sternenkinder werden laut eines pseudowissenschaftlichen Konzepts Kinder mit angeblich besonderen, ungewöhnlichen und manchmal auch übernatürlichen Eigenschaften oder Fähigkeiten bezeichnet.«

Ich las mir die ersten Artikel durch. Für mich klang es wie irgendwelches Verschwörungstheoriezeugs. Außerirdische DNS, telepathische Kräfte und eine Menge Eltern, die ihre Kinder für Sternenkinder hielten, weil sie sich danebenbenahmen.

In dieser Nacht blieb ich lange auf und suchte auf Facebook nach möglichen Hinweisen auf die Identität des Nachrichtenschreibers. Aber da niemand irgendetwas über Sternenkinder auf seiner Seite hatte, gab ich irgendwann auf und fing an, mich bettfertig zu machen.

Um halb eins begann ich mit dem Programm. Das ist etwas, was ich jede Nacht tun muss. Ich werde es später erklären. Um vier Uhr morgens schlief ich ein.

Als ich am nächsten Tag auf den Schulhof kam, stand Max mit den anderen coolen Leuten zusammen. Morgens redeten sie einfach, aber in den Pausen spielten sie Basketball oder Touch, und dann musste ich natürlich mitspielen, obwohl ich bei Basketball noch schlechter war als bei Football. Max warf mir manchmal einen Pass zu, aber ich gab ihn normalerweise so schnell wie möglich ab und warf nur, wenn ich wirklich direkt unter dem Korb stand. Die anderen Jungs waren genervt von mir, aber Max zuliebe ließen sie mich mitmachen. Wäre er nicht gewesen, hätte ich vermutlich mit Emma in der Ecke gelesen, was mir im Prinzip egal gewesen wäre, außer dass ich dann noch weniger Gelegenheit gehabt hätte, mit Raya zu reden.

Wie es der Zufall wollte, stand Raya heute bei den Coolen, allerdings schrillte genau in dem Moment, als ich bei ihnen ankam, die Glocke. Sie lächelte mich sogar ein wenig an, aber das war alles.

»Bist du bereit für das große Spiel am Samstag?«, fragte mich Max auf dem Weg zum Unterricht.

Ich seufzte. »Zum letzten Mal, ich tue doch überhaupt nichts.«

»Wenn der Kicker verletzt wird, brauchen wir dich«, antwortete er ernst.

»Wie oft wird ein Kicker verletzt?«

Max überlegte. »Selten. Aber trotzdem. Und hey … fragst du sie heute?«

Ich schnaubte und holte meine Bücher heraus. »Natürlich nicht.«

»Wenn du dich nicht beeilst, fragt sie ein anderer.«

Ich überlegte kurz, aber dann schüttelte ich den Kopf. »Das kann ich nicht machen.«

»Du bist ein Schisser.«

»Stimmt.«

Ich dachte immer noch über Raya nach, als Mr Keats mit seiner Leierstimme sagte: »Bitte die Mathebücher herausnehmen.« Er sah aus, als würde er sich wünschen, er hätte an diesem Tag länger geschlafen.

Ich seufzte. Da waren wir schon zwei.

Es gibt einen entscheidenden Punkt, weshalb ich Mathe nicht mag: die Zahlen.

Wir lösten ein paar einfache Gleichungen, die ich aber immer wieder ändern musste. Aus einer Vier machte ich eine Einundvierzig. Aus einer Neun eine Einundneunzig. Die Sechs schrieb ich erst gar nicht. Jedes Mal, wenn ich eine schlechte Zahl sah, kam ein Zap. So ein magengrummelndes Tu-was-dagegen-Gefühl. Als würde mir jemand in den Bauch boxen.

Ich versuchte, mein Gekritzel vor Max zu verstecken, aber er bekam es mit.

»Das sehe ja sogar ich, dass das nicht stimmt«, sagte er und deutete auf eine Lösung. »Streich die Null durch, du Trottel.«

»Ach, richtig«, murmelte ich. Aber ich änderte nichts.

Nach der Hälfte der Stunde bekam ich Schweißausbrüche, meine Haut war heiß und gerötet und kribbelig. Ich änderte so viele Zahlen, dass es wie ein Geheimcode aussah. Mit der Neun hatte ich an diesem Tag ein echtes Problem. Jedes Mal, wenn ich eine schrieb, erwartete ich, dass etwas Schreckliches passieren würde.

Ich weiß nicht, wann es anfing oder warum, aber manche Zahlen sind gut und manche nicht.

Hier ist meine Liste:

1 = okay
2 = meistens okay
3 = schlecht, wenn kombiniert mit einer anderen
Drei, einer Vier, Fünf oder Sechs
4 = schlecht
5 = okay
6 = schlecht
7 = meistens schlecht
8 = immer schlecht
9 = schlecht
10 = gut

Wie ihr euch vorstellen könnt, wird es bei den zweistelligen Zahlen kompliziert.

Das klingt vielleicht verwirrend, und vermutlich liegt es daran, dass ich verrückt bin, aber die Zahlen haben Einfluss auf meine Stimmung, das lässt sich einfach nicht leugnen. Wenn ich etwas vier Mal tue, bekomme ich Gänsehaut, und mein Magen schmerzt, und ich kriege keine Luft. Fünf Mal und alles ist gut. Die Zahlen bestimmen, wie oft ich etwas tue, aber ich mag es nicht, Zahlen aufzuschreiben oder auszusprechen. Ich weiß … total bescheuert.

Aber wie könnte ich Gefühle infrage stellen?

Ich habe keine Ahnung, was die Zaps auslöst, wirklich. Normalerweise ist es einfach ein Gefühl oder ein Gedanke, der aus dem Nichts auftaucht und sich auf mein Hirn stürzt und alles kalt und dunkel und hoffnungslos macht. So ein Zap kann jederzeit kommen, zum Glück passiert es jedoch meistens nachts und wenn ich allein bin. Zu solchen Zeiten kennen die Zaps keine Gnade.

»Ich hasse Mathe«, brummte ich.

»Jaa«, sagte Max. »Und ich hasse es, dass du eine Niete in Mathe bist. Meine Noten sind unterirdisch.« Er sah mich fragend an. »Alles in Ordnung mit dir?«

Ich wischte mir die Stirn ab und zwang mich zu lächeln. »Alles gut. Bloß ein bisschen warm hier drin, findest du nicht?«

»Nein.«

»Hm. Vielleicht bin ich ja krank.«

Max legte mir die Hand auf die Stirn. »Ja. Halt mal deinen Kopf unter Wasser. Du siehst aus, als hätte Raya dich gerade am Arm berührt oder so.«

»Danke«, brummte ich. »Darf ich bitte auf die Toilette?«, fragte ich Mr Keats.

Ich eilte den Gang hinunter, wischte mir die feuchte Stirn und fragte mich, was mit mir los war. Das war manchmal nachts passiert, aber noch nie in der Schule. Meine Arme und Beine kribbelten, als stünden sie in Flammen, dann waren sie wieder taub und schwach. Ich überlegte sogar, ob ich kurz davor war, ohnmächtig zu werden.

Würde ich gleich sterben?

Ich konnte nicht mehr atmen. Der Gang begann, sich zu drehen.

Ich hatte es fast zur Toilette geschafft, als Sara Malvern aus dem Mädchenklo kam. Miss Lecky wartete auf dem Gang auf sie und schrieb gerade eine Nachricht auf ihrem Telefon. Sara wandte sich sofort zu mir und lächelte.

»Hallo, Daniel.«

Ich rang mir ein Lächeln ab.

»Hi«, brachte ich heraus und versuchte, in die Toilette zu huschen.

Sie stellte sich vor mich.

»Spritz dir ein bisschen Wasser ins Gesicht«, sagte sie ruhig. »Das geht vorbei.«

Miss Lecky beobachtete uns.

»Okay«, antwortete ich.

Ihre Augen hatten wieder diesen Blick … sie wusste genau, wer ich war und was ich sah. Aber das konnte nicht sein. Wir hatten bis gestern nie ein Wort miteinander gewechselt. Wir hatten nicht mal Blickkontakt gehabt.

Wer war dieses Mädchen?

Ich flitzte ins Jungsklo und spritzte mir eiskaltes Wasser auf die Wangen, dann starrte ich in den Spiegel und fragte mich, was gerade mit dem käsigen Jungen passierte, der mich ansah.

In der letzten Stunde wurde es besser. Viel besser. Mr Keats gab uns ein Projekt zum Thema Stadtverwaltung auf, das wir in Vierergruppen bearbeiten sollten. Ich schaute Hilfe suchend zu Max, damit er uns zwei Partner klarmachte, bevor die krampfige Sucherei losging. Sofort wurde geredet und Köpfe drehten sich, aber Mr Keats war schneller.

»Ich habe schon Gruppen eingeteilt«, sagte er, »ihr braucht also nichts zu tun. Manchmal habe ich den Eindruck, als würde bei Gruppen einer die ganze Arbeit machen, vielleicht ist es deshalb gerechter, wir mischen das ein bisschen auf.«

Er sah mir direkt ins Gesicht. Er würde mich nie in dieselbe Gruppe wie Max einteilen.

»Max, Clara, Brent und Miguel«, begann er. »Ihr könnt euch dahinten in die Ecke setzen.«

»Super«, brummte Max und spähte zu Clara, die ihn anlächelte.

Ich verdrehte die Augen. »Mein Beileid.«

Die Gruppen wurden schnell vorgelesen und bald fiel mir auf, dass weder mein noch Rayas Name aufgerufen worden war. In mir stieg eine Mischung aus Hoffnung und Panik auf und eine Minute später folgte die Bestätigung.

»Raya, Lisa, Daniel und Tom. Ihr könnt euch zu Daniel an den Tisch setzen.«

Als Raya sich neben mich fallen ließ und ihren Notizblock aufschlug, hatte ich vermutlich diesen Blick, den Rehe haben, wenn sie in Scheinwerfer blicken.

»Hey, Dan«, sagte sie freundlich.

Ich schob die Arme unter den Tisch, damit sie die Gänsehaut darauf nicht sah. »Hey«, brachte ich heraus.

Lisa und Tom kamen zu uns. Lisa war ein superstilles Mädchen, Tom ein Footballheini, daher sahen sie sich bloß stumm und verlegen an. Es würde eindeutig an Raya hängen bleiben, das Projekt zum Laufen zu bringen.

»Hat jemand Einwände gegen den Stadtrat?«, fragte sie. »Ich schätze, so könnten wir zu unserem Zitat kommen – meine Mutter kennt jemanden dort.«

»Klingt gut«, erwiderte ich sofort.

»Von mir aus«, brummte Tom.

»Okay«, sagte Lisa und lief rot an, als könne sie nicht glauben, dass sie gerade etwas in Toms Gegenwart gesagt hatte.

Das konnte lustig werden.

Und das war es wirklich. Wir legten fest, wie wir vorgehen wollten, und teilten jedem eine Hausaufgabe zu, und Raya lachte zweimal. Sie hat superweiße Zähne. Ich musste meine unbedingt putzen.

Kurz vor dem Klingeln ging Tom zu Taj, und Lisa huschte, nachdem sie Raya und mich verlegen angelächelt hatte, wie eine Maus an ihren Tisch zurück.

Raya schüttelte den Kopf. »Sie wird ihre Aufgabe erledigen, aber Toms können wahrscheinlich wir machen.«

»Ja«, sagte ich. »Ich kann das übernehmen.«

Sie lachte. »Klar! Du machst ja auch schon für Max die Arbeit.«

Ich öffnete den Mund, um ihr zu widersprechen, aber dann überlegte ich es mir anders. »Ja.«

»Warum?«, fragte sie.

»Er ist mein Freund.« Ich zuckte mit den Achseln. »Es macht mir nichts aus.«

»Du solltest ihm sagen, dass er sich selbst kümmern muss«, meinte sie. »Er ist schlauer, als er vorgibt. Ich glaube, er will bloß ein doofer Sportdepp sein, weil Taj und Tom es sind. Er sollte sich mehr an dir orientieren.«

Ich lachte. »Witzig.«

Sie zog eine Augenbraue hoch. »Was? Das meine ich ernst.«

»Max will nicht sein wie ich«, sagte ich, immer noch platt, weil ich ein richtiges Gespräch mit Raya Singh führte. »Er ist ein superguter Footballspieler und einer der beliebtesten Jungen an der Schule. Und ich bin … ich.«

»Und was ist dein Problem?«

»Ich bin der Ersatz-Kicker.«

Raya sah mich an. »Pfft. Ich habe nicht gefragt, in welcher Position du spielst. Warum müsst ihr Jungs immer Football und Ansehen gleichsetzen? Von mir aus könntest du auch Ersatz-Wasserholer sein.«

»Bin ich sogar fast.«

Raya lachte. »Logisch. Trotzdem bist du intelligent, lustig und richtig nett. Ich finde, das zählt wesentlich mehr, als Ersatz-Kicker zu sein, oder?«

Ich träumte schon wieder. Anders konnte ich es mir nicht erklären.

»Vermutlich«, sagte ich kleinlaut. »Und danke.«

»Keine Ursache. Es sei denn, du vermasselst dieses Projekt, dann trete ich dir in den Hintern.«

»Geht klar.«

Als die Klingel schrillte, wünschte ich mir zum ersten Mal, sie wäre kaputt. Raya eilte davon, und ich gab mir Mühe, ihr nicht von meinem Stuhl hinterherzuschweben. Mein ganzer

Körper kribbelte, aber es war nicht dieses Angstgefühl. Eher ein warmes Glimmen, als wäre ich draußen in der Sonne. Als Max zurückkam, lächelte ich so breit, dass er bloß loslachte.

»Wie glücklich bist du gerade auf der Skala von eins zu zehn?«

»Elf.«

»Dachte ich mir schon. Aber jetzt wisch dir dieses Grinsen vom Gesicht und hol deine Stollenschuhe. Wir haben Training.«

Das Lächeln war blitzschnell verschwunden. »Ändere es auf zwei.«

»Das soll eine Liegestütze sein?«, brüllte mich Coach Clemons an.

Ich schummelte wieder mit den Knien. Ich konnte nicht anders. Ich schaffte keine zwanzig Liegestützen.

»Eine Art Liegestütze«, sagte ich hoffnungsvoll.

»Heb die Knie, Leigh!«, tobte er, dass in alle Richtungen Spucke flog.

Ich tat wie geheißen und klatschte bäuchlings ins Gras. Er stapfte mit einem tiefen Seufzer davon.

»Und jetzt werden ein paar Runden gelaufen!«

Wir rannten eine Weile, was mir nichts weiter ausmachte, weil es ein kühler Tag war. Da ich die meiste Zeit herumsitze, kann es kalt werden in der Footballausrüstung.

»Okay, Kevin«, sagte Coach Clemons, als wir zurückkamen. »Jetzt üben wir ein paar Field Goals.«

Kevin war der Starting Kicker. Er war fast so footballfanatisch wie Max. Ich trabte mit ihnen aufs Feld, denn obwohl ich nicht offiziell dabei bin, muss ich leider trotzdem Field Goals kicken.

Ich schaffte es weder von der Dreißig- noch der Fünfundzwanzig-Yard-Linie. Coach Clemons biss sich bloß auf die Lippe.

»Schenk was zu trinken ein, Leigh«, sagte er irgendwann.

»Endlich«, brummte ich und sah zu, wie Max einhändig einen Pass fing.

»Gut gemacht, Max!«, rief Coach Clemons.

Ich fing an, die Becher mit Gatorade zurechtzustellen, und beobachtete, wie Max weiter seine Routen rannte. Man hätte annehmen sollen, dass mich das neidisch machte, aber so war es nicht. Ich meine, es wäre ganz nett gewesen, wenn ich ein bisschen von seinem Footballtalent gehabt hätte, seine Größe oder sein Aussehen, aber ich freute mich eigentlich, dass er so gut spielte. Früher waren wir beide Außenseiter gewesen, und es war toll, dass er nun beliebt war.

Ein Teil von mir fragte sich, ob unsere Freundschaft die Highschool überstehen würde, wenn er dort im Team spielte und vor den Zwölftklässlern cool wirken musste. Andererseits war es sinnlos, sich jetzt schon Gedanken darüber zu machen. Ich hoffte, er würde mich nicht fallen lassen, aber ich wusste, dass sich mit dem Älterwerden vieles änderte. Da brauchte ich mir nur Steve anzusehen. Früher war er halbwegs okay gewesen.

Ich stellte die Gatorade-Becher in ordentlichen Reihen auf. In der ersten Pause wurden sie rasch weniger. Bei Spielen haben wir einen Jungen zum Wassereinschenken, aber beim Training war es meine Aufgabe. Allerdings hatte unser Wasserjunge letzten Samstag etwas anderes vorgehabt, weshalb ich auch beim Spiel hatte einschenken müssen. Aus dem Augenwinkel hatte ich mitbekommen, dass mein Vater mich beobachtete, als ich in meinem Erie-Hills-Elephant-Trikot die Becher füllte. Als sich unser Blick begegnete, sah er schnell weg.

Heute hatte Coach Clemons jedoch andere Pläne. Ich saß auf der Bank und stellte mir vor, wie eine Horde Kobolde durch den Maschendrahtzaun am Ende des Feldes stürmte, und wollte gerade ein Schwert ergreifen und mich ihnen in den Weg stellen, da baute sich Coach Clemons wie ein klemmbrettschwingendes Ungeheuer vor mir auf.

»Leigh«, sagte er. »Raus mit dir aufs Feld. Mit deinem Zahnstocherkörper kannst du vermutlich rennen. Ich möchte, dass du als Gunner dazwischengehst und schaust, ob du den Returner zu Fall bringen kannst. Das ist unser Schwachpunkt.«

Ich runzelte die Stirn, als ich sein verkniffenes Grinsen sah. »Hab ich irgendwas getan?«

Coach Clemons seufzte. »Junge, die meisten wollen spielen. Hängt es dir nicht zum Hals raus, auf der Bank zu sitzen?«

»Nein. Ich mag sie irgendwie.«

»Los.«

Seufzend trottete ich aufs Feld und nahm meine Position im Spezialteam ein. Als Max mich sah, kam er herbeigelaufen und sah mich erschrocken an. »Du spielst?«

»Theoretisch.«

Er klopfte mir auf den Arm. »Mach sie platt.«

»Was sonst.«

Ich schaute mir die gegnerische Line an. Taj stand da und musterte mich, als wäre ich ein Stück Schinken. Der Returner, ein superschneller, stämmiger Typ namens Pete, wartete am Ende des Felds. Ich musste bloß um die Line zu ihm laufen und ihn angreifen. Kein Problem. Ich konnte kaum still stehen.

Die Bank vermisste ich jetzt schon.

»Hut!«, rief der Punter und unser Long Snapper warf ihm den Ball zurück.

Ich lief um die Linie herum und entging knapp Tajs Arm. Ich war wirklich nicht übermäßig schnell, aber auch nicht langsam. Ich schaffte es um die Verteidigungslinie und lief auf Pete zu, der schon in die Knie ging, um den Ball zu fangen. Ich rannte einfach, so schnell ich konnte, und grinste bei meinem Sprint übers Feld. Das war gar nicht so schlecht. Solange ich nicht darüber nachdachte, dass ich jemanden angreifen sollte, war es eigentlich wie Joggen. Was ich selten tat, aber da die alte Dame von gegenüber joggen ging, konnte es nicht so wild sein. Ich hatte hier draußen keine Zeit, um mir einen Kopf zu machen. Ich musste bloß einen Typen umrennen und versuchen, den Football zurückzuholen. Simpel.

Ich war noch ungefähr drei Meter entfernt, als Pete den Ball fing. Er drehte sich um die eigene Achse, wandte sich nach rechts, dann nach links. Ich rannte ihm hinterher und holte ihn schnell ein. Da ich durch den Helm nicht viel erkennen konnte, heftete ich mich einfach wie ein Bluthund an seine Fersen. Er rannte an mir vorbei und ich machte kehrt und nahm, immer noch grinsend, die Jagd auf. Das machte irgendwie Spaß.

Den bevorstehenden Zusammenstoß nahm ich erst wahr, als es zu spät war.

Einen Augenblick lang sah ich den großen, lächelnden Taj, der auf mich zurannte, um mich zu blocken, dann hatte ich das Gefühl, von einem Laster angefahren zu werden. Im nächsten Moment flog ich durch die Luft und überlegte kurz, ob Max meiner Familie wohl erzählen würde, dass ich vor meinem Tod sogar fast gespielt hatte. Mein Vater würde sich freuen. Der Aufprall auf dem Boden war genauso hart wie der Zusammenstoß mit Taj, ich lag auf dem Spielfeld und starrte in den Nachmittagshimmel. Er war klar und blau. Ich lächelte, aber vielleicht hatte ich ja eine Gehirnerschütterung.

Über mir erschien Max. »Alles in Ordnung?«

»Ich glaube, ich will nicht mehr Football spielen.«

Max lachte. »Verständlich.« Er griff nach meiner Hand. »Dann schaffen wir dich mal nach Hause. Ich glaube, du wirst Eis brauchen.«

Im Davongehen sah ich Taj lachen. Er trug die Nummer neun.

4

Abends lag ich auf der Couch im Wohnzimmer und löffelte Pudding. Nicht, weil mein Kiefer gebrochen war oder so – ich stand einfach auf Schokoladenpudding. Max hatte mich nach Hause gebracht und meine Mutter hatte einen Riesenzirkus veranstaltet und mit den Fingern vor meinen Augen herumgefuchtelt und meinen Schädel auf Risse untersucht. Irgendwann schnalzte sie jedoch mit der Zunge und verfrachtete mich aufs Sofa.

Kaum war mein Vater zu Hause, kam er zu mir und sagte: »Ich habe gehört, du hattest heute beim Football einen Zusammenstoß. Hast du etwa gespielt?«

»Ja«, sagte ich. »Ich war Gunner. Ich wurde geblockt und dann bin ich im hohen Bogen durch die Luft geflogen.«

Er lächelte. »Tapferer Junge. Was einen nicht umbringt, macht einen härter. Bleib dran.«

Er brachte seine Aktentasche weg und ich runzelte die Stirn. Meinen Vater stolz zu machen, tat ganz schön weh.

Es gefiel mir, auf der Couch herumzuliegen, weil ich so das Programm hinauszögern konnte, aber meine Mutter erlaubte mir nicht, unten zu schlafen. Um halb elf schleppte ich mich schließlich erschöpft die Treppe hoch.

Für den Fall, dass ich eine Gehirnerschütterung hatte, wollte sie nachts alle zwei Stunden nach mir sehen. Ich würde also nicht viel Schlaf finden.

Ich zog mir meine Schlafhose an und begann mit dem Programm. Ich weiß, die meisten Leute sagen Schlafanzughose, aber da ich ja nur darin schlafe, scheint mir Schlafhose der bessere Name. Bis zur ersten Kontrolle blieben mir nur zwei Stunden, ich musste also zügig loslegen.

Ach so, ihr fragt euch vielleicht, was es mit dem Programm auf sich hat. Ich mache das seit fünf Jahren. Es ergab sich aus verschiedenen Angewohnheiten und nun wiederhole ich es jeden Tag. Es dürfen keine Fehler unterlaufen. Das Programm sieht folgendermaßen aus:

1. Mit zehn Schritten von meinem Zimmer zum Badezimmer.
2. Zähne mit zehn Vertikal- und fünf Horizontalbewegungen pro Seite putzen.
3. Mit fünf Schritten zur Toilette gehen.
4. Pinkeln, danach mit zwei Blättchen Toilettenpapier die Klobrille abwischen, falls ich danebengetroffen habe.
5. Jede Hand mit zehn Rubbelbewegungen waschen.
6. Hände an dem dämlichen rosa Handhandtuch abtrocknen – mit jeder Hand fünfmal zudrücken.

7. Mit zehn Schritten in mein Zimmer zurückgehen.
8. Fünf Mal das Licht ein- und ausschalten.
9. Mit fünf Schritten zum Bett gehen und hineinklettern.

Wie ihr seht, ist es eigentlich ziemlich simpel. Vielleicht ist es sogar normal. Na ja, wie oft macht man irgendwas, wenn man dieselbe Strecke geht oder sich auf dieselbe Art die Zähne putzt? Ich weiß es eben nur zufällig.

Aber das ist nicht das Problem. Man sieht es meist nicht, aber Perfektion ist eine komplizierte Angelegenheit. Wenn mir ein Fehler unterläuft, ich also zum Beispiel einen Schritt zu viel gehe oder statt zwei Blättchen Klopapier drei abreiße oder mir die Hände neun Mal wasche, muss ich von vorn anfangen. Ich nehme wirklich meine ganze Konzentration zusammen, aber manchmal stolpere ich oder nehme versehentlich vier Blättchen Toilettenpapier. Und wie kann man beim Händewaschen zuverlässig zählen?

Bei anderen Gelegenheiten überkommen mich die Zaps einfach aus dem Nichts und dann muss ich komplett von vorn anfangen. Es kommt eigentlich alles von den Zaps; ich glaube, das Programm läuft einfach ab, wenn die Zaps übernehmen. Normalerweise fängt es mit der Angst an, dass ich denke: *Tu es noch einmal, sonst wachst du morgen früh nicht mehr auf,* und dann tue ich es so lange, bis ich denke, dass ich am nächsten Morgen aufwachen werde.

Es war eine besonders schlimme Nacht. Ich habe sonst schon Angst, im Schlaf zu sterben, wenn mir ein Fehler beim Programm unterläuft, aber die Gehirnerschütterung und die konkrete Gefahr machten es noch schlimmer. Am Ende sah das Programm folgendermaßen aus:

1. Mit ~~zehn~~ ~~elf~~ fünfzig Schritten von meinem Zimmer zum Bad.
2. Zähne mit ~~zehn elf~~ … einhundertzweiundneunzig Vertikal- und ~~fünf~~ … dreihundert Horizontalbewegungen pro Seite putzen.
3. Mit fünf Schritten zur Toilette gehen – und dann das Ganze fünfzehn Mal wiederholen und dabei nicht auf die Fugen treten.
4. Pinkeln, danach mit ~~zwei~~ einer ganzen Rolle Toilettenpapier die Klobrille abwischen, falls ich danebengetroffen habe, anschließend Rolle Blättchen auswechseln und mit einer weiteren nachputzen und diese anschließend auswechseln.
5. Die Hände ~~zehn~~ fünfundzwanzig Mal ~~mit Rubbelbewegungen~~ und unter Weinen waschen.
6. Hände an dem dämlichen rosa Handhandtuch abtrocknen – mit jeder Hand ~~fünf~~ hundert Mal zudrücken.
7. Mit zehn Schritten in mein Zimmer zurückgehen – das Ganze zwanzig Mal wiederholen.
8. ~~Fünf~~ Dreihundertfünf Mal das Licht ein- und ausschalten.

9. Mit fünf Schritten zum Bett gehen, sich elend fühlen, Licht wieder anschalten, dann noch mal anschalten und die Schritte hundert Mal wiederholen und ins Bett klettern.

Als ich endlich mit dem Programm fertig war, lag ich lange Zeit im Bett und ließ meine stummen Tränen in die Haut einziehen oder langsam zu kleinen Wasserstoff- und Sauerstoffteilchen verdunsten, die vielleicht nach draußen gelangen und morgen auf mich herunterregnen würden. Diese Vorstellung sorgte dafür, dass meine Anspannung nachließ. Ich mag Kreisläufe. Sie sind so viel weniger dauerhaft, als ein Field Goal zu schießen oder es zu vermasseln.

In dieser Nacht träumte ich, dass Max und ich fernsahen. Allerdings schaute mich Max irgendwann an und seine Augen waren komplett schwarz, als würden sie nur aus Pupillen bestehen. Dann öffnete er den Mund und hatte plötzlich spitze Reißzähne, seine Gesichtszüge verzogen sich zu etwas Grausamem und Dämonischem, und dann wurde mir klar, dass gar nicht mehr Max neben mir saß. Ich wachte mitten in der Nacht schweißüberströmt auf.

Dann begann ich wieder, das Licht ein- und auszuschalten.

Es war in der Mittagspause. Ich hatte gerade einen Korbleger verpatzt und stand geknickt am Spielfeldrand, weil ich von Taj »ausgewechselt« worden war, obwohl niemand meinen Platz eingenommen hatte. »Auf die Bank verbannt« wäre wahrscheinlich der angemessenere Ausdruck dafür gewesen, aber da es auch keine Bank gab, war es schwierig, den korrekten sportbezogenen Kolloquialismus zu finden. Ich mag das Wort »Kolloquialismus«. Es ist eines dieser unterschwellig ironischen Wörter, die das völlige Gegenteil dessen meinen, was sie beschreiben. Ich liebe Wörter sowieso. Ihre Bedeutung ist zwar festgelegt, lässt sich aber variieren, je nachdem, wie oder von wem sie benutzt werden. Sie ähneln darin Menschen – sie sind anders, je nachdem, wer sie ansieht und wie er sie wahrnimmt.

Taj hält mich zum Beispiel für einen nutzlosen Streber. Emma hält mich für einen klugen großen Bruder. Steve hält mich für den Oberlangweiler. Meine Mutter hält mich nicht für cool genug, um mit Raya Singh auszugehen. Raya Singh hält mich für …

Eigentlich weiß ich nicht, was Raya Singh von mir hält.

Ich konzentrierte meine Aufmerksamkeit sofort auf Raya, die mit einer Gruppe Mädchen neben der verwitterten roten Ziegelwand der Schule stand und wie auf einem Indie-Plattencover aussah. Mit denen kenne ich mich aus, denn Raya mag Indie-Rock und ich habe mich schlaugemacht. Sie trug einen türkisfarbenen Schal und Jeansshorts, was laut der Cosmopolitan Retrochic ist. Hoffentlich würde sie mich fragen, ob sie mir gefielen.

Genau in diesem Moment passierte etwas Merkwürdiges. Raya sah mich an und winkte.

Die anderen Mädchen folgten ihrem Blick und zeigten alle so ziemlich dieselbe Reaktion: Verwirrung, Empörung und Verblüffung. Ashley Peters blickte über mich hinweg, ob sich vielleicht jemand Cooles hinter mir versteckte. Es fühlte sich an, als würde jemand einen Gasbrenner an meine Wangen halten, trotzdem brachte ich ein Lächeln zustande und winkte zurück.

Die Mädchen wandten sich schnell wieder zu Raya um und begannen zu tuscheln. Was war das gewesen?

Ich stand einen Moment da und überlegte. Und dann kam Raya auf mich zu.

Nun würde ich etwas sagen müssen. Mein Hirn ratterte auf Hochtouren.

»Hey, Daniel«, sagte sie freundlich.

»Hi«, erwiderte ich. Es war das Beste, was mir so ohne Vorwarnung einfiel.

Sie hob eine Augenbraue. »Bist du heute der Coach, oder was?«

»Eher der Reporter«, antwortete ich. »Ich wollte nach dem Spiel die Interviews machen.«

Sie lachte. »Hör zu, meine Mutter hat mit ihrem Freund gesprochen, diesem Stadtrat, von dem ich erzählt habe, und wir brauchen nächste Woche bloß in seinem Büro vorbeizukommen. Hast du nach der Schule Zeit? Es ist gleich auf der First Street. Meine Mutter kann uns fahren.«

»Ja, klar«, sagte ich. »Jederzeit. Na ja, außer –«

»Montags, mittwochs und donnerstags«, beendete sie trocken den Satz. »Wir wollen doch auf keinen Fall, dass du deinen Hass-Sport verpasst.«

»Genau«, sagte ich.

Sie zögerte. Warum zögerte sie? War das meine Chance?

Hirn einschalten, Daniel!

Ich öffnete den Mund, aber sie war schneller.

»Weißt du, wie es bei Max so aussieht?«

Es fühlte sich an, als würde mir ein Maulesel in den Magen treten. Es war fast wie ein Zap, aber auf diese Art Zap hatte ich keinen Einfluss. Das war die Art, die einfach passierte, weil das Leben voller Maultiertritte in den Magen ist.

»In welcher Hinsicht?«, fragte ich kleinlaut.

»In der Hinsicht, ob er irgendjemanden mag?«, fragte Raya. Ihr Blick folgte ihm beim Dribbeln. »Geht er zu der Schulparty?«

»Ja«, sagte ich. »Glaube ich jedenfalls. Er hat aber noch kein Mädchen aufgefordert, falls du das wissen möchtest.«

Sie lächelte. Mein Magen rumorte. Würde sie jetzt mit Max hingehen?

»Clara ist kurz vor einem Nervenzusammenbruch«, sagte Raya. »Sie steht total auf ihn, aber da erzähl ich dir vermutlich nichts Neues. Jetzt kann ich ihr endlich sagen, dass er kein Mädchen von einer anderen Schule oder so mitbringen wird. Kannst du ihm ausrichten, er soll sie einfach fragen und die Sache hinter sich bringen, damit sie aufhört, mir auf die Nerven zu gehen? Ich komme mir total bescheuert vor, dass ich dich überhaupt darauf angesprochen habe, aber sie hat keine Ruhe gegeben.«

Mein Magengrummeln hörte schlagartig auf. Sie stand nicht auf Max.

»Ja, ich weiß«, sagte ich. »Ich werde ihm Bescheid sagen. Sonst hat er mich als Begleitung an der Backe und ich sehe im Kleid nicht annähernd so gut aus.«

Sie lachte. »Da bin ich nicht sicher … du würdest bestimmt eine tolle Figur machen. Wir sehen uns im Unterricht.«

Sie wandte sich zum Gehen. Hier war meine einzige Chance.

Frag einfach.

Aber die Worte ließen mich im Stich, wenn auch bloß einen kurzen Moment. Er war trotzdem zu lang.

»Raya!«, rief jemand.

Als ich mich umdrehte, sah ich den schwitzenden, schwerfälligen Taj auf sie zu stapfen.

»Hast du Lust, mit mir zur Party zu gehen?«, fragte er.

Bildete ich es mir bloß ein oder wanderte ihr Blick für den Bruchteil einer Sekunde zu mir?

»Ja«, antwortete sie, nicht übermäßig begeistert. »Klar.«

»Super«, sagte Taj. »Man sieht sich.«

Dann spielte er weiter Basketball. Raya ging davon.

Und ich stand am Spielfeldrand und fragte mich, ob es jemandem auffallen würde, wenn ich nach Hause ginge.

5

Ich werde euch über mein Programm in dieser Nacht nur erzählen, dass ich, als ich endlich ins Bett ging, vierhundertsiebenunddreißig Mal das Licht an- und ausgeschaltet hatte. Von der Straße sah es vermutlich wie eine Party aus.

Als ich schließlich mit dem Programm fertig war, lag ich da und dachte an Raya.

Für den Fall, dass ihr es nicht kennt, beschreibe ich euch mal dieses Herzschmerzgefühl:

1. Dein Verstand sagt dir, dass du es verbockt hast und niemand dich mag und die andere Person zu gut für dich ist.
2. Dann sagt dir dein Verstand, dass du niemals glücklich sein wirst, weil dein Glück davon abhängt, dass diese andere Person dich mag, was sie aber nicht tut, weshalb du nie wieder glücklich sein wirst.
3. Dann sagt dein Verstand, dass du keinen Einfluss auf dein Glück hast, und das ist beängstigend.

4. Dann beginnt dein Magen zu schmerzen, du bekommst keine Luft mehr, deine Arme kribbeln, dein Kopf tut weh und du kannst nicht einschlafen.
5. Am Ende rollst du dich zusammen, weil du sonst nichts tun kannst.

Und jetzt beschreibe ich euch, wie es ist, wenn die Zaps kommen.

1. Dein Verstand sagt dir, dass du es verbockt und falsch reagiert hast.
2. Dann sagt dir dein Verstand, dass du niemals glücklich sein wirst, weil dein Glück von dieser Sache abhängt, bei der du falsch reagiert hast, und dass du nie glücklich sein wirst, wenn du es nicht in Ordnung bringst.
3. Dann sagt dein Verstand, dass du keinen Einfluss auf dein Glück hast, und das ist beängstigend.
4. Dann beginnt dein Magen zu schmerzen, du bekommst keine Luft mehr, deine Arme kribbeln, dein Kopf tut weh und du kannst nicht einschlafen.
5. Dann wird dir klar, dass du das, was du verbockt hast, in Ordnung bringen kannst, und du weinst ein bisschen, weil es so absurd ist, aber dann bringst du es trotzdem in Ordnung, weil du nichts anderes tun kannst.

Doch danach fühlst du dich noch mieser,
weil es so absurd ist, und rollst dich zusammen,
weil alles so absurd ist.

Die Zaps sind wie eine Art Liebeskummer, allerdings denkt man bei Liebeskummer nicht, dass man sterben wird oder dass die kleine Schwester sterben könnte oder dass man die ganze Welt zerstören könnte, wenn man das Problem nicht in Ordnung bringt.

Vermutlich sind die Zaps schlimmer. Trotzdem wünschte ich mir immer noch, ich hätte Raya gefragt, ob sie mit mir zur Party geht.

In der Woche darauf war es ein bisschen komisch in der Schule. Raya und ich arbeiteten immer noch an dem Projekt und gingen mit Lisa zum Büro des Stadtrats. Tom behauptete, er habe keine Zeit. Wir bekamen folgendes Zitat:

»Stadtverwaltung mag nicht das romantischste Gebiet der Verwaltung sein, aber sie beeinflusst den Alltag am nachhaltigsten. Wir treffen Entscheidungen über örtliche Steuerabgaben, Müllentsorgung und die Ampelanlagen, die diese großartige Stadt am Laufen halten. Weiterhin stehen Wahlen an, sagt also euren Eltern, sie sollen für Steve Bradley stimmen.«

Es war ein typischer Politikerausspruch. Bei unserer Präsentation zwei Tage später übernahm meistens Raya das Wort. Lisa fügte sehr leise »Noch Fragen?« hinzu, und ich erklärte ein bisschen das Wahlverfahren, doch außer Mr Keats hörte niemand zu. Tom stand bloß da, feixte die ganze Zeit und schnitt mit den anderen Footballspielern Grimassen, bekam aber trotzdem ein A. Gruppenarbeit.

Nach der Präsentation gratulierten Raya und ich uns gegenseitig.

»Es war nett, mit jemandem zusammenzuarbeiten, der tatsächlich weiß, was ›kommunal‹ bedeutet«, sagte sie.

Ich lächelte. »Kann ich dir nur zurückgeben.«

Es hatte schon geklingelt und wir räumten gerade unsere Sachen zusammen.

»Und, gehst du am Dienstag zur Party?«, fragte sie. »Klingt voll schräg. Es ist mir schleierhaft, warum unsere Partys ausgerechnet an Wochentagen stattfinden müssen. Na ja, eigentlich weiß ich es ganz genau. Mr Frost ist ein Stinkstiefel.«

Es war Freitag und alle redeten nur über die Schulparty.

Ich zuckte mit den Achseln. »Ich weiß nicht. Vielleicht. Max hat Clara nicht gefragt, also gehen wir vermutlich einfach so hin.«

»Solltest du auch. Es wird öde, deswegen brauche ich jemanden, mit dem ich meine scharfsinnigen Beobachtungen teilen kann.«

Ich sah sie hoffnungsvoll an. »Das kann ich machen.«

Sie lachte. »Ich weiß. Schönes Wochenende, Dan.«

»Dir auch«, erwiderte ich grinsend.

Wenn ich es mir so überlegte, war meine Woche eigentlich richtig gut gelaufen.

An dem Abend aßen wir bei Sushi King. Sogar Steve kam mit. Ich hatte Unagi, das ist Aal. Ich finde Aale interessant, weil sie ästhetisch überhaupt nicht ansprechend sind und jeder das findet, aber was ist mit Kühen?

»Emma hatte in ihrem Mathetest gestern fünfundneunzig Prozent«, sagte meine Mutter.

Mein Vater sah Emma an. »Ja?«

»Ja«, sagte Emma. »Eine leichte Frage habe ich übersehen.«

Mein Vater rückte seine Brille zurecht. Er lächelte Emma an. »Na ja, fünfundneunzig Prozent sind ziemlich gut. Aber ich bin sicher, dass du nächstes Mal hundert schaffst.«

Steve schnaubte. »Ich hatte in meinem letzten Mathetest zweiundsechzig.«

Meine Mutter seufzte. »Diese Hiobsbotschaft wollte ich eigentlich für später aufheben.«

»Besser als nicht bestanden«, meinte mein Vater. So was sagt er ständig zu Steve.

»Wenn ich nicht zwei Überflieger als Geschwister hätte –«, sagte Steve.

»Das reicht jetzt«, unterbrach ihn meine Mutter schroff. »Wie ist dein Thunfisch, Emma?«

»Gut, danke«, antwortete sie. Sie zerlegte ihr Sushi immer in seine Bestandteile, bevor sie es aß.

»Und bei dir, Daniel?«, fragte meine Mutter.

Ich zuckte mit den Achseln. »Gut.«

»Wie geht es dem Team?«, fragte mein Vater. Football war neben Noten und meinen Aufgaben im Haushalt das einzige Thema, worüber er redete. Ich glaube, er mochte Football mehr als mich.

»Ziemlich gut«, antwortete ich. »Wenn wir dieses Wochenende gewinnen, schaffen wir es in die Play-offs.«

Er grinste. »Ich weiß. Du solltest auch mal joggen gehen. Max spielt wirklich gut.«

»Ganz zu schweigen davon, wie gut Daniel die Wasserversorgung im Griff hat«, sagte Steve.

Mein Vater zwang sich zu einem Lächeln. »Er gehört zum Team. Es ist ein Mannschaftssport.«

»Danke, Dad«, brummte ich und wandte mich wieder meinem Sushi zu. Ich kaute ein Stück Aal. »Ich gebe mein Bestes.«

»Nicht mit vollem Mund«, ermahnte mich meine Mutter streng. »Steve, iss auf.«

»Dieser Lachs ist ekelhaft«, meckerte Steve und schob ihn weg. »Ich hab gleich gesagt, wir sollten einfach zu McDonald's gehen.«

»Bei uns wird kein Essen weggeworfen«, sagte mein Vater ruhig.

Steve überlegte kurz, dann aß er seinen Lachs auf.

»Hut!«

Tom Dernt ließ sich zurückfallen, winkelte den Arm an und musterte das Spielfeld. Die Offensive Line stand geschlossen da und drängte die rempelnden Halton Hawks zurück, sie stöhnten vor Anstrengung, als ihre Helme aufeinanderknallten.

Tom hielt einen Moment inne und wartete auf eine Lücke. Genau in diesem Moment durchbrach einer der Hawks die Linie, wich der Abwehr aus und kam näher. Die Menge schnappte nach Luft. Aber Tom war schneller.

Er warf den Ball genau in dem Moment, in dem er angegriffen wurde, und der Football trudelte mit einer leichten Drehung durch die Luft.

Als er durch den Morgenhimmel flog, war es fast still.

Dann aber landete er direkt in den ausgestreckten Händen von Max, der in die End Zone sprintete – es waren noch ein paar Minuten bis zum Spielende, das war unser Trumpf.

Das gesamte Stadion begann zu toben. Wir führten mit fünfzehn Punkten.

Ich beobachtete, wie die Menge feierte – selbst Raya war da. Clara neben ihr kriegte sich gar nicht mehr ein.

Meine Eltern waren unter den Zuschauern und klatschten und johlten. Ich sah, wie mein Vater mir einen kurzen Blick zuwarf, sich dann aber schnell wieder wegdrehte. Ich war natürlich kein einziges Mal auf dem Spielfeld gewesen. Max verschwand unter Umarmungen. Raya beobachtete, wie er und Taj sich auf dem Feld ein High-five gaben. Sie lächelte.

Sie würde mit einem echten Footballspieler zu der Party gehen.

Ich seufzte bloß und schenkte Gatorade nach. Unser Wasserjunge war an diesem Wochenende schon wieder unterwegs – er schien ein sehr aktives soziales Leben zu haben. Ich stellte die Becher in kleinen Dreiecken mit Fünf-Zentimeter-Abständen auf, damit nicht so viel verschüttet wurde, und als Max kam, um sich etwas zu trinken zu holen, klopfte ich ihm auf die Schulter.

»Gut gefangen.«

»Danke«, sagte er grinsend. »Ich hatte freie Bahn. Play-offs, wir kommen.«

Ich wollte noch etwas sagen, aber er knautschte seinen Becher zusammen und warf ihn Richtung Müll, wo er sich zu den anderen Fehltreffern im Gras gesellte. Ohne noch etwas zu sagen, war er verschwunden und redete mit dem Coach.

Ich stand auf, um die Becher einzusammeln. Ich hasse es, wenn Müll herumliegt. Als ich sie in die Tonne fallen ließ, bemerkte ich, dass mich mein Vater wieder beobachtete. Er lächelte gezwungen und wandte sich ab.

Mir wurde klar, dass ich Raya Singh nie dazu bekommen würde, mit mir auszugehen. Ich musste besser werden. Egal, was sie sagte, ich war bloß der Ersatz-Kicker und mittlerweile scheinbar auch der Wasserjunge und der Hausmeister.

Ich brauchte Rat, wie ich sie für mich gewinnen konnte. Und da gab es nur eine Person, die ich fragen konnte.

Steve sah mich an, als hätte ich sie nicht mehr alle.

»Was soll ich dir geben?«, fragte er und nahm langsam die Kopfhörer ab.

Ich trat verlegen von einem Fuß auf den anderen. »Ich brauche einfach einen Rat. Wie ich Mädchen beeindrucken kann.«

»Sehe ich aus wie eine Partnerberatung?«, knurrte er.

»Vielleicht?«, sagte ich. »Ich habe keine Ahnung, wie die aussehen.«

»Verschwinde.«

Ich ließ die Schultern hängen. »Aber –«

»Los.«

Ich drehte mich niedergeschlagen um und ging auf die Tür zu. Was sollte ich nun tun?

Hinter mir hörte ich einen langen Seufzer. »Warte.«

Er nahm wieder die Kopfhörer ab, lehnte sich in seinem Sessel zurück und musterte mich kritisch.

»Soll ich mit den körperlichen Veränderungen anfangen oder mit dem Charakter?«

»Hmm …«

Er nickte. »Wir werden uns beides vornehmen. Erstens, und das sage ich dir schon dein ganzes Leben, siehst du aus wie ein benutztes Q-tip. Das liegt nicht nur an diesen Zahnstocherärmchen. Sondern auch an den blonden Zotteln, die dir über die Ohren hängen.«

Ich drückte verlegen die Hände auf die Ohren. Vielleicht würde es nicht schaden, meine Haare ein bisschen nachschneiden zu lassen. Steve rieb sich wie ein bösartiger Diktator das Kinn. Sein Basecap war tief ins Gesicht gezogen, fast bis zur Nase.

»Also fang mit ein paar Bizepsübungen und Liegestützen an. Einem Haarschnitt. Und versuch, dich beim Football etwas weniger dämlich anzustellen, ja?« Er scheuchte mich mit einer Handbewegung aus dem Zimmer. »Das sind allerdings langfristige Maßnahmen. Wann ist die Party?«

»Dienstag«, murmelte ich.

Er schnaubte. »Na toll. Okay. Dann geb ich dir ein paar schnelle Ratschläge. Frauen spüren, ob man selbstbewusst ist. Hör auf, dich immer in Max' Windschatten rumzutreiben. Sorg dafür, dass man dich bemerkt, verstehst du? Spiel deine Stärken aus.«

»Die da wären?«

Steve sah mich grimmig an und drehte sich wieder zu seinem Computer. »Mach den Abflug.« Er hielt inne. »Du bist intelligent. Hör auf, ein Footballspieler sein zu wollen, das hast du nicht drauf. Oder gib einfach auf. Wenn sie beliebt ist, geht sie vermutlich sowieso nicht mit dir zur Party. Deine Entscheidung.«

»Danke«, sagte ich und meinte es wirklich so. Er hatte mich als intelligent bezeichnet. Das war ein echter Fortschritt.

»Jajaa«, brummte er. »Mach die Tür zu, Schnarchnase.«

Ich ließ ihn allein und ging zurück in mein Zimmer, wo ich über seine Worte nachdachte. Ich setzte mich an meinen Computer, um zu schreiben. Da fiel mir auf, dass ich eine E-Mail von dem Absender *warteimmernoch@email.com* hatte. Sie lautete:

Uns läuft die Zeit davon.
Das andere Sternenkind

Ich starrte eine Weile auf die E-Mail, dann antwortete ich: *Wer bist du?*, und wartete. Eine Minute später kam die Antwort.

Wenn du das nicht weißt, kannst du mir nicht helfen.

6

Alle redeten nur über zwei Themen: das Spiel und die Schulparty. Taj stolzierte wie ein Gockel herum und für Max bestand der ganze Tag aus Rückengeklopfe und »Tolles Spiel«-Kommentaren, selbst von den Lehrern. Ich war eher noch unsichtbarer als sonst, was, wie ich nun von Steve wusste, ein Problem darstellte.

Ich musste irgendwie dafür sorgen, dass die Leute mich wahrnahmen.

Mittags saßen alle zusammen und redeten über die Party. Es war meine Chance, ein Gespräch mit Raya anzufangen. Ich quetschte mich neben sie an den großen Tisch. Taj war damit beschäftigt, mit Max noch mal das Spiel durchzugehen.

»Hey«, sagte ich.

Sie lächelte. »Hey.«

Die Cafeteria war ein hässlicher, abgegammelter Raum mit fleckigen Fliesen und dicht besetzten Bankreihen. Er roch grundsätzlich nach Thunfisch-Sandwiches, was möglicherweise daran lag, dass Kevin jeden Tag eines verdrückte. Die Cafeteria war auch der lauteste Ort, den ich kannte; wenn ich mit Raya reden wollte, die direkt neben mir saß, musste ich die Stimme heben.

»Bist du bereit für die große Party?«

Sie verdrehte die Augen. »Wenn ich noch ein Wort darüber verlieren muss, wechsle ich die Schule.«

Ich lachte. »Versteh ich. Ich habe dich am Samstag beim Spiel gesehen. Normalerweise kommst du nicht.«

»Ich weiß«, sagte sie. »Ich bin hingegangen, obwohl ich eigentlich keine Lust hatte. Taj hat mich gebeten.«

Ich merkte, wie ich mich verkrampfte. Mein Blick wanderte zu ihm hinüber. »Verstehe.«

Wir schwiegen einen Moment.

»Du hattest das mit dem Gatorade gut im Griff.«

»Danke«, sagte ich. »Das ist eine Form von Kunst, weißt du. Bei Weitem der wichtigste Job.«

Raya kicherte und schüttelte den Kopf. »Klar. Du bist bei den Play-offs bestimmt spielentscheidend.«

Warum redete ich schon wieder über Football? Ich dachte an Steves Rat – sei intelligent.

»Und?«, sagte ich. »Was hältst du von der neuen Strategie dem Iran gegenüber? Bisschen pragmatisch, oder?«

Sie runzelte die Stirn. »Wie kommst du jetzt darauf?«

»Keine Ahnung«, sagte ich. »Dachte bloß, das würde dich interessieren. Gibt nicht viele Leute, mit denen ich über so was reden kann, weißt du? Du hast den Eindruck gemacht, als wärst du im Bild.«

»Ich bin nicht aus dem Iran«, antwortete sie, eher kurz angebunden. »Sondern aus Indien.«

»Ich weiß … Ich wollte bloß …«

Sie lächelte gezwungen. »Kein Problem. Hab's nicht so mit Politik. Clara, was machst du da?«

Sie drehte sich weg und begann mit Clara eine Unterhaltung über ihre Jeans.

Das war ja richtig gut gelaufen.

»Dann holt mich deine Mutter um sieben ab?«, fragte Max während Geschichte. Es war der Dienstag, an dem die Schulparty stattfinden würde.

»Ja«, erwiderte ich. »Du weißt aber, dass es schon um sieben anfängt, oder?«

Er sah mich an. »Willst du pünktlich dort sein?«

»Nein?«, fragte ich zurück.

»Natürlich nicht. Ich würde sogar noch später gehen, aber es dauert ja sowieso nur zwei Stunden.«

Im Hintergrund redete Mr Keats über die Verfassung. Keiner hörte zu. Mir fiel auf, dass Clara erwartungsvoll zu Max herüberspähte. Sie hatte schon bestimmt fünf Einladungen ausgeschlagen, weil sie immer noch hoffte, dass Max sie fragen würde.

Sie sah heute wie eine Barbiepuppe aus. Ihre Haare waren zu kunstvollen Locken gedreht und ihre Haut wirkte eigenartig glatt und schimmernd.

Max bemerkte sie und wandte sich ab.

»Tanzt du heute Abend mit ihr?«, fragte ich.

Er zuckte mit den Achseln. »Vielleicht. Mal sehen, wie es läuft.«

Ich konnte mir die Frage nicht verkneifen. »Magst du sie

wirklich nicht? Klar, sie ist oberflächlich, herzlos und vulgär –«

Max zog die Augenbrauen hoch.

»Sie ist fies«, sagte ich. »Aber sie ist auch hübsch.«

Max wirkte verlegen. Das passierte manchmal, wenn ich über Clara redete.

»Jaa, sie ist süß«, stimmte er zu. »Aber sie ist einfach nicht mein Typ. Wie du schon sagtest … sie ist fies.«

»Zu dir nicht.«

Er sah mich an. »Und hat sie schon mal zwei Worte mit dir gewechselt?«

»Klar«, sagte ich. »Sogar drei. ›Wo ist Max?‹«

Er prustete und drehte sich wieder zur Tafel. »Mal sehen. Ziehst du irgendwas Besonderes an?«

»Stoffhosen und ein Hemd«, sagte ich, mit einem Mal in Panik, weil wir noch nicht darüber gesprochen hatten. »Trägst du Jeans oder so?«

»Das würde mir meine Mutter nicht erlauben. Versuch, kein blaues Hemd anzuziehen. Wir müssen ja nicht als der totale Doppelpack auftreten.«

»Stimmt.« Dann also meine zweite Wahl in Sachen Hemd.

Als wir an diesem Nachmittag die Schule verließen, trödelte Clara extralange herum, doch Max lief einfach an ihr vorbei. Raya lächelte mir zu, aber als ich sah, dass Taj sie anlächelte, drehte ich mich schnell weg.

»Bis heute Abend, Alien«, sagte Max.

»Bis später«, sagte ich und machte mich auf die Suche nach Emma.

Es war ein Dienstag. Es musste ein guter Tag werden, oder?

Ich brauche sowieso schon immer lange, um mich für Veranstaltungen anzuziehen. Dass ich mir heute wirklich Gedanken über meine Klamotten machen musste, gestaltete alles noch komplizierter als sonst

Ich hatte *cosmopolitan.com* auf meinem Computer geöffnet, außerdem mindestens fünf Stilberatungsseiten für Männer. Ich starrte in den Spiegel, drehte mich nach rechts und links und betrachtete eingehend mein Spiegelbild. Blau war eindeutig meine Farbe. Sie passte zu meinen Augen und *cosmopolitan.com* behauptete, Augen seien für Mädchen das Allerwichtigste. Doch Blau war schon von Max belegt. Ich schnitt eine Grimasse und zog das blaue Hemd aus, dann ging ich meinen Kleiderschrank durch.

Ich besaß bloß fünf Hemden und drei davon waren blau. Ansonsten gab es noch ein schwarzes und ein taupefarbenes.

Nach einem Blick auf die Stilberatungsseiten war mir klar, dass Schwarz auf keinen Fall infrage kam. Über Taupe fand ich nichts. Ich probierte beide Hemden zehn Mal an und entschied mich schließlich für das taupefarbene. Es war bestechend neutral.

Bevor ich ging, wurde ich noch von meiner Mutter inspiziert. Sie zupfte mit nervösen Händen an meinen Haaren herum.

»Du musst zum Friseur«, sagte sie und schob mir eine Strähne hinters Ohr. »Kannst du gut schlafen? Du siehst krank aus. Das kommt von den dunklen Augenringen. Und du bist ganz bleich. Du siehst aus wie ein Gespenst.«

»Jetzt fühle ich mich richtig toll.«

Sie trat einen Schritt zurück und lächelte. »Aber du siehst trotzdem sehr gut aus. Bist du sicher, dass du nicht Blau tragen möchtest?«

»Ja.«

Sie seufzte. »Okay. Fahren wir los.«

Während der Fahrt gab sie mir ununterbrochen Tipps. »Auch wenn sie das Gegenteil behaupten, Mädchen mögen gute Manieren. Höflich zu sein, ist das A und O«, sagte sie. »Und du musst tanzen. Mädchen gefällt es, wenn ein Junge tanzen kann. Sie mögen keine Typen, die in der Ecke herumstehen.« Sie sah mich streng an. »Und denk dran: Die stillen Mädchen in der Ecke wollen vielleicht auch tanzen. Bemühe dich nicht immer nur um die hübschen.«

Es war natürlich alles ziemlich Furcht einflößend und ich ließ es schweigend über mich ergehen.

Als wir Max abholten und er auf das Auto zukam, drehte sie sich zu mir und sagte: »Siehst du, wie gut er in Blau aussieht?«

Ich seufzte.

»Hallo, Mrs Leigh«, sagte er und sprang ins Auto. »Daniel, tolle Farbe.«

Vor der Schule sah mich meine Mutter an. »Viel Spaß, ihr zwei. Bist du sicher, dass es für deine Mutter in Ordnung ist, euch Jungs abzuholen?«

»Ja«, antwortete Max. »Sie kann es kaum erwarten, mich auszuquetschen.«

Meine Mutter lachte. »Das glaub ich gern. Und jetzt rein mit euch. Ihr seid sowieso schon zu spät dran.«

Wir stiegen aus und gingen ins Schulgebäude. Nachts ist es

komisch dort. Irgendwie aufregend, weil ich immer denke, es existiert gar nicht, wenn wir nicht im Unterricht sind.

In der Sporthalle legten wir unsere Tickets vor und schlenderten hinein.

Und ab da ging alles schief.

7

Ich weiß nicht, ob ich das Konzept Schicksal sympathisch finde. Es schließt aus, dass man eine Wahl hat. Beziehungsweise selbst wenn man wählt, ändert es letztendlich nichts. Mir gefällt die Vorstellung von Wahlmöglichkeiten, weil ich sie nicht oft habe.

Einmal habe ich versucht, mich um die korrekte Anzahl von Wiederholungen beim Zähneputzen zu drücken. Für die meisten Leute ist das vermutlich überhaupt kein Problem, aber für mich war es, als hätte ich mich auf Gleise gelegt und würde darauf warten, vom Zug überrollt zu werden; ich hörte das Rumpeln, und ich wusste, dass ich aufstehen konnte, und das tat ich dann auch, denn warum sollte ich mich von einem Zug überfahren lassen wollen? Und natürlich putzte ich korrekt meine Zähne und ging ins Bett.

Die Party sah nach Spaß aus. Sie fand zwar in der Sporthalle statt, aber es war dunkel genug, um alle irgendwie gleich aussehen zu lassen, außerdem waren Lampen angebracht, die wie vielfarbige Vögel herumschwirrten. Die Musik war laut und ein paar Leute tanzten sogar. Eine der Tänzerinnen war Mrs Lenner, sie lachte immer ziemlich schrill und war meistens ganz in Gelb und Orange gekleidet.

Direktor Frost beobachtete alles aus der Ecke, er wirkte aufgebracht.

Als ich mich umsah, entdeckte ich, dass Raya schon da war. Sie sah wunderschön aus.

Sie hatte ein Kleid an. Ich hätte nicht vermutet, dass sie Kleider trug. Ihres war violett. Ihre Haare waren zurückgebunden, und ich glaube, sie hatte Lipgloss oder so was aufgetragen, denn ihre Lippen glitzerten.

»Raya sieht gut aus«, sagte Max und klang verwirrt.

»Jaa«, brachte ich heraus.

»Krieg dich wieder ein, Alien«, sagte er. »Komm, wir suchen die Jungs.«

Ich folgte ihm, meine Augen allerdings nicht. Sie klebten an Raya. Mir war noch nie bewusst gewesen, wie sehr ich die Farbe Violett mochte.

Als Raya mich entdeckte, lächelte sie. Ich erwiderte ihr Lächeln, drehte mich dann aber schnell weg. Zum Glück war es dunkel.

»Was geht, Max?«, fragte Taj. Er trug ein viel zu enges weißes Hemd.

Wie konnte man so viele Muskeln haben?

»Mmh«, machte Max, der neben ihm stand und die Menge beobachtete. »Ist ja echt was los.«

Taj stieß ihm einen Ellbogen in die Seite. »Sieh dir mal Clara an.«

Wir blickten beide in ihre Richtung. Selbst ich war beeindruckt.

Ihre blonden Locken ergossen sich über ihren Rücken und sie trug ein himmelblaues Kleid.

»Wow«, sagte ich.

»Das ist wirklich wow«, erwiderte Max und winkte ihr zu. »Ich hatte keine Ahnung, dass heute Abschlussball ist.«

Taj schnaubte. »Du solltest mit ihr reden.«

»Vielleicht später«, erwiderte Max. »Gehen wir zu den anderen.«

»Ich komm gleich nach«, sagte Taj. »Tom und ich üben noch ein bisschen Moonwalk. ›Billie Jean‹, Baby.«

Max lachte und schüttelte den Kopf. »Da bin ich ja gespannt.«

Als wir uns Raya näherten, spürte ich, wie meine Wangen noch heißer wurden. Sie stand mit Ashley zusammen und fast sofort kam Clara dazu und ließ ihre strahlend weißen Zähne blitzen.

»Hey, Max«, sagte sie. »Schönes Hemd.«

Er lächelte. »Du siehst hübsch aus. Wie eine Prinzessin oder so.«

Ich dachte schon, sie würde in Ohnmacht fallen, so glücklich sah sie aus.

»Ach, das hing einfach so bei mir im Schrank.«

»Hey, Dan«, sagte Raya. »Dein Hemd ist auch ziemlich schön.«

Max feixte.

Ich rückte meinen Kragen zurecht. »Ach, das hing bloß so bei meinem Vater im Schrank.«

Clara warf mir einen genervten Blick zu, dann lief sie wortlos an mir vorbei zu Max und lachte über einen Witz, den er noch gar nicht gemacht hatte. Ich stellte mich ein wenig näher zu Raya, um ihr Platz zu machen.

»Hey«, sagte ich nervös. »Ich wollte mich noch entschuldigen –«

»Nein«, unterbrach sie mich. »Ich muss mich entschuldigen. Ich habe mich bescheuert benommen. Ich bin bloß, na ja … das einzige indische Mädchen an der ganzen Schule und manchmal reagiere ich da empfindlich. Alles gut.«

»Schön«, sagte ich. »Hast du Spaß?«

Raya verdrehte die Augen. »Und wie. Laute Musik und Jungs, die mich quer durch den Raum anstarren, als ob ich mich gleich auf sie stürzen würde. Aber es macht Spaß, Mrs Lenner beim Tanzen zuzusehen. Das wird vermutlich das Highlight meines Abends.«

»Wenn unsere Dates nicht allmählich aufhören herumzuhampeln«, stimmte Ashley zu, die mit Tom da war. »Ich geh mal nachschauen, ob der Blödmann irgendwann heute Abend rüberzukommen gedenkt oder ob er bloß mit seinem Schatzi in der Ecke tanzen will.«

Sie stürmte davon und ließ mich mit Raya stehen.

Ich fand Tanzveranstaltungen toll. Alle waren mit irgendwas beschäftigt.

»Und wie läuft es mit deiner Begleitung?«, fragte sie und sah zu Max.

»Ganz gut«, sagte ich. »Na ja, meine Mutter musste ihn abholen und ich hab das Blumenarmband vergessen, also noch ausbaufähig.«

Sie kicherte. »Besser als bei mir. Tajs älterer Bruder hat uns in einem Camaro abgeholt und ihm viel Spaß gewünscht, während er gleichzeitig mir zugezwinkert hat. Ich hätte kotzen können.«

»Das hätte dem Camaro aber nicht gutgetan.«

»Ich weiß. Hat dir deine Mutter die Haare gekämmt?«

Ich zögerte. »Sie hat sie ein bisschen zurechtgezupft. Die eigentliche Kämmerei hab ich erledigt.«

Sie streckte die Hand aus und verwuschelte meine Haare ein wenig. Ihre Berührung jagte Schauder bis in meine Füße.

»Zu viel gekämmt. Ich mag es, wenn es aussieht, als hättest du eine schlaflose Woche hinter dir, weil du an einem Roman schreibst.«

Ich sah sie an. »Woher weißt du, dass ich gern schreibe?«

»Weil du das manchmal tust, wenn du unbeobachtet bist.« Sie lächelte. »Oder dich zumindest so fühlst.«

Das war das tollste Gespräch meines Lebens. Clara und Max stellten sich wieder zu uns, aber meine Arme hörten keine Sekunde lang auf zu kribbeln. Wir standen zusammen und redeten, bis Clara Raya zum Mädchenklo zog.

»Wie glücklich?«, fragte Max.

»Zwölf.«

»Dachte ich mir.« Er beobachtete, wie Clara in der Toilette verschwand. »Sie will tanzen.«

»Dann tanz.«

Er sah mich an. »Ich mag sie nicht.«

»Sie sieht wie Aschenputtel auf dem Ball aus.«

»Aber sie redet wie die böse Stiefmutter.«

Ich zuckte mit den Achseln. »Du musst sie ja nicht heiraten. Tanz einfach mit ihr und gib den Prinzen.«

»Und wenn sie sich mit mir verabreden will oder so was?«

»Verschwindest du um Mitternacht.«

Er seufzte und drehte sich zum Mädchenklo. »Jaa.«

»Kopf hoch«, sagte ich. »Ich muss auch mal aufs Klo. Ich habe vorhin fünf Limos getrunken.«

»Warum?«, fragte er lachend.

»Nervöser Trinker«, erwiderte ich. »Bin gleich wieder da.«

Auf dem Weg zur Toilette schwebte ich quasi durch die Sporthalle. Raya hatte mit mir geredet und meine Haare berührt. Sie wusste, dass ich gern schrieb. Sie hatte gesagt, dass sie meine Haare wuschelig mochte.

Mein Hirn war so beschäftigt, dass ich mir nicht mal mehr Gedanken über die Markierungen auf dem Boden machte. Ich trat auf die Half-Court-Linie. Ich trete normalerweise nie auf eine Half-Court-Linie. Sie ist rot und bringt richtig Unglück.

Ich war schon fast bei den Toiletten, als ich Sara an einem Tisch sitzen sah, Miss Lecky neben ihr. Saras dunkle Haare waren zu Locken gedreht, sie trug eine grüne Bluse und eine schicke Hose. Sie starrte abwesend vor sich hin, während Miss Lecky auf ihrem Telefon eine Nachricht tippte. Vielleicht waren Saras Eltern der Meinung, es täte ihr gut, unter Leute zu kommen.

Unsere Blicke trafen sich kurz, dieses Mal sagte sie jedoch nichts, sondern beobachtete mich bloß.

Es war irritierend, ich spürte, wie mir ihre Augen bis zum Klo folgten. Doch als ich mich umdrehte, starrte sie wieder ins Leere, die hellen Lichter spielten Streiche auf ihrem Gesicht. Ich fragte mich, wo sie in Gedanken sein mochte, wenn sie so vor sich hin starrte.

Ich brauchte wahrscheinlich ziemlich lange. Weil ich nervös

war, dauerte es mit dem Pinkeln, und dann zupfte ich fünf Minuten an meinen Haaren herum, damit sie verstrubbelt aussahen. Ich weiß, das ist ironisch, aber es gibt verschiedene Arten von verstrubbelt. Als ich endlich zufrieden war und fand, dass ich wie ein übernächtigter Schriftsteller aussah, verließ ich das Jungsklo.

Ich blieb stehen.

Raya war mit Taj auf der Tanzfläche. Offensichtlich hatte Ashley die beiden Jungs erfolgreich überzeugt, sich um sie zu kümmern, denn Tom und sie tanzten ebenfalls. Das war das eine, aber Raya amüsierte sich auch. Sie lachte und ließ zu, dass Taj den Arm um sie legte, und dann tanzten sie eng und machten diesen Funky Chicken Dance, anschließend tanzten sie wieder eng.

Ich hatte sie noch nie so lachen sehen. Wenn sie mit mir lachte, war das ein ruhiges, kluges Lachen. Ich hatte es immer für ihre Art zu lachen gehalten. Aber das hier war anders. Es war ausgelassen und laut. Ich spürte wieder diesen Herzschmerz. *Du bist nicht gut genug. Du hast es verbockt.* Mein Magen begann zu ziehen, ich bekam keine Luft, meine Haut wurde kalt. Ich sah mich nach Max um, aber er tanzte mit Clara.

Ich war allein.

Ich ging zu einem Tisch in der Ecke der Sporthalle, an dem niemand saß. Auf allen standen Chips. Als ich mich setzte, spürte ich die Zaps kommen. Ich schob die Chipsschüssel hin und her. Dann trommelte ich auf mein Bein. Danach begann ich, die Beine übereinanderzuschlagen. Ich bewegte von Neuem die Chipsschüssel hin und her. Die Zaps wurden stärker.

Du hast die Chipsschüssel falsch bewegt. Du wirst dich dein ganzes Leben so fühlen. Raya wird dich nie mögen, weil du verrückt bist. Du musst die Chipsschüssel bewegen.

Mein Magen schmerzte. Meine Hände waren kalt. Ich wollte weglaufen.

Du hast falsch getrommelt. Dein Magen tut weh, weil du sterben wirst. Nun tut auch deine Brust weh. Du wirst sterben, wenn du nicht weitertrommelst. Du musst jetzt nach Hause gehen. Aber erst musst du trommeln. Nicht acht Mal. Nicht neun Mal. Zehn Mal. Nein, das hat sich nicht richtig angefühlt. Noch mal bei eins anfangen. Nein. Zwei. Nein. Drei.

Ich spürte, wie sich Schweiß auf meiner Stirn bildete. Wenn ich diese Zapanfälle bekomme, kann ich nur schwer denken oder fühlen und eigentlich nichts anderes tun, als zu versuchen, mich vor dieser Angst zu retten. Ich stand auf, der Schweiß lief mir übers Gesicht.

Ich hatte keinen Spaß mehr. Ich wollte nicht mehr in der Sporthalle sein.

Ich ging auf die Tür zu. Sara beobachtete mich wieder. Nun zeigte sie Interesse.

Ich zählte meine Schritte. Ich mied die Markierungen. Ich wich Tischen aus und sah niemanden an. Mein ganzer Körper war glühend heiß und eiskalt und ich bekam kaum Luft. Meine Brust schmerzte. Mein Kopf schmerzte.

Ich würde sterben.

»Daniel!«, rief jemand.

Als ich mich umdrehte, sah ich Raya auf mich zukommen. Ich wollte lächeln und etwas Schlaues sagen, aber ich schaffte es nicht.

»Wo willst du hin?«, fragte sie.

Ich hörte sie nur undeutlich. »Nach Hause«, brachte ich heraus. »Mir geht es nicht besonders.«

Ich wollte gehen, aber sie hielt mich am Arm fest. Sie wirkte besorgt.

»Du schwitzt.«

Ich zog meinen Arm weg. »Ich weiß. Wahrscheinlich das Essen oder so.«

»Eben ging es dir doch noch gut.«

»Es kam ganz schnell«, sagte ich. Sie schien unendlich fern. Ich kappte die Verbindung. Die Große Leere war da.

»Bist du sicher?«, fragte sie. »Warum bleibst du nicht noch ein bisschen –«

»Tut mir leid«, erwiderte ich und steuerte auf die Tür zu. Ich ließ sie stehen. Raya Singh. Aber sie war sowieso unerreichbar. Ich konnte nichts mehr fühlen. Als ich durch die Tür ging, sah ich den Lichtschalter. *Zap.*

1. Du wirst der Großen Leere nur entkommen, wenn du den Schalter drückst.
2. Die Große Leere ist sogar noch schlimmer als sonst. Ich fühle nichts. Ich kann nicht denken. Ich treibe davon. Meine Brust schmerzt und ich werde sterben. Ich will wieder normal sein. Ich will nach Hause.
3. Drück den Schalter, dann wird es dir besser gehen.

Der rationale Teil meines Hirns versuchte, sich wieder einzuschalten. Ich wusste, dass der Lichtschalter bedeutungslos war.

Ich konnte ihn ignorieren und nach Hause gehen, ohne dass sich etwas ändern würde. Aber dann verabschiedete sich der rationale Teil meines Hirns, und ich konnte bloß noch daran denken, dass ich sterben würde. Und ich wollte nicht sterben. Ich musste es in Ordnung bringen.

Und dann drückte ich zu meinem Entsetzen auf den Schalter. Das Licht ging an und alle blickten auf. Ich konnte sie nicht richtig erkennen, aber ich sah Sara. Sie lächelte.

Ich schaltete das Licht wieder aus. Alle starrten mich an.

Raya schien verwirrt.

Ich rannte aus dem Schulgebäude. Im wahrsten Sinne des Wortes. Erst als ich weit genug weg war, dass Max mich nicht mehr finden würde, blieb ich stehen. Die Hände in den Hosentaschen, stolperte ich durch die Dunkelheit nach Hause, Tränen liefen mir übers Gesicht. Ich war noch immer in der Großen Leere, aber jetzt spürte ich Angst.

Richtige Angst.

Ich hatte gerade vor der versammelten Schule das Licht angeschaltet. Ich hatte den letzten Rest Selbstbeherrschung verloren.

Meine Angst begann sich in Wut zu verwandeln. Ich wollte nicht nach Hause gehen und mein Programm abspulen. Ich wollte nicht drei Stunden brauchen, um ins Bett zu gehen. Ich wollte einfach wie Max und Taj und die anderen sein.

Ich wollte nicht verrückt sein.

Als ich heimkam, schlich ich mich ins Haus. Mein Vater war im Keller und meine Mutter sah im Schlafzimmer fern. Das Haus war still. Ich streifte die Schuhe ab, meine Wangen brannten noch von den Tränen. Ich war fuchsteufelswild.

Ich hätte alles gegeben, um das Programm auszulassen, aber ich konnte nicht. Am Ende lief ich einhundertneunundvierzig Schritte zwischen meinem Zimmer und dem Bad hin und her, stieß stumme Bitten aus und versuchte zitternd, ins Bett zu gehen, um mich dann doch wieder umzudrehen und es noch mal zu tun. Als ich hörte, wie sich meine Mutter bewegte, schaffte ich es endlich ins Bad, putzte mir die Zähne, bis das Zahnfleisch blutete, danach machte ich weiter, bis die Zahncreme rot schäumte. Meine Hände zitterten, aber ich konnte nicht aufhören. Wenn ich aufhörte, würde ich sterben. Ich würde nicht mehr aufwachen. Ich benutzte zwei Rollen Toilettenpapier und verstopfte das Klo, und als ich es mit der Saugglocke wieder in Ordnung brachte, merkte ich, wie mein Gesicht zuckte und mir die Tränen herunterliefen. Ich wusch mir die Hände, bis sie rot waren und sich anfühlten, als würde sich die Haut ablösen. Als ich noch mehr Bewegung im Schlafzimmer meiner Eltern mitbekam, hörte ich auf und huschte in mein Zimmer zurück, wo ich das Licht ein- und ausschaltete. Mein Gesicht war ganz nass vom Schweiß und den Tränen. Manchmal ging mir durch den Kopf, dass ich sowieso nicht mehr aufwachen wollte, aber dann bekam ich Angst und schaltete das Licht wieder an. Es dauerte Stunden. Ich weinte die ganze Zeit, mein Körper schmerzte höllisch, ich stieß stumme Schreie aus und fiel auf die Knie, und stellenweise dachte ich, ich könnte nicht mehr so weiterleben. Dass es einfacher wäre, tot zu sein. Aber ich hatte Angst vor dem Tod. Ich hatte vor allem Angst.

Ich absolvierte das ganze Programm in absoluter Stille. Als mein Vater ins Bett ging, schaltete ich das Licht aus und kletterte ins Bett. Er steckte den Kopf in mein Zimmer.

»Wie war die Party?«, fragte er.

»Okay«, sagte ich. Ich hatte die Decke über dem Gesicht. Er durfte mich nicht so sehen.

Er zögerte. »Ich hab dich eine ganze Weile herumlaufen hören. Alles in Ordnung?«

Ich war froh, dass die Decke mein Gesicht verdeckte. »Ja. Tut mir leid. Hatte bloß … ein bisschen Magengrummeln. Jetzt geht's mir wieder gut.«

»Prima«, sagte er, klang aber nicht überzeugt. »Na ja, versuch, ein bisschen zu schlafen. Wir können morgen früh reden.«

Als die Tür zu war, fing ich wieder an. Ich drückte den Lichtschalter, bis meine Hand taub war. Ich konnte es nicht in Ordnung bringen. Die Zahlen waren die falschen. Alles war falsch.

Und natürlich konnte ich nie mit Raya zusammen sein. Nicht, weil ich der Ersatz-Kicker war und Zahnstocherarme hatte.

Ich konnte nie mit ihr zusammen sein, weil ich verrückt war. Und weil ich Angst hatte.

Ich lag im Bett, bis meine Augen schwer wurden und die Dunkelheit mich holte.

8

Der Morgen ist normalerweise meine Lieblingstageszeit. Ich fühle mich frisch. Die Große Leere ist dann verschwunden und ein paar Sekunden lang bin ich zu müde, um an die Zaps zu denken. Es ist beinahe friedlich. Doch als ich heute aufwachte, war mein einziger Wunsch, die Sonne möge verschwinden. Ich war nicht so weit, wieder in die Schule zu gehen. Nach dem Abend gestern konnte ich meinen Mitschülern nicht gegenübertreten. Es war Halloween, das hatte ich fast vergessen. Einige kämen verkleidet zur Schule – vielleicht konnte ich eine Maske tragen. Aber leider sind Masken in der Schule nicht erlaubt. Es wäre zu praktisch gewesen.

Ich lag eine Weile da und dachte über mein Buch nach. Heute wollte ich aufwachen und der einzige Mensch auf der Welt sein.

Hatte ein Teil von mir sich das schon immer gewünscht?

Nachdem ich mich aus dem Bett gewälzt hatte, zog ich einen Hoodie und eine ausgewaschene Jeans an, schob die Hände in die Hosentaschen und ging nach unten. Es war einer dieser Morgen, an denen man glaubt, etwas Verdorbenes gegessen zu haben. Es windet sich im Magen wie ein Haufen Aale. Und zwar keine Unagi.

Emma saß allein am Tisch und las beim Essen die Zeitung. Sie war die einzige Zeitung lesende Neunjährige, die ich kannte. Sie legte sie beiseite und lächelte mich an. Sie war auch nicht verkleidet. Sie beteiligte sich grundsätzlich nie an etwas, was sie als »Kommerzfeiertag« bezeichnete.

»Wie war's?«, erkundigte sie sich eifrig.

»Okay«, sagte ich und schüttete Cornflakes in eine Schale.

Sie beobachtete mich, bis ich mich hinsetzte. »Du lügst. Was ist passiert?«

»Nichts.«

»Hast du Raya geküsst?«

»Nein.«

»Hast du versucht zu tanzen und dich blamiert?«

Ich warf ihr einen finsteren Blick zu. »Ich habe nicht getanzt.«

»Aber du hast dich blamiert.«

Ich dachte kurz darüber nach, dann nahm ich mir meine Cornflakes vor.

»Vielleicht.«

»Ist ja nichts Neues«, mischte sich Steve ein, der in die Küche geschlurft kam. Er nahm sich einen Proteindrink. »Hast du versucht zu tanzen?«

Ich legte meinen Löffel hin. »Warum glaubt ihr alle, dass ich mich damit blamiere?«

Steve trank einen Schluck und starrte mich an. »Hatte es mit diesem Mädchen zu tun?«

»Ja.«

Er wechselte einen wissenden Blick mit Emma. »Sie war mit einem anderen zusammen.«

»Jaaa«, nuschelte ich. »Aber das wusste ich schon vorher. Ich habe bloß nicht … erwartet, dass sie so glücklich aussehen würde.«

Emma runzelte die Stirn. »Ist das nicht der Sinn einer Schulparty?«

Steve trank noch einen Schluck, dann klopfte er mir sogar auf die Schulter. »Kopf hoch. Keiner mag Miesepeter.«

Mit diesem Kommentar verschwand er nach oben. Ich seufzte bloß und sah Emma an.

»Er sollte Psychologe werden.«

Auf dem Schulhof kam Max sofort auf mich zugelaufen. Er sah besorgt aus.

»Was war denn gestern Abend mit dir los? Ich hab dir geschrieben, aber …«

Ich zuckte mit den Achseln und versuchte, unbefangen auszusehen. »Mir ging es einfach nicht besonders. Keine große Sache. Wie war es noch so?«

Max schien seine Zweifel zu haben, aber er verzog das Gesicht zu einem Grinsen. »Ziemlich gut. Taj und Tom haben eine richtige Tanznummer hingelegt.«

»Das war garantiert der Hit«, sagte ich düster.

Max bemerkte offenbar die Veränderung in meiner Stimme. Er spähte zu der Gruppe hinter uns, wo Raya mit Clara redete. Beide hatten noch ihre Partyfrisur, aber sie trugen wieder ihre normalen Sachen. Aus der Achten schien sich keiner verkleidet zu haben. Ich war froh, dass ich nicht mein Luke-Skywalker-Kostüm angezogen hatte.

»Sie ist nicht mit ihm zusammen oder so.«

»Ist auch egal«, sagte ich. »Sie mag ihn. Und seien wir doch mal ehrlich – mich wird sie nie mögen.«

»Warum nicht?«

Ich verdrehte die Augen. »Weil ich ich bin. Ein Niemand. Mein Bruder hat recht. Ich sehe wie ein benutztes Q-tip aus.«

Max prustete los. »Der ist echt gut.«

»Ja«, sagte ich und wandte mich zu den Türen. »Ich muss mal aufs Klo.«

»War ein Scherz«, sagte Max.

»Kein Thema. Ich muss einfach pinkeln.«

»Dan?«

Ich drehte mich um.

Max zappelte nervös und war sichtlich verlegen. »Was war das denn mit dem Licht?«

Ich überlegte. »Ich dachte, ich hätte etwas fallen lassen. Wollte nur kurz nachsehen.«

»Hm«, sagte er. »Alles klar. Wir sehen uns im Unterricht.«

»Ja.«

Ich ließ ihn stehen und ging aufs Klo. Auf meinen Augen lag ein schmerzhafter Druck. Ich weiß nicht, warum, aber ich hatte das Gefühl, jeden Moment in Tränen auszubrechen. Ich hätte es Max gern erzählt, aber ich konnte nicht. Ich wollte ihm sagen, dass ich das Licht angeschaltet hatte, weil ich es musste. Und dass ich heute müde war, weil ich Stunden damit zugebracht hatte, zu zittern und zu weinen und stumme Schreie in die Dunkelheit auszustoßen. Und dass ich gegangen war, weil

Raya mich nie mögen würde und ich keine Ahnung hatte, wie ich das ändern konnte. Ich wusste überhaupt nicht, wie ich irgendetwas ändern konnte.

Als ich den Gang hinunterlief, sah ich, dass Sara gerade von ihrer Mutter vor der Eingangstür abgesetzt wurde.

Obwohl Mrs Malvern durch das offene Fenster ihres Lexus schaute, ging Sara, ohne ihr noch einmal zuzuwinken, ins Schulgebäude, wo sie aufs Sekretariat zusteuerte. Dort wartete sie wohl auf ihre Helferin.

Dieses Mal blieb sie stehen, als sie mich sah. Das Sonnenlicht strahlte die Tür hinter ihr wie ein Scheinwerfer an.

»Du bist in die Schule gekommen«, stellte sie fest.

Ich blickte hinter mich. »Hm … ja«, sagte ich. »Warum sollte ich nicht?«

Sie zuckte mit den Achseln. »Ich dachte, du würdest zu Hause bleiben. Du hast fertig ausgesehen. Wegen Raya.«

»Woher weißt du das?«

Sara lächelte. »Ich habe Augen im Kopf, weißt du.«

»Oh«, sagte ich. »Richtig. Dann war es wohl ziemlich auffällig.«

»Irgendwie schon. Aber ich beobachte dich ja auch.«

Ich erstarrte. So etwas sagte man nicht einfach zu jemandem. Und auf so was antwortete man auch nicht. Ich begegnete ihren durchdringenden grünen Augen und sah dann weg. »Du … was?«

Sie wandte ihren Blick nicht ab. »Ich beobachte dich manchmal. Du bist sehr interessant, weißt du.«

Ich spürte, wie ein Kribbeln über meine Arme lief, als würde jemand sacht mit den Fingerspitzen darüberfahren und dabei kaum die Härchen berühren. Es sorgte dafür, dass sich mein Rücken wie von selbst aufrichtete. Und dann fiel mir etwas anderes ein.

»Hast du mir diesen Zettel in den Rucksack gesteckt?«

»Manchmal stehst du ganz schön auf der Leitung«, sagte sie.

Ich runzelte die Stirn. »Dann … bist du also ein Sternenkind?«

Sie lächelte und hob ihr Handgelenk. Zum ersten Mal betrachtete ich ihr Armband genauer, die Anhänger waren kleine Sterne, jeder davon ein bisschen anders – insgesamt waren es sieben.

»Klar«, meinte sie. »Genau wie du.«

»Was?«

Sie schüttelte den Kopf. »Du weißt nicht mal, was du bist, oder?«

»Scheinbar nicht.«

»Lass dir Zeit.« Sie spähte zum Sekretariat. »Bist du nun bereit dazu oder nicht?«

Ich rieb mir die Stirn. Mit ihr zu reden, kam mir vor wie ein Marathonlauf.

»Bereit wozu?«

Sie seufzte. »Ich habe gehofft, du wärst schlauer. Vielleicht bist du aber auch eher jemand, der denkt statt redet. Schwer zu sagen. Du scheinst dir viele Gedanken zu machen, worüber, ist mir allerdings schleierhaft. Ob du bereit bist, mir zu helfen, natürlich.«

Ich zögerte und wusste nicht genau, was ich antworten sollte. »Hmmm … klar.«

Sara grinste. »Super. Warte nach der Schule auf mich. Komm

mir erst gar nicht mit Football. Wir wissen beide, dass du nicht spielst.«

Als sie auf das Sekretariat zuging, erwachte ich endlich aus meiner Schockstarre. »Wobei helfe ich dir eigentlich?«

Sie blieb stehen und betrachtete mich mit versteinerter Miene.

»Wir werden meinen Vater suchen.«

9

Eine Stunde später schrieb ich während des Unterrichts und versuchte, die Gedanken an mein Gespräch mit Sara Malvern zu verdrängen.

> Daniel eilte ins Haus und schloss die Tür hinter sich. Mit dem Rücken zur Tür versuchte er zu begreifen, was er soeben gesehen hatte. Die Gestalt. Sie war beinahe menschlich gewesen. Beinahe.
>
> Es hatte alles mit dem Schalter angefangen. Sein Vater hatte ihm tausend Mal eingeschärft, sich vom Dachboden fernzuhalten, aber er hatte der Versuchung nicht widerstehen können. Gestern hatte er sich schließlich hinaufgeschlichen, sich durch die Deckenklappe im Ankleidezimmer seiner Eltern gequetscht und war zwischen den Regalen mit Geräten durchgelaufen. Und dort, ganz allein mitten im Raum, hatte der Computer gestanden, der an mehrere Servertürme angeschlossen war. Er gab kein Geräusch von sich, wie er dort staubbedeckt

und allein in der Dunkelheit wartete. Wozu stand er dort?
Kurz darauf bemerkte er den Schalter. Er war seitlich an einer kastenförmigen Schalttafel neben dem Computer angebracht, die durch Kabel mit dem ganzen System verbunden war. Er wusste sofort, dass er die Finger davonlassen sollte.

Ich lehnte mich einen Moment zurück und starrte auf mein Notizbuch. Die Geschichte hatte sich einfach so beim Schreiben entwickelt. Ich hatte keinen Handlungsstrang entworfen oder vorausgedacht oder so. Es war, als würde ich ein Buch lesen, das nur für mich geschrieben worden war. Und nun befand sich der Daniel aus dem Buch in einer Situation, die ich nur allzu gut kannte. Sollte er auf den Schalter drücken? Er musste natürlich nicht. Er hatte keine Zaps, und er war nicht verrückt, und er konnte tun, was er wollte. Aber der Geschichten-Daniel war tapfer und klug und abenteuerlustig. Er fürchtete sich vor nichts. Und ich glaube, es war sein *Wunsch*, auf den Schalter zu drücken.

Neugier überwältigte ihn. Er musste herausfinden, welche Funktion der Computer hatte.
Er streckte zögernd die Hand aus und drückte auf den Schalter. Der Computerbildschirm schaltete sich an und auf den Servern leuchteten rote und grüne Lämpchen auf. Auf dem Bildschirm erschien eine Nachricht.

RÄUMLICHE VERSCHIEBUNG AUSLÖSEN? J/N

Daniel starrte auf den Bildschirm, die grünen Buchstaben auf schwarzem Hintergrund. Seine Hand bewegte sich von ganz allein. Seine Finger fanden das J. Er wollte wissen, was der Computer nun tun würde. Wie gefährlich konnte ein Computer auf seinem Dachboden schon sein? Er drückte auf die Taste.

VORGANG WIRD AUSGEFÜHRT.

Mehr nicht. Er stand einige Minuten da und wartete auf eine Reaktion. Als der Computer weiter stumm blieb, gab Daniel schließlich auf und verließ leise und enttäuscht den Dachboden. Es war ein alter Computer, nichts weiter.
Zumindest hatte er das angenommen. Als er jetzt so mit dem Rücken gegen die Haustür gelehnt stand, fiel ihm ein, dass er den Schalter nicht ausgeschaltet hatte.
Daniel flitzte wieder nach oben, zog die Bodenklappe herunter und kletterte die Leiter hoch. Er rannte zum Computer. Auf dem Bildschirm stand:

VORGANG ABGESCHLOSSEN.

Daniel setzte sich und drückte auf N. Nichts.

Er drückte auf Escape. Eine weitere Nachricht leuchtete auf.

VORGANG KANN VON DIESER STATION NICHT RÜCKGÄNGIG GEMACHT WERDEN.

„Welcher Vorgang?“, flüsterte er. Er ging die Unterlagen auf dem Schreibtisch durch. In seiner Verzweiflung drückte er auf den Schalter. Der Bildschirm erlosch. Aber es war zu spät.
Ein Blatt glitt heraus und fiel auf den Boden. Darauf stand:

Station Nr. 9
Bitte SAT vom 05/03/14 bis 05/03/15 überwachen.
Bei weiteren Fragen Zentrale kontaktieren.

Mit freundlichen Grüßen,
Charles Oliver
212-054-2012

Daniel legte das Blatt auf den Tisch. Er musste telefonieren.

Ich klappte mein Notizbuch zu und hoffte, dass niemand was mitgekriegt hatte. In der Schule schrieb ich nicht oft, aber für die Fälle, wenn mir besonders langweilig war, hatte ich heimlich ein Notizbuch dabei. Selbst wenn es jemand in die Finger bekommen hätte, wäre er vermutlich nicht daraus schlau geworden – meine Handschrift sah aus wie ägyptische Hieroglyphen.

Und da wir gerade Englisch hatten, nahm ich ja auch trotzdem irgendwie am Unterricht teil. Wir sprachen über »Herr der Fliegen«, das Buch hatte ich schon gelesen.

Sobald ich aufhörte zu schreiben, ertappte ich mich wieder dabei, an Sara zu denken. Ich war immer noch nicht sicher, ob ich mich mit ihr treffen würde. Ich hatte ja wirklich Footballtraining, und mein Vater sagte immer, man solle nie etwas ausfallen lassen, nicht einmal dann, wenn es keiner bemerkte.

Aber sie hatte mich gebeten, ihr bei der Suche nach ihrem Vater zu helfen. Wie konnte ich das einfach ohne Begründung ablehnen?

»Alles okay?«, flüsterte Max.

»Ja«, sagte ich. »Ich denke nur nach.«

»Über die Play-offs? Noch zwei Wochen.«

Ich gab ein Schnauben von mir. »Ja. Was sonst.«

Er nickte. »Ich auch. Portsmith ist gut. Die beste Mannschaft, gegen die wir bisher in dieser Saison antreten. Das wird knapp.«

»Wir müssen dringend an deinem Sarkasmusverständnis arbeiten.«

Er lächelte und drehte sich wieder nach vorn. »Raya hat ein schlechtes Gewissen, nur damit du das weißt.«

Ich richtete mich auf. »Was soll das heißen?«

»Sie hat es nicht gesagt, aber so was kriege ich mit. Als du heute Morgen reinkamst, hat sie dich angeschaut.«

Ich warf einen Blick in ihre Richtung und machte mir Notizen zu Mr Keats' Vortrag.

»Warum sollte sie ein schlechtes Gewissen haben?«

»Weil sie vielleicht weiß, dass du sie magst.«

Ich sah ihn entrüstet an. »Das hast du nicht gemacht.«

»War nicht nötig. Wenn sie dich anschaut, explodierst du wie ein Feuerwerk.«

»Toll«, brummte ich. »Als wäre es nicht schon peinlich genug.«

»Ich weiß etwas, was dich aufmuntern wird.«

»Was?«

Max grinste. »Taj hat mir erzählt, dass er ihr einen Gutenachtkuss geben wollte.«

»Warum soll es mir deshalb besser gehen?«

Er zuckte mit den Achseln. »Sie hat abgelehnt und ihn umarmt.«

Bevor ich etwas dagegen tun konnte, breitete sich ein Lächeln auf meinem Gesicht aus.

Max lachte. »Geht's dir besser?«

»Ein bisschen.«

Sara wartete allein bei den Eingangstüren. Nach einem kurzen Blick in jede Richtung lief ich auf sie zu. Sie sah merkwürdig ernst aus und drehte ihre dunklen Haare um einen Finger, während sie zum Parkplatz starrte.

»Hey«, sagte ich.

Sie fuhr zusammen. »Hey«, erwiderte sie. »Ich hätte nicht gedacht, dass du kommen würdest.«

»Warum hast du dann gewartet?«

»Das nennt man Glaube«, sagte sie. »Es ist egal, was man denkt. Nur Taten zählen.«

Ich schwieg einen Moment. »Wo ist deine Schulbegleiterin? Und deine Mutter?«

»Miss Lecky habe ich gesagt, dass meine Mutter mich wie sonst abholen würde, und meiner Mutter habe ich erzählt, dass ich länger bleiben würde, um mit Miss Lecky eine Sonderaufgabe zu machen«, erklärte sie. »Und jetzt brauchen wir eine Einsatzzentrale.«

Ich presste die Hände zusammen. »Aber … na ja, weigerst du dich sonst nicht zu sprechen?«

Sie lächelte. Sie hatte ein warmes Lächeln, allerdings erreichte es ihre Augen nicht.

»Nicht mit normalen Leuten. Zum Glück bist du aber nicht normal.«

»Danke«, sagte ich. »Also … Einsatzzentrale. Wir könnten zu mir gehen.«

»In Ordnung. Du kannst deiner Mutter ja erzählen, ich sei deine Freundin. Ich würde es nämlich vorziehen, wenn diese Ermittlungen ein Geheimnis blieben.«

»Warum?«

»Weil meine Mutter und ihr Freund darum gebeten haben, dass ich keine Nachforschungen anstelle. Mein Vater hat einen Abschiedsbrief hinterlassen, dass er das nicht möchte. Und weil ich glaube, dass er vom Freund meiner Mutter ermordet wurde.«

Ich machte große Augen.

»Ermordet?«

»Ich hoffe natürlich, dass ich mich täusche«, sagte sie. »Wollen wir los?«

»Okay«, sagte ich. »Komm mit.«

»Ich weiß, wo du wohnst«, sagte sie.

Ich rieb mir wieder über die Stirn. »Was sonst. Dann laufe ich wahrscheinlich dir hinterher.«

Sie betrachtete mich ernst. »Teamwork, Daniel. Wir werden nebeneinandergehen.«

Damit ging sie nach draußen, und ich musste mich sputen, um hinterherzukommen.

Saras Gang hatte etwas Entschlossenes. Mit einem Mal war sie ein völlig anderes Mädchen: konzentriert und schnell. Als wir die windigen Oktoberstraßen entlangliefen, musste ich halb gehen, halb joggen, um mit ihr Schritt zu halten.

»Du hast sicher Fragen«, sagte sie.

»Ich weiß nicht mal, wo ich anfangen soll.«

Sie drehte sich zu mir und lächelte. »Am Anfang.«

»Okay«, sagte ich langsam. »Warum hältst du mich für ein Sternenkind?«

Sie lachte so laut, dass ich zusammenzuckte. Es war, als würde aufgestaute Energie explodieren.

»Das ist vermutlich ein guter Anfang«, sagte sie. »Bist du anders, Daniel Leigh?«

Ich ließ es mir einen Moment durch den Kopf gehen. Natürlich war ich anders, schließlich versuchen die wenigsten Kinder, am Leben zu bleiben, indem sie Lichtschalter ein- und ausschalten und bestimmte Zahlen vermeiden. Aber darüber wollte ich nicht reden.

»Na ja … Ich halte mich für ziemlich normal.«

Sie lächelte wieder, fast gönnerhaft. »Genau. Du bist auch sehr intelligent, richtig?«

»Ich denke …«

»Du warst im Begabtenprogramm«, sagte sie. »Vermutlich hattest du nie eine schlechtere Note als A, oder?«

»In Mathe schon.«

Sie nickte. »Du bist ein Sprachkünstler. Ein Dichter. Eine verlorene Seele. Du schreibst, wenn dich niemand beobachtet, und du tust so, als wärst du wie die anderen, aber das bist du nicht. Du bist auch ein Berührer. Dein Geist ist anders.«

Ich versuchte mitzukommen, aber es war so gut wie unmöglich. »Was ist mit dir?«

Sie zuckte mit den Achseln. »Ich habe ein fotografisches Gedächtnis. Frag mich irgendeine Zahl im Periodensystem.«

»Neunundzwanzig.«

»Cu. Kupfer. Ein Übergangsmetall zwischen Nickel und Zink. Ich kann dir hundert Stellen von Pi aufsagen. Ich kann mich noch an den Tag erinnern, an dem ich dich zum allerersten Mal gesehen habe, du liefst den Gang hinunter und warst sieben. Du hast Jogginghosen getragen und ein Shirt mit »Star Wars«-Logo. Du hattest eine Art Vokuhila-Frisur und massenhaft Sommersprossen. Ich erinnere mich noch an deine Augen … Sie waren sehr blau. Ich habe dich angesehen, aber du hast mich nicht zur Kenntnis genommen. Du kamst mir irgendwie vertraut vor, jetzt weiß ich, dass es daran lag, dass du auch ein Sternenkind bist.«

Ich lief einfach neben ihr her und spürte dieses schwache Kribbeln auf meinem Körper, als würden mich diese weichen Fingerspitzen berühren. Sie hatte so eine Art, durch mich hindurchzusprechen. Ich spürte es vom Nacken bis in meine Zehen.

»Gibt es noch etwas, was einen zum Sternenkind macht?«

Sie drehte sich wieder zur Straße. »Ich gehe jetzt nicht auf alle Einzelheiten ein. Im Wesentlichen ist es ein besonderer DNS-Strang, der seit der Vorzeit weitervererbt wird. Von Zeit zu Zeit führt das zu einem Sternenkind – einem Menschen mit herausragender Intelligenz und einem reinen Herzen. Sternenkinder können außerdem ein wenig … exzentrisch sein. So wie ich.«

Ich zögerte. »Was ist … also … Bist du irgendwie krank? Medizinisch betrachtet?« Ich wurde rot. »So habe ich es nicht gemeint. Es ist bloß … die Begleiterin und dass du nicht sprichst, aber jetzt wirkst du normal …«

»Schon in Ordnung«, sagte sie. »Ich leide an generalisierter Angststörung, bipolarer Störung, leichter Schizophrenie und einer Depression.« Sie zuckte mit den Achseln. »Das wurde jedenfalls alles diagnostiziert.«

Sara blieb stehen und sah mich an.

»Ich bin also nachweislich bekloppt und ich schlucke jeden Abend fünf Pillen. Und dass ich jetzt normal wirke, liegt daran, dass ich es bin. Dass wir es sind.«

Wir bogen in meine Straße ein und wir gingen zu unserem Haus. Ich dachte daran, dass ich sie meiner Mutter vorstellen musste. Das würde nicht angenehm.

»Warum nennt man sie Sternenkinder?«, fragte ich.

»Wegen der außerirdischen DNS«, erwiderte sie. »Du bist nicht ausschließlich menschlich, Daniel Leigh.«

Ich sah sie fragend an, dann öffnete ich die Haustür. Meine Mutter kam um die Ecke und blieb stehen.

»Oh«, sagte sie. »Hallo.«

»Hey«, erwiderte ich. »Hmm … Das ist meine …«

Sara sah mich vielsagend an.

»... Freundin aus der Schule«, sagte ich. »Wir machen ein Projekt zusammen.«

Sara kniff erst die Augen zusammen, aber dann lächelte sie meine Mutter an und nickte. Offenbar hatte sie nicht vor zu sprechen. Mom wirkte unschlüssig, aber sie winkte uns herein.

»Schön, dich kennenzulernen«, sagte sie. »Möchtet ihr was essen oder trinken?«

»Nein«, antwortete ich. »Wir gehen gleich auf mein Zimmer.«

Meine Mutter zog die Augenbrauen hoch und ich seufzte. Sie meckerte ständig an Steve herum, seine Tür offen zu lassen, wenn seine Freundin da war.

»Und ich werde die Tür auflassen.«

Wir liefen schnell nach oben, Sara hinter mir kicherte leise. »Hatte sie Angst, wir würden rumknutschen oder was?«

»Keine Ahnung«, sagte ich. »Vermutlich.«

»Könnte dir so passen.«

Ich führte sie stirnrunzelnd in mein Zimmer und zeigte auf meinen Schreibtisch. Aber sie ging einfach daran vorbei und ließ sich auf mein Bett plumpsen. Dann klopfte sie auf den Platz neben sich.

»Hopp, hopp«, befahl sie. »Ich muss um fünf zu Hause sein.«

Ich setzte mich vorsichtig neben sie und sie öffnete ihre Tasche.

»Jetzt erklär ich dir erst mal ein paar Dinge.«

Sie nahm das Foto eines stämmigen Mannes mit kurzen schwarzen Haaren heraus. Er hatte ein warmes Lächeln. Ich erkannte die Augen – grün und eigenartig verhangen.

»Das ist mein Vater«, sagte sie. »Thomas Malvern. Kommunaler Abfallspezialist.«

»Er war Müllmann?«, fragte ich.

Sie funkelte mich böse an. »Kommunaler Abfallspezialist. Und er ist vor dreizehn Monaten verschwunden.« Sara holte einen mit schwarzem Stift geschriebenen Brief heraus. »Den hat er in meinem Zimmer hinterlassen.«

Ich nahm das Blatt.

Liebe Sara,

es tut mir so leid, dass ich gehe, ohne mich von Dir verabschiedet zu haben. Es war zu schmerzhaft, es Dir persönlich zu sagen … Ich hoffe, Du wirst mir verzeihen. Ich musste einfach gehen, mit Deiner Mutter läuft es nicht gut, und es ist Zeit, einen Schlussstrich zu ziehen. Ich weiß noch nicht, wo ich hingehen werde, und ich weiß auch nicht, ob Du dort Kontakt zu mir aufnehmen kannst. Ich werde versuchen zu schreiben. Ich war niemals der beste Vater, aber ich habe es versucht. Du warst das Allerwichtigste auf der Welt für mich und ich habe Dich sehr lieb. Such nicht nach mir, Sara, mein Schätzchen. Kümmere Dich um Deine Mutter.

Alles Liebe,

Dad

Ich blickte Sara an. »Das tut mir leid.«

Sie nahm den Brief und legte ihn aufs Bett. »Keine Zeit für Tränen.«

»Das ist doch ziemlich … eindeutig«, sagte ich. »Er ist weggegangen.«

Sie bewegte einen Finger hin und her. »Aber genau das ist das Problem. Mein Vater hat kaum geschrieben. Keine Briefe oder Tagebücher oder nicht mal Zettel. Aber er hat einmal einen Scheck ausgefüllt, den er nicht abgeschickt hat.« Sie hielt ihn in die Höhe. Er war an einen Stromkonzern adressiert.

»Und?«, fragte ich.

»Die Handschrift, Daniel.«

Ich betrachtete sie genauer. Sie ähnelte der auf dem Brief, aber es gab eindeutige Unterschiede. Die Buchstaben hatten nicht denselben Schwung und die Handschrift des Briefs war kleiner. »Vielleicht hat er ihn in Eile geschrieben?«

»Nein«, sagte sie ruhig. »Ich glaube nicht, dass er von ihm ist. Ich glaube, es war der Freund meiner Mutter.«

Ich sah sie fragend an. »Hast du eine Schriftprobe von ihm?«

Sara schüttelte den Kopf und tätschelte mein Bein. »Nein. An diesem Punkt kommst du ins Spiel.«

»Und wie?«

Sie lächelte. »Du gehst morgen zu seinem Haus und erzählst ihm, dass die Lokalzeitung ein Preisausschreiben veranstaltet. Er braucht bloß seinen Namen und seine Adresse auf ein Stück Papier einzutragen, dann werden wir unseren Beweis haben.«

»Aber –«

Sie holte ein Blatt Papier heraus. Darauf stand:

Erie-Hills-Express-Preisausschreiben

Gewinnen Sie zwei Tickets nach Florida! Fünf All-inclusive-Übernachtungen im fantastischen Coco-Beach-Tropicana-Hotel.

Bitte tragen Sie Ihren Namen und Ihre Adresse unten ein, die Gewinner werden in einer Woche benachrichtigt!

Das Formular trug sogar das Zeitungslogo. Es sah ziemlich offiziell aus.

»Aha«, brummte ich.

Sara nahm meine Hand und sah mich an. »Wirst du mir helfen, Daniel?«

Ihre Haut jagte Stromstöße durch meinen Arm. Noch nie hatte ein Mädchen meine Hand gehalten.

»Klar«, sagte ich. »Warum nicht?«

»Danke. Heute ist Halloween, willst du die Häuser abklappern?«

»Nein.«

»Gut. Ich habe mir nämlich überlegt, dass wir ein paar neue Vermisstenfälle auswerten könnten –«

Mein Handy klingelte. Ich zog es aus der Hosentasche. Es war Max.

»Hallo?«, sagte ich.

»Wo steckst du?«, rief er. »Coach Clemons ist stinksauer. Morgen lässt du dich besser blicken –«

»Warum kümmert es Clemons überhaupt, ob ich da bin?«, fragte ich. »Ist ja nicht so, als würde ich was verpassen. Ich spiele schließlich nicht.«

»Jetzt schon«, sagte Max. »Kevin hat sich beim Training am Knie verletzt. Du wirst das nächste Spiel spielen.«

Ich spürte, wie mein Magen in meine Schuhe sackte.

»Was?«

»Du wirst spielen«, wiederholte Max. »Er hat morgen ein

spezielles Kicktraining angeordnet. Mach dich darauf gefasst, Dan. Das ist der Moment, auf den du gewartet hast.« Er zögerte. »Vermassel es nicht.«

Dann legte er auf. Sara sah mich lächelnd an.

»Du hast ja ein volles Programm diese Woche«, sagte sie.

10

»Und«, sagte meine Mutter beim Abendessen und beobachtete mich schmunzelnd, »wer ist denn diese Schulfreundin von dir?«

Ich blickte von meinen Spaghetti auf. »Sara.«

Emma musterte mich mit unverhohlenem Interesse, sogar Steve spähte zu mir herüber.

»Und wie hast du sie kennengelernt?«

Ich sah sie fragend an. »In der Schule?«

»Hast du eine Freundin?« Emma beugte sich vor.

»Nein.«

Ich wandte mich wieder meinen Spaghetti zu. Hoffentlich konnte ich einfach essen und so schnell wie möglich aus der Küche verschwinden. Sonst würde mir meine Mutter für den Rest des Abends Löcher in den Bauch fragen. Sie war eine berüchtigte Ausfragerin.

»Ich dachte, du würdest auf diese Raya stehen«, sagte Steve.

Ich merkte, wie meine Wangen brannten. »Ich stehe auf überhaupt niemanden.«

»Klar«, sagte Steve.

»Sie war süß«, mischte sich meine Mutter ein. »Still. Ist sie schüchtern?«

»Jaa«, sagte ich. »Sehr schüchtern.«

Sara war kurz nach dem Anruf gegangen, wahrscheinlich hatte sie gemerkt, dass ich mit den Gedanken nicht mehr bei der Sache war. Ich wusste nicht, wovor ich mich mehr gruselte: Nachforschungen zu einem möglichen Mord anzustellen oder Football zu spielen. Eines war so ätzend wie das andere.

»Geh morgen nach dem Football zu seinem Haus«, hatte mir Sara aufgetragen. »Er wohnt in der Selkirk Lane 17. Sein Name ist John. Ich warte um halb sechs vor meinem Haus auf dich, dann kannst du mir alles berichten. Ich wohne Janewood Drive 52.«

»Aber –«

»Ich habe sämtliche Infos für dich aufgeschrieben. Sie liegen auf dem Bett.« Sie hatte mich angesehen. »Wir kriegen John für das, was er getan hat. Und dann machen wir uns Gedanken darüber, was als Nächstes ansteht. Wir haben eine Menge vor uns.«

Sie war nach unten gelaufen und ohne ein weiteres Wort gegangen, und ich hatte dagesessen und überlegt, was gerade geschehen war.

»Sie kam mir bekannt vor«, sagte Emma. »Wie hieß sie doch gleich –«

»Ich muss beim nächsten Spiel spielen«, unterbrach ich sie. Es war die einzige Möglichkeit, das Thema zu wechseln.

Steve legte seine Gabel auf den Teller. »Was?«

»Ich werde spielen«, murmelte ich. »Kevin hat sich verletzt. Ich bin in der Startaufstellung.«

Steve sah aus, als sei ihm schlecht. Er hatte früher bei den Erie Hills Elephants gespielt und liebte das Team. »Gibt es keinen anderen Ersatzmann?«, fragte er.

»Schönen Dank auch.«

Selbst meine Mutter wirkte besorgt. »Stehen nicht die Playoffs auf dem Spiel?«

»Jaa.«

Steve schüttelte den Kopf. »Ich sag es nicht gern, aber es könnte vielleicht nicht schaden, wenn wir ein bisschen zusätzlich trainieren. Ich kann den Ball halten, wenn du diese Woche ein paar Kick-offs üben willst.«

Auch wenn es eher aus Liebe zum Football als zu mir geschah, war ich beeindruckt, dass sich Steve ernsthaft bereit erklärte, Zeit mit mir zu verbringen. Beim Gedanken an noch mehr Football drehte sich mir allerdings der Magen um.

»Danke«, sagte ich. »Aber wir trainieren viel. Wird schon klappen.«

Meine Mutter rang sich ein Lächeln ab. »Dein Vater wird sich freuen.«

Ich seufzte. »Jaa.«

Kurz nach neun kam mein Vater grinsend in mein Zimmer. »Ich habe die Neuigkeit schon vernommen.«

Ich sah von meinem Computer zu ihm hinüber und schob mich vor den Bildschirm. »Ja.«

»Du wirst das gut machen«, sagte er und grinste unter seinem Schnurrbart, »du musst nur ruhig bleiben.«

Er klopfte an den Türrahmen, dann ging er, sichtlich zufrieden, den Flur hinunter.

»Wird bestimmt ein tolles Spiel!«

Ich wandte mich wieder meinem Computer zu. Er würde eine herbe Enttäuschung erleben.

Daniel nahm das Telefon, aber unter der Nummer meldete sich nur ein Anrufbeantworter.
„Dies ist der Anschluss von Charles Oliver. Hinterlassen Sie eine Nachricht."
Er blieb einen Moment stehen und überlegte, was er als Nächstes tun sollte. Er musste das Haus von Charles Oliver finden. Vielleicht gab es dort noch eine weitere Station. Vielleicht gab es noch einen Weg, die Menschheit zu retten.
Er googelte Charles Oliver, aber der Name war zu weitverbreitet, um hilfreiche Suchergebnisse zu liefern. Danach googelte er die Telefonnummer. Sie war aus New York City. Zehn Stunden Fahrt mit dem Auto, kein Problem. Daniel gab „Charles Oliver" in die kostenlose Telefonauskunft für New York City ein und erhielt elf Einträge für „C. Oliver". Es war ein Anfang. Als er zu dem Spalt blickte, wo das Sonnenlicht durch die Vorhänge schimmerte, erinnerte er sich an die Gestalt, die er zwischen den beiden Häusern gesehen hatte. Groß und schwarz wie die Nacht. Schnell wie ein Schatten. Und seltsam, unheimlich menschlich.
Wenn Daniel nach New York wollte, würde er fahren müssen.
Er packte eine Tasche mit dem Allernotwendigsten: seinem Laptop, dem Ladegerät, Wasserflaschen,

Müsliriegeln und für den Fall, dass er sich einsam fühlen sollte, einem Familienfoto. Er wollte gerade den Reißverschluss zuziehen, als ein vertrautes Geräusch durchs Haus hallte und ihn fast umkippen ließ.

Jemand klopfte gegen die Eingangstür.

Ich beendete die Seite und lehnte mich zurück. Ich hatte so eine Ahnung, wer es sein würde.

Die Blicke begannen in dem Moment, in dem ich die Schule betrat. Als ich auf die Gruppe neben dem Basketballplatz zuging, musterten mich Taj und die anderen mit einem hoffnungsvollen Blick, ob ich vielleicht über Nacht sportlicher geworden wäre. Wahrscheinlich denkt ihr, dass der Kicker ja nicht übermäßig sportlich sein muss, aber das ist ein Trugschluss, der Kicker ist extrem wichtig. Genau genommen ist der Kicker, was mein Vater oft genug betont hat, fast der Wichtigste im Team, um Punkte zu holen, außerdem hängt in den letzten Sekunden des Spiels alles vom Kicker ab. Er ist der Spieler, der wirklich unter Druck steht. Das alles half mir natürlich überhaupt nicht weiter, ich hatte das Gefühl, dass ich jeden Moment mein Frühstück wiedersehen würde.

»Morgen«, begrüßte mich Max und gab mir einen Klaps auf den Arm. »Bist du bereit für das Training heute Abend? Die ganze Line wird da sein, außerdem der Long Snapper. Ich habe darum gebeten, dass ich für dich halten kann. In Ordnung?«

»Ja, klar«, murmelte ich. »Könntest nicht einfach du kicken?«

Max lachte. »Du machst das schon. Es wird dir guttun. Aber streng dich beim Training an. Es ist ein wichtiges Spiel, Dan.«

»Danke, Max.«

Taj und die anderen kamen herüber und musterten mich kritisch.

»Wo warst du gestern?«, wollte Taj wissen.

»Ähm … Ich hatte einen Termin. Beim Arzt.«

»Na ja, steh heute Abend lieber auf der Matte. Wir brauchen nicht noch mehr verpfuschte Schüsse.«

Raya sah mich an. »Du brauchst dich nicht so vor Jüngeren aufzuspielen. Daniel schafft das schon.«

Irgendwie ärgerte ich mich über die Bezeichnung »Jüngere«, aber sie nahm mich zumindest in Schutz. Die Jungs begannen zu reden, Raya wandte ihnen den Rücken zu.

»Wie viel Schiss hast du gerade?«

»Sehr viel.«

Sie lachte. »Dachte ich mir. Aber du packst das. Ich habe dich übrigens gestern auf dem Heimweg gesehen.«

Ich sah sie an. »Und?«

»Du warst mit Sara unterwegs.«

Einen Moment lang stand ich da und wusste nicht, was ich darauf antworten sollte. »Ja.«

»Sie redet mit dir.« Es war keine Frage. »Sonst redet sie doch mit niemandem.«

Ich zuckte mit den Achseln. »Mit mir redet sie.«

Raya schüttelte bloß lächelnd den Kopf. »Du hast versteckte Qualitäten, Daniel Leigh.«

»Du kennst nicht mal die Hälfte.«

Sie lachte und stellte sich zu ihren Freundinnen, während

ich darüber nachdachte, dass gestern Vormittag alles viel unkomplizierter gewesen war.

»Wie?«, fragte Coach Clemons ungläubig. »Es sind fünfzehn Yards Entfernung.«

Ich hatte zum zweiten Mal hintereinander meinen Kick verpatzt. Ich sollte mich zurückarbeiten, an der Zehn-Yard-Linie anfangen und bis zu fünfunddreißig kommen. Bisher hatte ich es nie über die fünfzehn hinausgeschafft, was ein echtes Problem war, denn diese Entfernung war eigentlich Standard.

Es lag nicht daran, dass ich nicht kicken konnte. Früher mit Steve hatte ich auf dem Feld problemlos dreißig geschossen. Damals hatten wir oft gespielt, da fand er sich noch nicht zu cool für mich. Doch sobald andere zusahen und riefen und das gegnerische Team angriff, klappte es einfach nicht. Normalerweise rutschte mir der Ball nach rechts ab, manchmal so stark, dass er es nicht mal in die End Zone schaffte.

»Vermutlich ein genereller Mangel an Selbstvertrauen und Technik«, sagte ich resigniert.

Er schleuderte seine Mütze auf die Erde und stapfte davon. »Wasserpause.«

»Versuch es noch mal«, sagte Max. Er rannte, um den Ball zu holen, und ging in die Hocke. Alle anderen liefen schon zum Spielfeldrand und brummten etwas über den Kicker. Er drehte die Schnürung des Balls nach außen. »Los.«

Ich seufzte, dann sprintete ich vor und kickte den Ball problemlos durch die Torlatten. Max klatschte und stand grinsend auf.

»Siehst du? Geht doch.«

»Wenn mir niemand zusieht, kriege ich es hin«, sagte ich. »Es sind bloß die Nerven. Und Coach Clemons.«

»Blende sie einfach aus. Konzentriere dich nur auf den Ball und die Latten.«

»Leichter gesagt als getan.« Ich beobachtete Coach Clemons, der über das Spielfeld auf mich zugestürmt kam. Er hatte dieses rote, verschwitzte Gesicht, bei dem ihm ständig die Brille herunterrutschte.

Max schnappte sich den Ball. »Los. Noch ein Versuch.«

»Aber –«

»Ignorier ihn einfach. Entspann dich. Denk nur daran, den Ball zu kicken. Alles andere ist unwichtig.«

Nervös schüttelte ich meine Hände und versuchte, mich zu konzentrieren. Ich kannte den Ablauf: einen Schritt mit rechts, einen mit links und dann treten und den Stollenschuh Richtung Tor nachziehen. Ich hatte es früher mit Steve hundertmal geübt.

Plötzlich hatte ich das Gefühl, es hinzukriegen. Max hatte recht. Ich durfte mich nicht ablenken lassen.

Mit geballten Fäusten machte ich einen Schritt mit rechts, dann einen mit links und holte aus –

»Leigh!«, brüllte Coach Clemons. »Ich hab mir was überlegt.«

Ich versuchte, zu kicken und mich dabei gleichzeitig umzudrehen. Ich verfehlte den Ball und spürte, wie mein Bein nach oben schwang und mich hinterherzog. Entsetzt stellte ich fest, dass ich den Halt verloren hatte, und kurz darauf klatschte ich hart neben Max auf den Hintern. Mein Kopf knallte auf den

Boden und ich zog mir wahrscheinlich ein lebenslanges Hirntrauma zu.

Über mir tauchte Coach Clemons auf, er war in Rage.

»Vergiss es«, sagte er traurig. »Es ist hoffnungslos.«

Mein Tag wurde nicht besser. Nachdem ich mich umgezogen und schnellstmöglich verdrückt hatte, bevor mir Coach Clemons noch mehr Ratschläge geben konnte, fiel mir ein, dass ich an diesem Abend noch ein weiteres Problem hatte. Ich würde mit Nachforschungen zu einem Mord beginnen.

Warum hatte ich mich bloß bereit erklärt, Sara zu helfen? Die Vorstellung, John gegenüberzutreten und ihm hinterherzuschnüffeln, ließ meinen Magen grummeln. Ich war eindeutig jemand, der eher dachte als handelte.

Aber da ich Sara meine Hilfe versprochen hatte, blieb mir keine Wahl.

Ich hatte die Adresse am Abend zuvor nachgeschaut, das Haus lag ein Stück weiter südlich, in einem etwas heruntergekommenen Teil der Stadt. Zu Fuß brauchte man ungefähr fünfundzwanzig Minuten. Es war ein kleiner brauner Bungalow mit ungepflegten Blumenbeeten und einem verwilderten Rasen. In der Einfahrt stand ein großer schwarzer Pick-up, er war schlammbespritzt und verbeult. Ich überprüfte die Fenster des Hauses – sie waren dunkel.

Ein paar Minuten stand ich davor und trat von einem Fuß auf den anderen. Vielleicht konnte ich Sara einfach erzählen, dass ich ihn nicht angetroffen hatte? Ich stellte sie mir vor – wie sie mich verächtlich ansehen und einen Feigling nennen würde. Sie wüsste, dass ich mich drücken wollte. Sie schien alles über mich zu wissen.

Bei dem Herumgezappel trat ich auf eine Ritze im Gehweg. Auf der Stelle zog sich mein Magen zusammen, und mein Körper begann zu kribbeln, und ich trat noch einmal darauf, um das Gefühl abzuschütteln. Es funktionierte nicht. Ich trat noch einmal auf die Ritze, aber das Gefühl blieb. Jetzt war mir klar, dass ich ein Problem hatte. Wenn ich es nicht sofort in den Griff bekam, musste ich noch mal kommen, und das wollte ich nicht. Aber ich trat schon zum vierten Mal auf den Spalt, das war inakzeptabel. Ich trat fünf Mal darauf und dann war ich schnell bei zwanzig. Als eine Frau mit ihrem Hund vorbeikam, hielt ich inne und tat, als würde ich einen Zettel lesen. Sobald sie vorbei war, machte ich weiter. Bis ich weitergehen konnte, war ich bei hunderteinundzwanzig angelangt.

Ich checkte mein Telefon. Ich war siebzehn Minuten lang auf die Ritze getreten.

Ein wenig genervt beschloss ich, die Sache hinter mich zu bringen. Ich wollte nach Hause.

Ich versuchte, das zunehmende Panikgefühl zu verdrängen, und lief zur Haustür, wo ich einen Stift und das gefälschte Preisausschreibenformular herausnahm. Mit zitternden Händen drückte ich die Klingel und wartete.

Eine Minute verging und ich zappelte nervös herum. Gerade, als ich mich erleichtert zum Gehen wenden wollte, öffnete sich die Tür und eine schroffe Stimme fragte: »Ja?«

Ich erstarrte und drehte mich wieder um. Normalerweise versuche ich, nicht in Klischees zu denken, aber ich konnte nachvollziehen, warum Sara John für einen Mörder hielt. Er war groß und massig, auf seinen nackten, muskulösen Armen waren verblasste Tattoos, alles Mögliche von Popeye bis zum Gesicht einer Frau.

Er hatte einen angegrauten Bart von den Wangen bis zum Hals, seine tief liegenden grauen Augen musterten mich, als wolle ich ihm einen Staubsauger oder Ähnliches andrehen.

»Ähm, hallo«, sagte ich verschüchtert. Mein Hirn funktionierte schon wieder nicht. Warum hatte es darauf bestanden, das hier durchzuziehen? Ich versuchte, meine Fassung wiederzugewinnen. »Ich komme vom Erie Hills Express.«

John zog eine buschige schwarze Augenbraue hoch. »Du bist nicht der Zeitungsjunge.«

Scharfsinnig erkannt. Ich überlegte schnell.

»Nein«, sagte ich. »Ich bin wegen des großen Preisausschreibens unterwegs, das wir gerade veranstalten. Die Abonnenten brauchen bloß ihren Namen und ihre Adresse einzutragen, dann nehmen sie an der Verlosung einer Reise nach Florida ins Coco-Beach-Hotel teil. Es ist eine … eine Nachbarschaftsinitiative.«

Gut improvisiert. Wenn bloß meine Hände nicht so gezittert hätten, dass das Blatt drohte herunterzufallen. John blickte mich wenig überzeugt an, aber dann nahm er das Formular und den Stift.

»Fünf Tage?«, brummte er. »Nicht übel. Nur für zwei?«

»Hm, ja«, sagte ich und spähte unauffällig hinter ihn. Das Haus war dunkel und spärlich möbliert. Ich glaube, an der Wand hing ein Poster von einer Frau im Badeanzug.

Er hielt beim Schreiben inne und sah mich an. Über sein Kinn verlief eine aufgeworfene Narbe.

»Du schickst mir aber keine Werbezettel und solchen Blödsinn, oder?«, fragte er.

»Nein«, murmelte ich.

»Gut.« Er reichte mir das Blatt und den Stift. »Viel Glück noch.«

Damit schloss er ohne jeden weiteren Kommentar die Tür und ließ mich auf der Veranda stehen. Ich huschte von seinem Grundstück und eilte die Straße hinunter, als hätte ich gerade seinen Fernseher gestohlen. Als ich um die Ecke war, warf ich einen Blick auf das Blatt.

Ich hatte kein fotografisches Gedächtnis wie Sara, aber das war auch nicht nötig.

Die Handschrift war exakt dieselbe wie die auf dem Abschiedsbrief.

11

Sara wartete bibbernd an ihrer Straßenecke auf mich. Sie trug eine leichte Windjacke und starrte den vorbeifahrenden Autos nach, ihre Haare flatterten ihr ins Gesicht.

Als sie mich entdeckte, wurde ihr Blick hart. Ich wunderte mich einmal mehr über Sara Malvern. In meiner Gegenwart war sie ein völlig anderer Mensch. Diese Sara hier war aufmerksam und heftig und vollkommen klar, wie eine Generalin oder so. Sie verschränkte beim Warten die Hände hinter dem Rücken und ich machte mich schon auf eine Standpauke zum Thema Pünktlichkeit gefasst.

»Und?«, fragte sie.

Ich reichte ihr den Zettel. Sie starrte ihn an und ihre Miene verdüsterte sich. Wir standen schweigend da, dann begann ihr ganzer Arm zu zittern. Ihre Augen wurden feucht.

»Alles in Ordnung mit dir?«

Sie sah mich nicht an. »Der Abschiedsbrief war alles, was ich von ihm hatte«, flüsterte sie. »Ich habe meiner Mutter gesagt, dass die Handschrift komisch ist, aber sie meinte, er sei bestimmt in Eile gewesen. Sie sagte, er sei in schlechter Verfassung gewesen, als er ging. Die Handschrift hat schon Ähnlichkeit mit seiner, John muss eine Schriftprobe gehabt haben. Aber das hier ist die Schrift des Abschiedsbriefes. Sie haben mich angelogen. Er hat meinen Vater umgebracht.«

»He, he«, sagte ich. »Es bleibt trotzdem immer noch eine Vermutung. Vielleicht ist dein Vater gegangen, und sie wollten dir bloß versichern, dass es ihm gut geht –«

»Mein Vater würde nicht gehen«, sagte sie scharf. »Niemals. Verstehst du das?«

Ich war bestürzt. »Ja. Natürlich. Und was machen wir jetzt?«

»Wir werden einfach noch mehr über John Flannerty herausfinden«, sagte sie. »Hast du morgen Zeit?«

Ich öffnete den Mund.

»Nach deinem bescheuerten Training«, sagte sie und verdrehte die Augen.

»Äh … ja«, sagte ich.

»Gut. Wir treffen uns bei mir. Bring deinen Laptop mit. Ich gehe jetzt mal besser rein.«

»Darf ich dich was fragen?«

Sie sah mich an. »Klar.«

»Redest … Hast du mit deinen Eltern geredet?«, fragte ich neugierig.

Ihre dunklen Augen blitzten wieder auf. »Das geht dich nichts an.«

Die Schroffheit, mit der sie das sagte, ließ mich zusammenzucken. Sie verwandelte sich blitzschnell von nachdenklich zu wütend.

»Tut mir leid«, sagte ich. »Ich wollte mich nicht einmischen. Ich bin bloß … mit den Nerven am Ende.«

Ihre schmalen weißen Lippen verzogen sich sofort zu einem Lächeln. »Es gefällt mir, dass du Ausdrücke wie ›mit den Nerven am Ende‹ benutzt. Du bist sehr intelligent, Daniel Leigh. Deshalb warst du vermutlich auch im Begabtenprogramm.«

»Das war überhaupt nichts Besonderes«, sagte ich verlegen.

»Ich weiß«, sagte sie. »Ich war auch drin.«

»Echt?«

»Ja. Aber mir haben sie den Stempel ›sozial eingeschränkt‹ verpasst und die Psychologen rieten meinen Eltern, mich wieder in eine reguläre Klasse zurückzustufen.« Sie lächelte spöttisch. »Wie du dir vorstellen kannst, hat das hervorragend für mich geklappt.«

Sie ging sehr offen mit ihrer Verfassung um. Falls »Verfassung« das richtige Wort war. Ich hatte es immer für ein seltsames Wort gehalten, um eine psychische Erkrankung zu beschreiben, weil es ebenso benutzt wurde, um eine gute körperliche Verfassung zu beschreiben. Litt sie also an einer Krankheit oder kümmerte sie sich einfach nicht gut um ihren Verstand, trainierte ihn nicht oder so? Ich glaube, ich war schon wieder mit meinen Gedanken woanders, denn Sara starrte mich an.

»Was?«, fragte ich.

»Wo gehst du hin?«, fragte sie ruhig.

»Nirgendwo«, sagte ich.

»Lügner.« Sie lächelte. »Keine Sorge … Ich glaube, wir werden noch genug Zeit haben, uns kennenzulernen. Wir haben bestimmt eine Menge gemeinsam. Bis morgen.«

Ich lief nach Hause und hoffte, dass wir nicht so viel gemeinsam hatten, wie sie annahm.

Ich wollte schreiben, aber ich musste ständig an Football denken und an John Flannerty und die Tatsache, dass ich noch keinen Schritt damit weitergekommen war, Raya für mich einzunehmen. Aber wahrscheinlich konnte mir Steve bei zwei dieser Probleme helfen.

Als er vom Footballtraining nach Hause kam, klopfte ich an seine Tür. Bei meinem Anblick stöhnte er auf.

»Was ist denn jetzt schon wieder?«

»Ich brauche noch mal deinen Rat.«

Er drehte sich wieder zu seinem Computer. Er schrieb gerade eine Nachricht an seine Freundin Rachel. Sie war Cheerleaderin und ein bisschen fies. Weil meine Mutter sie nicht mochte, kam sie nicht oft zu uns.

»Was?«

»Raya mag mich immer noch nicht. Und ich muss Samstagmorgen spielen und ich bin beschissen.«

Ich schielte auf die Nachricht, die er an Rachel schrieb. Da stand: *Ich finde bloß, du verbringst eine Menge Zeit mit Adam.* Hoffentlich fingen sie nicht an, sich zu streiten. Wenn er mit Rachel stritt, wurde es immer unschön.

Er warf mir einen Blick zu. »Hast du schon Hantelübungen gemacht?«

»Nein.«

»Hast du diesen Wischmopp schneiden lassen, den du als Frisur bezeichnest?«

Ich schwieg einen Moment. »Nein.«

»Dann hast du meine Ratschläge also nicht befolgt.«

»Ich brauche machbarere Ratschläge. Schau mich doch an – mit meinem Aussehen werde ich sie nicht erobern.«

Er schnaubte. »Wohl wahr. Dann mach Folgendes. Moment.« Er tippte: *Jaa, gut, das hat er jedenfalls in der Umkleide gesagt. Sei nicht so.*

Uuuh. Ich musste das schnell hinter mich bringen.

Er wandte sich wieder zu mir. »Rede einfach ganz locker mit ihr. Lass ab und zu ein Kompliment fallen. ›Es gefällt mir, was du anhast.‹ ›Du siehst heiß aus.‹ Was weiß ich … Womit du dich eben wohlfühlst. Einmal das und dann gewinnst du am Samstag das Spiel für dein Team und genau in dem Moment küsst du sie.«

Ich sah ihn verdattert an. »Ich glaube, du erkennst das Problem nicht. Ich bin eine Niete beim Football.«

Er zuckte mit den Achseln. »So habe ich Rachel rumgekriegt. Jeder mag Helden. Sei einer.« Er drehte sich wieder zu seinem Computer und schlug auf den Tisch. »Ist das dein Ernst?« Er begann, wie verrückt loszutippen. »Verschwinde.«

Ich war schon halb auf dem Flur.

Zitternd stand ich vor dem Lichtschalter in meinem Zimmer. Ich hatte die ganze Nacht »Der Hobbit« gelesen und mich besser gefühlt. Dieses Buch schaffte es immer, dass ich mich besser fühlte. Aber es half auch nicht. Das Programm hatte mich trotzdem eingeholt.

Meine Hand war verkrampft und tat weh. Ich hatte eine ganze Weile das Licht ein- und ausgeschaltet und war schon zwei Stunden mit dem Programm zugange. Bis auf Steve, der zu Rachel gefahren war, um sich zu streiten, lagen alle im Bett. Ich tat es leise und verstohlen. Aber mir liefen Tränen über die

Wangen, und ich biss mir so fest auf die Lippen, dass ich Blut schmeckte. Ich steckte in der üblichen Falle. Wenn ich es nicht richtig machte, würde ich am nächsten Morgen nicht aufwachen.

Es ist vermutlich schwierig, das nachzuvollziehen. Aber während des Programms klinkt sich mein Verstand aus. Ich falle in die Große Leere, und außer Angst und dem verzweifelten Versuch, sie in den Griff zu bekommen, existiert nichts mehr auf der Welt. Ich drückte auf den Schalter und dachte: *Du hast es falsch gemacht. Das war das hundertzwölfte Mal, also eins plus eins plus zwei, was vier ergibt, und vier ist nicht in Ordnung.* Dann existiert plötzlich nur noch Angst – die Art Angst, die einem im Nacken sitzt und den Kopf umklammert und einen weder Glück noch Hoffnung noch sonst irgendwas sehen lässt. Also drücke ich den Schalter noch mal. Und noch mal. Und dann schmecke ich noch mehr Blut und fühle Tränen und ich zerkratze mir das Gesicht, weil ich weiß, dass ich geisteskrank bin, aber ich kann trotzdem nicht damit aufhören, weil ich nicht sterben will. Ich versuche, an Raya zu denken und an meine Familie und an alles außer Angst, aber es fällt mir schwer.

Schließlich schaffe ich es, das Licht auszuschalten, mich umzudrehen und ins Bett zu legen. Meine Gedanken wandern zu Sara.

Bin ich ein Sternenkind? Muss ich deshalb leiden?

Der Gedanke gefiel mir. Es war besser, als verrückt zu sein.

Ich war tief in der Großen Leere, aber nun konnte ich schlafen.

Ich drehte mich auf die Seite und das Kissen war sofort klatschnass.

Als ich Max am Montag in der ersten Pause einen Korb werfen sah, rannte ich sofort auf meine Position zurück. Ich sollte eigentlich mitspielen, aber in Wirklichkeit versuchte ich nur mit allen Mitteln, den Ball nicht zu berühren. Es war die beste Methode, um den Mut nicht zu verlieren.

Das Wochenende war ziemlich ereignislos verlaufen: Max hatte mich zweimal aufs Footballfeld geschleppt, um kicken zu üben, und mich erst gehen lassen, als ich es von der Fünfunddreißig-Yard-Linie schaffte. Ich versuchte, ihm zu erklären, dass das eigentliche Problem meine Nerven waren, aber er wollte nicht zuhören. Er dachte, mit Trainieren sei alles zu lösen. Es klang plausibel, aber es schien nicht zu funktionieren.

Ansonsten hatte ich bloß Hausaufgaben erledigt und mit Emma gelesen. Oh, und dreimal ein schreckliches Programm hinter mich gebracht. Ich glaube, der Stress, einen möglichen Mord zu ermitteln, und das bevorstehende Footballspiel gaben mir endgültig den Rest. Ich schrieb fünf Kapitel meines Buches, um am Sonntagnachmittag ruhiger zu werden, das war immerhin etwas. Fantasie-Daniel war schon mitten in seinem Abenteuer. Der reale Daniel hingegen war weiterhin damit beschäftigt, seine Schritte zu zählen und sich in den Schlaf zu heulen.

Manchmal wünsche ich mir wirklich, der Fantasie-Daniel zu sein … Ich mag ihn lieber.

Taj dribbelte über den Platz, direkt auf mich zu. Ich sollte Scott Fields decken, den massigen rechten Guard unseres Footballteams. Scott konnte mich problemlos plattmachen, aber er war auch richtig schlecht beim Basketball und verpatzte normalerweise seine Würfe. In uns hatten sich also zwei gesucht und gefunden. Heute hoffte Taj aber offenbar, den Schwachpunkt unserer Abwehr aufs Korn zu nehmen, nämlich mich.

»Hilfe!«, rief Tom Dernt, als er es nicht rechtzeitig schaffte, Taj zu blocken. Nun war ich gefragt.

Ich überließ Scott sich selbst und konzentrierte mich auf Taj, ging tief in die Knie und streckte die Hände aus, wie Max es mir beigebracht hatte. Taj kam näher, eindeutig überrascht, dass ich überhaupt Anstalten machte, ihn aufzuhalten. Er grinste und begann zu dribbeln. Nun war es eins gegen eins. Die anderen Spieler wichen zurück und feuerten uns an.

Taj wendete sich nach links und ich stellte mich vor ihn. Er kam noch näher, dribbelte zwischen den Beinen und sah mir in die Augen. Er zeigte dieses höhnische Feixen, bei dem sich die Hälfte seines Gesichts so verzerrte, dass sein rechtes Auge zusammengekniffen war.

»Willst du mich decken, Leigh? Schlechte Taktik.«

»Genau die richtige«, erwiderte ich. »Schließlich will ich verhindern, dass du einen Korb wirfst.«

»Falls du mir Angst machen willst, Leigh, musst du noch ein bisschen üben.«

Ich streckte die Hand aus, um ihm den Ball abzunehmen, aber er trat zurück und dribbelte hinter seinem Rücken. »Ich spiele bloß.«

Das war wohl doch einschüchternd. Ich war stolz. Aus dem Augenwinkel sah ich Raya und die anderen Mädchen, die an ihrem üblichen Platz an der Wand standen. Rayas ganze Aufmerksamkeit war auf unseren Zweikampf gerichtet. Das war einer der Momente, die Steve gemeint hatte. Sei ein Held. Halte Taj auf und erobere Rayas Herz.

Oder so ähnlich.

Ich konzentrierte mich wieder und versuchte, den Blick auf Tajs Brust zu richten. Mein Vater sagte immer, man müsse den Spieler im Auge behalten, schließlich bewegte sich der Ball ohne ihn nirgendwohin. Endlich hatte sich Taj entschieden. Er dribbelte hinter dem Rücken und wendete sich hart nach rechts, auf den Korb zu. Normalerweise wäre ich dem Ball gefolgt und hätte mich täuschen lassen, aber ich blieb an ihm dran und er musste ausweichen – sich vom Korb wegdrehen und rückwärts in die Wurfzone eindringen. Ich blieb auch dieses Mal an ihm dran, versuchte, den Ball zu packen, und hielt ihn vom Wurf ab.

Genau in diesem Moment holte er mit dem Ellbogen aus und rammte ihn gegen mein Kinn.

Ich stolperte überrascht zurück, er tippte den Ball einmal auf und legte ihn in den Korb. Als er durchfiel, sah mich Taj an und lächelte. »Ehrenwerter Versuch, Leigh.«

Ich tastete meinen Mund ab. Er blutete. Wem wollte ich eigentlich etwas vormachen? Ich war kein Held.

Max zog mich auf die Füße und warf Taj einen bösen Blick zu. »Offensivfoul«, sagte er.

»Das kann nur der Verteidiger ansagen.« Taj sah mich an. »Willst du das?«

Er betrachtete mich mit diesem mitleidigen, spöttischen Blick, der die Schmerzen in meinem Kinn nicht besser machte.

»Nein«, nuschelte ich.

Max machte ein finsteres Gesicht und musterte das herunterlaufende Blut. »Geh lieber ins Sekretariat«, sagte er. »Das sieht ziemlich übel aus.«

Ich nickte und presste mir das T-Shirt auf den Mund, während ich zum Schulgebäude lief. Kurz vor dem Eingang hielt mich Raya am Arm fest. Sie sah besorgt aus.

»Alles in Ordnung mit dir?«, fragte sie. »Das war hinterhältig.«

»Schon gut«, sagte ich durch mein Shirt hindurch. »Pech.«

»Beim Sport hast du immer Pech.« Sie betrachtete stirnrunzelnd mein blutiges T-Shirt. »Komm. Ich begleite dich ins Sekretariat, nicht, dass du von dem Blutverlust in Ohnmacht fällst oder so.«

Sie packte meinen freien Arm und zog mich ins Schulgebäude. Ich grinste unter meinem Shirt.

Heldentum beinhaltete vielleicht doch mehr, als ein Spiel zu gewinnen.

Ms Redler, die Sekretärin, erlaubte Raya, im Büro zu bleiben, während sie mir ein Pflaster aufs Kinn klebte. Es war bloß eine Platzwunde, sie ging nicht davon aus, dass ich genäht werden musste.

Ms Redler war rundlich und hatte eine rote Mähne und die beruhigendste Stimme, die ich je gehört hatte. Es war schwer vorstellbar, wie sie Tag für Tag mit Direktor Frost zusammenarbeiten konnte, aber offensichtlich verfügte sie über die nötige Geduld.

»Besser?«, fragte sie und prüfte noch einmal, ob das Pflaster hielt.

»Viel besser«, antwortete ich. »Danke, Ms Redler.«

Sie schnalzte mit der Zunge. »Sei vorsichtig da draußen! Ihr

Jungs mit eurem Sport. Irgendwann bekomme ich noch graue Haare davon.«

Sie schickte mich los und Raya erhob sich lächelnd.

»Schau dich bloß an«, sagte sie. »Jetzt bist du kampferprobt.«

Ich nickte. »Du solltest den anderen Typen sehen.«

Wir liefen auf den Gang. Ich versuchte, sie nicht anzustarren. Sie hatte an diesem Tag Lipgloss aufgetragen und ich konnte sogar den Cappuccinogeschmack riechen. Es ließ ihre dunklen Lippen im harten Licht der Leuchtstoffröhren glitzern und plötzlich wollte ich unbedingt einen Cappuccino. Als sie zu mir herüberspähte, drehte ich mich schnell wieder nach vorn.

»Vielleicht solltest du dir ein neues Hobby zulegen«, sagte sie.

»Aber ich bin so eine Sportskanone. Das wäre doch ein Jammer.«

Sie prustete. »Und wie. Was machst du sonst noch gern? Schreiben, das weiß ich. Vielleicht solltest du lieber schreiben.«

»Ich bin nicht besonders gut.«

»Das glaube ich nicht. Worüber schreibst du so?«

Ich zuckte mit den Achseln und hoffte, wir würden das Thema wechseln. »Irgendwas. Ich schreibe ein Buch. Es ist nichts.«

»Ein Buch? Wovon handelt es?«

»Von … einem Jungen, der aus Versehen die Menschheit ausrottet. Er bleibt ganz allein auf der Erde zurück und muss einen Weg finden, die anderen Menschen zurückzuholen.«

Sie sah mich an. »Es handelt also von Einsamkeit.«

»Jaa«, murmelte ich. »Irgendwie schon.«

»Ich schreibe auch manchmal.«

Ich schaute sie überrascht an. »Echt?«

»Ja. Gedichte. Dummes Zeug. Wenn du mir versprichst, nicht zu lachen, kann ich sie dir ja irgendwann mal zeigen.«

»Geht klar.« Ich versuchte, mich an Steves Ratschläge zu erinnern. Komplimente. »Mir gefällt übrigens, was du heute anhast.«

Sie blickte an sich herunter – zerlöcherte Jeans und einen übergroßen weißen Pullover, der von ihrer rechten Schulter herunterrutschte.

»Danke«, sagte sie. »Ich hätte nicht gedacht, dass du dich für Mode interessierst.«

»Weil ich Klamotten von Walmart trage?«

Sie lachte. »Weil du ein Junge bist. Ich finde übrigens, dass du dich gut anziehst.«

»Meine Mutter kauft meine Kleider.« Hatte ich das gerade gesagt?

Sie lachte sogar noch lauter. »Du bist ehrlich, das muss ich dir lassen. Na ja, richte ihr aus, dass ich finde, sie macht das gut.«

Ich war ziemlich sicher, dass meine Füße den Boden nicht mehr berührten. Ich trat auf Fugen, als wäre es meine Aufgabe. Ich sah bloß noch braune Augen und Cappuccinos und dieses Lächeln, das mir durch Mark und Bein ging. Es war völlig egal, wo ich war und wohin ich ging. Eine Sekunde lang war sie das Einzige, was ich wahrnahm.

Vor uns verließen zwei Personen ein Klassenzimmer. Sara und Miss Lecky kamen uns entgegen.

Als wir fast auf gleicher Höhe waren, schielte ich zu Sara hinüber, die jedoch demonstrativ geradeaus schaute. Alle liefen schweigend aneinander vorbei und Sara würdigte mich keines

Blickes. Ich drehte mich um, aber ihr Pferdeschwanz wippte auf dem Gang davon. Raya beobachtete sie ebenfalls.

»Fragst du dich manchmal, was eigentlich mit ihr nicht stimmt?«, fragte sie leise.

»Ständig«, murmelte ich.

Um halb sechs klopfte Sara an meine Tür. Ich erholte mich gerade von einem weiteren fiesen Training. Ich hatte bei einem Übungsspiel einen Zusatzpunkt verschenkt, woraufhin Coach Clemons sein Klemmbrett übers Spielfeld geschleudert hatte und davongestürmt war. Selbst Max hatte entmutigt ausgesehen. Ich überlegte ernsthaft, vor dem Spiel nach Mexiko abzuhauen. Dort bedeutete Football wirklich »Fuß«ball und vielleicht würde mir das ja eher liegen.

Und nun hatte ich das nächste Problem. Ich hatte irgendwie angenommen, dass Sara nach dem Abendessen vorbeikommen würde. Als ich die Tür öffnete und sie dort mit verschränkten Armen stehen sah, erschrak ich erst mal.

»Bereit?«, fragte sie kurz angebunden.

»Hm … ja«, sagte ich. »Komm rein. Hast du … Was hast du deiner Mutter erzählt, wohin du gehst?«

»Ich rede nicht mit ihr, Dummkopf«, sagte sie. »Ich habe einen Zettel in mein Zimmer gelegt, dass ich in der Bibliothek bin. Das mache ich oft. Dort verlangt wenigstens niemand, dass man redet.«

Sie warf einen Blick in die Küche, dann sah sie mich fragend an. »Wolltet ihr gerade essen?«

»Eigentlich ja.«

»Das könnte komisch werden. Kannst du sagen, du willst nichts, weil wir lernen müssen?«

»Auf die Idee bin ich auch schon gekommen.«

Meine Mutter wollte erst darauf bestehen, dass wir uns mit an den Tisch setzten, aber ich konnte sie schließlich davon überzeugen, dass Sara schon gegessen hatte und um sieben zu Hause sein musste und wir deshalb loslegen sollten. Meine Mutter musterte Sara verstohlen. Man sah ihr an, dass sie sie am liebsten ausgefragt hätte, aber sie gab nach. Wir gingen lieber schnell nach oben, bevor sie ihre Meinung ändern konnte.

Die Tür ließ ich demonstrativ offen, und als ich mich umdrehte, sah ich Sara schon an meinem Schreibtisch sitzen und meinen Laptop aufklappen.

»Hey«, sagte ich und ging schnell zu ihr, um mich zu vergewissern, dass mein Buch nicht geöffnet war. Zum Glück war es minimiert.

Sara musterte mich mit hochgezogener Augenbraue. »Was hast du dich denn so? Ich werde dein Geschreibsel schon nicht lesen. Aber wenn du es mir erlauben würdest, wäre es ein echter Vertrauensbeweis. Sternenkinder sollten zusammenhalten. Es ist eines der Grundprinzipien.«

»Was für Grundprinzipien?«, fragte ich ungläubig.

»Einfach ein paar Sachen, an die wir uns halten sollten«, erwiderte sie. »Du kannst sie im Internet nachlesen. Wir müssen zusammenhalten, wir müssen immer nach Wahrheit und Gerechtigkeit streben, wir müssen einander vertrauen und nicht so paranoid reagieren, wenn ich lesen will, was du geschrieben hast …«

Ich starrte sie bloß an.

»In Ordnung«, sagte sie. »Darf ich das Internet benutzen?«

»Ja«, sagte ich. »Was wollen wir tun … ihn googeln?«

»Schon passiert«, erwiderte sie. »Dieses Mal lassen wir sein Strafregister überprüfen.«

»Ist das legal?«

Sie warf mir einen Blick zu. »Natürlich mit seinem Einverständnis.«

»Und das haben wir?«

»Ich habe seine sämtlichen Kreditkartennummern, die Sozialversicherungsnummer und so ungefähr alles andere, was wir brauchen, um uns als er auszugeben. Ich habe mir seine Brieftasche vorgenommen.«

Ich runzelte die Stirn, als sie eine Seite aufrief.

HIER ÜBERPRÜFUNG VON STRAFREGISTERN!

»Und wozu brauchst du mich dafür?«

»Weil du den Bescheid an dich als möglichen Arbeitgeber schicken lassen wirst«, erklärte sie. »Meine Mutter besteht darauf, meine E-Mails zu kontrollieren. Und ich wollte deine Einwilligung. Habe ich die?«

»Denke schon.«

»Gut.« Ihre Finger flogen so schnell über die Tastatur, dass man sie kaum sah.

»Bist du … so was wie … ein Hacker?«

Sie lachte. »Nicht ganz. Aber wenn ich es darauf anlegen würde, könnte ich wahrscheinlich einer sein. Passwort?«

Ich sagte nichts. Sie drehte sich um und sah mich erwartungsvoll an, ich seufzte.

»Starwarsrules, alles in einem Wort.«

Sie lächelte. »Okay.« Sie tippte mit einem Affenzahn weiter, dann lehnte sie sich zurück. »Abgeschickt. Morgen wissen wir, ob John Vorstrafen hat. Es ist ein Anfang. Aber wir brauchen noch mehr.«

Plötzlich drehte sie sich um und sah mich an.

»Du hast dich heute mit Raya unterhalten.«

»Ah … ja.«

Sie musterte mich wieder mit diesem durchdringenden Blick. Sie schien nicht zu blinzeln, wenn sie jemanden ansah. Ihre Augen waren groß und oval und bei jedem unserer Treffen grüner. Sie sahen aus wie das üppige Blätterdach im Regenwald.

»Was findest du an ihr?«, fragte sie.

Das erwischte mich kalt. »Keine Ahnung. Sie ist … hübsch.«

»Viele Mädchen sind hübsch.«

»Jaa … ich weiß. Aber sie ist auch klug und lustig. Und … Ich weiß nicht. Ich mag sie einfach. Warum?«

Sara zuckte mit den Achseln. »Hat mich bloß interessiert. Wenn du neben ihr herläufst, siehst du aus wie ein verirrter Welpe.«

Als sie aufstand, wich ich einen halben Schritt zurück. Sie war nicht mal eine Armlänge von meinem Gesicht entfernt und ich konnte ihren Atem riechen – Listerine-Mundspülung. Die blaue Sorte. Sie sah mich einen Augenblick an.

»Mädchen machen dich nervös«, sagte sie. Es war keine Frage.

»Nein«, erwiderte ich schnell. Sie starrte mich bloß an. »Vielleicht ein bisschen.«

»Darf ich was ausprobieren?«

Ich merkte, wie Panik in meinem Magen aufstieg. »Okay.«

Sie nahm vorsichtig meine Hand und drückte ihren Daumen in meine Handfläche. »Was spürst du?«

»Mmh … dich?«, sagte ich.

»Du hast noch einen Versuch«, lautete ihre sarkastische Antwort.

Ich dachte noch darüber nach, als sie leicht mit dem Daumen über meine Handfläche rieb.

»Ich spüre … ein Kribbeln … ein elektrisches Kribbeln, von meiner Hand in den Arm. Ich spüre, wie sich die Härchen auf meinem Arm aufstellen, außerdem Gänsehaut.«

»Gut.« Sie bewegte ihre Hand weiter nach oben und umfasste meinen Arm dort, wo mein Bizeps hätte sein sollen. Dann ließ sie ihre Hand langsam meinen Arm hinuntergleiten. »Und jetzt?«

Ich konnte förmlich spüren, wie sich Schweiß auf meiner Stirn bildete, und bekam kaum einen Ton heraus. Mein ganzer Körper krampfte sich vor nervöser Energie zusammen. »Ähm … noch mehr Kribbeln. Jetzt im Nacken und in den Schultern und wieder den Rücken hinunter. Ich spüre … Hitze in meinen Wangen.«

Sie lächelte und fuhr mit den Fingern über meinen Hals und meine Wange.

»Halt still. Ich werde die Augen schließen.«

»Was?«

»Halt einfach still.«

Ich tat wie geheißen. Mein ganzer Körper krampfte.

»Ich nenne das ›Blindflug‹,« sagte sie und schloss die Augen.

»Ich habe es früher immer mit meinem Vater gemacht. Wir haben die Augen geschlossen und uns überlegt, wie wir Menschen beschreiben würden, die wir nicht sehen. Wenn wir nur unsere Hände benutzen könnten.«

Ich spürte, wie sich ihre Hand über mein Gesicht bewegte. Sie war weich, manchmal kaum zu spüren, und dann fand sie meine Nase und meine Wangen und mein Kinn und strich wieder sanft über meinen Mund. Ich hatte noch nie etwas so intensiv gespürt.

»Es ist eine großartige Methode, die Sinneswahrnehmungen zu schärfen«, erklärte sie. »Du hast schöne hohe Wangenknochen, wie ein Adliger oder so. Ein spitzes Kinn, eine ziemlich große Nase, aber nicht zu groß, und hübsche Lippen. Besser als sie aussehen.«

Ich hatte keine Ahnung, was ich davon halten sollte.

»Versuch's mal bei mir.«

»Ich weiß nicht –«

»Mach einfach.«

Ich schloss die Augen, streckte die Hand aus und legte zögernd meine Finger auf ihre Wangen. Fast wartete ich darauf, dass sie zurückzucken würde. Doch sie stand bloß stumm vor mir. Ich ließ meine Finger ihre Wangen hinuntergleiten. Sie waren glatt und rundeten sich zu ihrem Kinn. Obwohl mein ganzer Körper vor Nervosität schrie, machte ich weiter, fuhr über ihre geschwungenen Lippen und wieder hinauf zu ihren schmalen Augenbrauen.

»Und?«, fragte sie. »Fühle ich mich hübsch an?«

Ich zog hastig die Hand zurück. »Ah … ja. Du hast nette Augenbrauen.«

Sie öffnete die Augen und sah mich spöttisch an. »Echt? Augenbrauen?«

»Wozu sollte das gut sein?«

Sie zuckte mit den Achseln. »Mädchen machen dich nervös. Ich wollte, dass du darüber nachdenkst, wie sich Nervosität eigentlich anfühlt. Dann wollte ich, dass du dich daran gewöhnst. Die einzige Methode, Nervosität zu überwinden, besteht darin, dass man sich ihr stellt. Das erklärt mir mein Therapeut jedenfalls immer.«

Sie zwinkerte mir zu und ließ sich aufs Bett fallen.

»Nun hast du ein Mädchen angefasst. So schlimm war es nicht, oder?«

»Ein bisschen schon.«

Sie lachte. »Sei nicht albern. Jetzt setz dich. Ich will dir etwas zeigen.«

Ich rutschte neben sie. Meine Haut prickelte immer noch.

Sie nahm ein Blatt aus ihrem Rucksack und legte es aufs Bett. Es war ein auf Millimeterpapier gezeichneter Grundriss. Jede noch so kleine Einzelheit war eingetragen. Selbst an den Gegenständen war eine Beschriftung und Größenangabe.

»Was ist das?«

»Johns Haus«, antwortete sie einfach. »Ich war mal mit meiner Mutter dort.«

»Du hast das aus dem Gedächtnis gezeichnet?«

»Ja. Und jetzt sieh dir an, wo sein Schlafzimmer ist. Ich konnte nur einen kurzen Blick hineinwerfen, aber es gab zwei Kommoden und einen Nachttisch. Ich gehe davon aus, dass er Waffen, Briefe oder schändliche Geheimnisse in diesem Raum aufbewahren wird.«

Ich sah sie an.

»Warum zeigst du mir das?«

Sie lächelte, als hätte ich eine dumme Frage gestellt. »Weil wir dort einbrechen werden«, erklärte sie. »Aber keine Sorge. Dieses Mal komme ich mit.«

12

»Das soll ein Witz sein, oder?«

Ich wartete darauf, dass sie lachen würde.

Doch sie lachte nicht. Sie runzelte die Stirn.

»Das wäre aber kein besonders lustiger Witz. Abgesehen davon ist Humor nicht meine Stärke. Lass mich raten … Du hast Angst.«

»Wir stellen Nachforschungen an, ob er einen Mord begangen hat«, sagte ich fassungslos. »Natürlich habe ich Angst.«

Sie nickte und wandte sich wieder dem Grundriss zu, den sie eingehend studierte.

»Berechtigter Einwand«, erwiderte sie. »Aber du brauchst keine Angst zu haben. Dienstags arbeitet er bis halb elf. Wir haben jede Menge Zeit. Und als ich ›einbrechen‹ sagte, meinte ich, dass ich einen seiner Schlüssel gemopst habe. Wir spazieren einfach rein.«

Ich rieb mir die Stirn und versuchte, mich daran zu erinnern, wie ich mich in diese Lage gebracht hatte.

»Es bleibt trotzdem Einbruch.«

»Natürlich«, stimmte sie zu. »Aber manchmal muss das Gesetz großzügiger interpretiert werden, um es ordnungsgemäß anzuwenden.«

»Das klingt nicht okay.«

Sie sah mich an, zwischen ihren Augen bildete sich eine kleine Falte. »Kommst du nun oder nicht?«

»Von mir aus«, murmelte ich. »Wann gehen wir?«

»Um sieben«, sagte sie. »Nach seiner letzten Pause, falls er ausnahmsweise zum Abendessen nach Hause geht. Wir brauchen nicht länger als eine halbe Stunde. Bring sicherheitshalber Handschuhe mit. Ich habe außerdem Tüten und Abstrichtupfer für Blutproben.«

Mir wurde kalt. »Blutproben?«

Sie winkte ab. »Unwahrscheinlich. Noch Fragen?«

Ich blickte auf den Grundriss und schüttelte den Kopf. Ich wusste gar nicht, womit ich anfangen sollte. »Kannst du mir ein wenig über deinen Vater erzählen? Welchen Grund sollte John überhaupt gehabt haben, ihn umzubringen?«

Sie überlegte, dann faltete sie das Blatt ordentlich zusammen und steckte es wieder in ihren Rucksack.

»Berechtigte Frage. Meine Mutter und mein Vater haben erst ein paar Monate vor meiner Geburt geheiratet. Sie waren beide gute Eltern. Mein Vater und ich standen uns näher, vielleicht weil er nicht so krampfhaft versucht hat, mich normal zu machen. Meine Mutter wollte mich immer ändern. Ständig hat sie mich zu Ärzten geschleppt.«

Ich bemerkte, wie sie sich beim Sprechen abwesend am Hals kratzte.

»Sie haben sich manchmal gestritten, aber es war nicht schlimm. Auf jeden Fall haben sie sich sichtlich Sorgen um mich gemacht. Da ich ein Einzelkind bin, musste ich ihr Ein und Alles sein, aber ich glaube, sie haben sich ein zweites Kind gewünscht.«

Sie fingerte immer noch an ihrem Hals herum. Mittlerweile war es Abend und der Himmel fast dunkel.

»Warum sagst du das?«, fragte ich.

»Es ist nicht einfach, eine Verrückte als Tochter zu haben.« Sie zuckte mit den Achseln.

»Du machst nicht den Eindruck, als seist du verrückt«, sagte ich.

»Danke. Aber falls das deine Frage beantwortet: Mit meinen Eltern habe ich auch kaum geredet.«

Auch das stellte sie einfach so in den Raum, allerdings ohne vom Bett aufzublicken.

»Warum?«

»Ich weiß nicht. Vermutlich hatte ich einfach nichts zu sagen. Aber wenn mein Vater da war, haben wir nach wie vor Zeit miteinander verbracht. Er war allerdings oft weg. Ich weiß nicht, ob es was mit seiner Arbeit zu tun hatte. Ich glaube, meine Mutter hatte was mit einem anderen.«

Ich sah sie an. »Woher willst du das wissen?«

»Nachrichten auf ihrem Telefon, E-Mails. Der Einzige, der es nicht mitgekriegt hat, war mein Vater. Ich habe es ihm aber nicht gesagt.«

Ich wusste nicht, was ich darauf antworten sollte. »Und was ist passiert?«

»Es lief irgendwie weiter. Er war oft weg, aber er kam immer nach Hause zurück. Er hat mir versichert, dass er mich nie im Stich lassen würde und dass er mich lieb habe und irgendwann mit mir wegfahren würde.« Sie sprach ganz nüchtern, aber mir fiel auf, dass ihre Augen stärker glänzten. Ihre Hand kratzte schneller. Sie begann, an der Haut zu zupfen, als versuche sie, etwas darunter zu fassen zu bekommen. »Und dann wachte ich eines Tages auf und dieser Brief lag auf dem Tisch. Der Zettel, den ich dir gezeigt habe. Danach ging er weder an sein Handy, noch antwortete er auf E-Mails, und als ich meine Mutter gefragt habe, wo er hingegangen sei, sagte sie bloß, er sei weg. Kurz darauf kreuzte John bei uns zu Hause auf.«

Ich beobachtete, wie ihre Hand sich in ihren Oberkörper krallte.

»Alles in Ordnung mit dir?«

Sie stand auf, vermied aber jeden Blickkontakt. »Geht schon«, meinte sie. Sie begann herumzulaufen, die Hand nach wie vor auf dem Oberkörper. »Mir geht es nicht gut«, murmelte sie und schaute sich um. »Mir ist übel.«

Erschrocken stand ich auf. »So, dass du … kotzen musst?«

»Ich weiß nicht«, antwortete sie schnell. Ihr Blick war verschwommen. »Ich habe Schmerzen in der Brust. Ich bekomme keine Luft. Ich fühle mich nicht gut.«

Sie ging hektisch auf und ab und drückte die Hände auf die Brust.

»Soll ich deine Mutter anrufen?«, fragte ich.

»Nein«, sagte sie. »Vielleicht. Geht schon. Das passiert manchmal.«

Nun flossen Tränen über ihre geröteten Wangen. Sie setzte sich aufs Bett, rollte sich zusammen und schlang den freien Arm um die Beine. Sie zitterte. In diesem Moment wusste ich, was mit ihr los war. Blackout.

Ich setzte mich neben sie. »Du hast das also auch«, sagte ich vorsichtig.

»Ja«, murmelte sie. »Ich habe das auch.«

Ich wartete mit ihr, meine Hand lag auf ihrem Rücken. Nach einer Weile hörte sie zu zittern auf, wischte sich die Augen und setzte sich sichtlich mitgenommen auf. Sie warf mir einen unsicheren Blick zu.

»Ich habe nie behauptet, dass ich die beste Partnerin abgeben würde.«

»Für mich vielleicht schon.«

Sie lächelte und drückte meine Hand. »Ich gehe jetzt besser nach Hause. Kannst du die Strafregisterinfo ausdrucken, wenn du sie morgen bekommst?«

»Ja, klar.«

Ich brachte sie nach unten. Als sie die Tür öffnete, drehte sie sich zu mir um.

»Danke«, flüsterte sie.

Ich lächelte.

»Gern geschehen.«

Sie eilte nach draußen und schloss die Tür hinter sich. Ich weiß nicht, warum, aber nachdem ich bei jemand anderes ein Blackout erlebt hatte, kam ich mir wesentlich weniger kaputt vor.

Als Daniel die Treppe hinunterschlich, umklammerte er mit zitternden Händen den Baseballschläger, den er in einer Ecke des Dachbodens gefunden hatte. Die Treppen unter ihm protestierten leise, sie murrten und warnten. Da er nicht wusste, was er tun sollte, blieb er im Eingangsbereich stehen. Wieder war ein Klopfen zu hören – dieses Mal lauter. Es hallte durchs Haus.

Den Schläger auf der Schulter und bereit, jeden Moment auszuholen, streckte Daniel zögernd die Hand aus und zog die Tür auf. Die Überraschung ließ ihn beinahe zurücktaumeln. Vor ihm stand Sara. Sie ging auf seine Schule, aber er kannte sie nicht gut. Sie stand im Ruf, exzentrisch zu sein, und in diesem Moment wurde sie diesem Ruf auf jeden Fall gerecht – sie trug ein karmesinrotes Stirnband und in der rechten Hand einen Krocketschläger, in ihrem Gürtel steckte ein Küchenmesser. Sie schüttelte den Kopf.

„Ich wusste, dass es diese Station sein musste", sagte sie. „Schon in dem Moment, als es passiert ist. Geh ins Haus."

Daniel trat hastig zurück, sie warf einen Blick über die Schulter, schob sich durch die Tür und schloss sie eilig hinter sich. Sie trug ein bedrucktes T-Shirt und zerrissene blaue Jeans, dazu schmutzige weiße Turnschuhe.

„Hast du sie schon gesehen?", fragte sie.

„Ja", antwortete er. „Was sind sie?"

„Ich nenne sie Portalmänner", erwiderte sie, verriegelte die Tür und musterte ihn, als sei er Ware in einem Lebensmittelladen. „Sie sind eingedrungen, als du die Energiefrequenzen verändert hast."

„Langsamer“, sagte Daniel. „Was?“
„Wo ist die Station?“
„Die –?“
„Station“, wiederholte sie. „Wo?“
„Oben.“
„Zeig sie mir.“
Daniel führte sie auf den Dachboden. Auf dem Weg nach oben überprüfte sie – den Krocketschläger in der Hand – jeden Raum. Sie bewegte sich wie eine Katze, die sich an ihre Beute heranpirscht. Sie machte ihn nervös.
Auf dem Dachboden deutete er auf den Computer. „Hier ist er.“
Sie lief zu dem Rechner und setzte sich. Ihre Finger flogen über die Tastatur, und Daniel beobachtete die Programmierbefehle, die über den Bildschirm liefen. Schließlich lehnte Sara sich zurück und runzelte die Stirn.
„Er ist gesichert“, erklärte sie. „Wie ich befürchtet habe. Wir werden Charles aufsuchen müssen.“
„Charles Oliver?“, vermutete Daniel.
Sie warf ihm einen Blick zu. „Du bist doch nicht so ahnungslos, wie ich dachte. Da uns aber nur vierundzwanzig Stunden bleiben, um nach New York zu kommen und die Frequenz wieder zurückzustellen, bist du trotzdem ein Idiot. Besitzt dein Vater eine Pistole?“
„Ich glaube nicht“, antwortete er nervös. „Brauche ich eine?“

Sie erhob sich. „Würde nicht schaden. Die Portalmänner sind nicht zimperlich. Glaub mir."

Er schaute sie an und zögerte. „Ich will dir ja nicht zu nahe treten, aber du hast auch nur einen Krocketschläger."

Sara lachte.

„Das ist kein Krocketschläger. Jetzt pack eine Tasche. Wir fahren los."

Ich lehnte mich zurück und war schon ein wenig ruhiger. Es war schön, eine Atempause von den Zaps zu haben, bevor der Albtraum des Programms von Neuem losging. Ich räumte meinen Laptop weg und beschloss, schlafen zu gehen. Mein Bedarf an Sara Malvern war für diesen Abend gedeckt. Sie kommandierte einen ganz schön herum.

Am nächsten Tag saßen wir im Unterricht, und Mr Keats war gerade dabei, etwas an die Tafel zu schreiben. Ich versuchte aufzupassen, aber Max nutzte die allgemeine Unruhe, um für das Spiel am Samstag hundert verschiedene Footballspiele mit mir durchzugehen.

Alle Schüler im Klassenzimmer flüsterten und tuschelten über das Spiel. Offenbar hatten ein paar der Portsmith Potters auf Facebook Beleidigungen gepostet und unserem Team den Krieg erklärt. Sie bezeichneten uns statt als Erie Hills Elephants als Erie Hills Ele-Fettis, was überhaupt nicht zutraf. Selbst wenn ich mich total vollstopfe, wiege ich keine fünfundfünfzig Kilo.

Da trotzdem von mir erwartet wurde, dass ich mich aufregte, tat ich, als wäre ich genauso beleidigt wie Max.

»Das ist der vorgetäuschte Hook Out des Wide Receivers«, sagte er. »Wenn du das Zeichen bekommst, heißt das, dass du loslegen sollst. Dann lässt du dich zurückfallen und wirfst mir einen Pass zu.«

Ich sah ihn erschrocken an. »Du weißt, dass ich nicht werfen kann.«

»Ist doch nur ein Fünf-Yard-Pass. Das haben wir geübt.«

Ich schüttelte den Kopf und drehte mich zur Tafel. Mein Magen schlug schon den ganzen Tag Saltos. Ich wusste nicht, was mir lieber war – die aufmunternden Klapse und anfeuernden Rufe oder die finsteren Blicke der schlaueren Spieler im Team. Von meinem Mittagessen hatte ich keinen Bissen herunterbekommen, dabei liebte ich Lyoner.

Mr Keats drehte sich um. »Für die heutige Aufgabenstellung in Sozialkunde werdet ihr in Gruppen arbeiten.«

Alle setzten sich ein bisschen aufrechter und warteten auf den nächsten Satz. Er seufzte.

»Ihr könnt euch aussuchen, mit wem ihr zusammenarbeiten wollt. Vierergruppen, bitte.«

Ich weiß nicht, warum ich es tat. Vielleicht war ich in Gedanken woanders. Aber ich sah Raya mit diesem hoffnungsvollen, verblendeten Gesichtsausdruck an. Sie bemerkte meinen Blick und nickte.

Was hatte das zu bedeuten? Was hatte ich getan? Waren wir eine Gruppe?

»Sieht aus, als würden wir mit Raya zusammenarbeiten«, kommentierte Max wissend. »Na, dann mal los.«

Bis wir bei ihr waren, thronte bereits Clara mit aufgeschlagenem Notizbuch neben ihr und strahlte Max an.

»Hey«, sagte sie. »Vierer?«

Max warf mir einen Blick zu, und ich wusste, dass er sich gerade noch ein Aufstöhnen verkneifen konnte. Wir setzten uns, er Clara, ich Raya gegenüber, und warteten, bis alle so weit waren.

Raya lächelte mich an. »Du willst also mal wieder von mir profitieren.«

»Logisch.«

Sie grinste. »Wer könnte es dir verdenken? Hast du eigentlich vor, was beizutragen, Max?«

»Kommt drauf an«, meinte Max. »Willst du ein A?«

Raya lachte. Clara wieherte und warf die Haare zurück.

»Du bist schlimm«, sagte sie. Max errötete leicht und sah mich wütend an.

»Also los«, rief Mr Keats über den Lärm hinweg. »Die Fragen stehen auf Seite einundvierzig. Versucht bitte, über die Aufgabe und nicht über etwas anderes zu diskutieren.« Er setzte sich und schlug seine Zeitung auf.

Wir vier drehten uns zueinander. Raya schlug ihr Buch auf.

»Warum ist das Wahlverfahren –«

»Ist das ein neues Hemd?«, fragte Clara Max und drehte ihre Haare um den Finger.

Er sah nach unten. »Ja. Warum?«

Sie zuckte mit den Achseln. »Gefällt mir bloß. Bist du in Form für das Spiel am Samstag?«

Max ließ sich in ein Gespräch über das Spiel verwickeln und Raya seufzte bloß.

»Daniel? Wollen wir?«

Ich grinste und rutschte mit dem Stuhl neben sie, damit wir loslegen konnten.

»Sieht verlassen aus«, sagte Sara.

Wir standen auf der anderen Straßenseite hinter einer Hecke und beobachteten Johns Haus. Ich schaute sie fragend an. Der Pick-up war nicht in der Einfahrt geparkt, ansonsten sah es genau wie beim letzten Mal aus: ungepflegt und gruselig. Die schwarzen Vorhänge waren zugezogen. Ich musste an einen Leichenwagen denken.

Als ich nach Hause gekommen war, hatte ich die Mail in meinem Postfach gefunden. *Die Ergebnisse Ihrer Überprüfungsanfrage liegen vor!* Beim Öffnen war ich nervös gewesen und auch danach fühlte ich mich nicht besser. John Flannerty hatte nur einen Eintrag, allerdings wegen Körperverletzung. Als ich es Sara erzählte, nickte sie bloß, als würde es ihre Vermutungen bestätigen.

»Bist du wirklich sicher, dass er bei der Arbeit ist?« Nervös spähte ich zum Haus hinüber.

»Er hat nur den Pick-up. Außerdem ist er auf der Arbeit. Ich habe mich vergewissert. Bist du bereit?«

»Nein.«

»Pech.« Ohne Vorwarnung flitzte sie mit dem Rucksack, den sie zum Einsammeln von Beweismaterial dabeihatte, über die Straße. Ich seufzte und rannte hinterher.

Wir erreichten die Haustür. Nach einem Blick nach links und rechts klingelte Sara. Wir warteten und lauschten auf den

Wind, der die Eiche vor dem Haus rascheln ließ. Keine Reaktion.

»Sehr schön«, sagte sie und holte den Schlüssel aus der Hosentasche. »Auf geht's.«

Sie stieß die Tür auf und ich folgte mit Herzklopfen. Ich fühlte mich schrecklich, ungefähr so, als hätte ich gerade neun Mal mein Licht an- und ausgeknipst. Wir traten in den verdunkelten Flur. Es roch nach Zigaretten und Rasierwasser. Neben der Tür stand auf einer alten Konsole eine vor Ewigkeiten verwelkte Pflanze.

»Hübsch«, flüsterte ich.

»Ich weiß.«

Den Blick in den Flur gerichtet, schloss ich die Tür hinter mir. Ich erwartete, dass John jeden Moment aus einem Zimmer stürzen würde, aber es war still im Haus.

»Komm mit«, sagte sie. »Wir müssen in sein Schlafzimmer.«

Unsere Schritte ließen die mit grünem Teppich bedeckten Bodendielen laut knarren. Im Flur hingen Fotos von John auf einem Motorrad und in seinem Pick-up, umringt von anderen bulligen, tätowierten Männern mit Bärten und Sonnenbrillen. Eines zeigte John ohne Hemd – auf seiner Brust prangte ein großer Totenkopf.

»Wo hat deine Mutter diesen Typen aufgegabelt?«

Sie zuckte mit den Achseln. »Hat sie mir nicht erzählt. Es war nämlich schon, bevor mein Vater verschwand. Hier.«

Sie blieb vor einer angelehnten Tür stehen und stieß sie auf. Im Zimmer war es stockduster. Der Zigarettengestank war hier noch penetranter, ich konnte den beißenden Rauch fast auf der Zunge schmecken. Als sie das Licht anknipste, tauchte eine eingestaubte alte Deckenleuchte den Raum in Orange. Johns Schlafzimmer war ein Schweinestall.

Auf dem Boden lagen Kleider herum, das Bett war nicht gemacht, die Decke lag zur Hälfte auf dem Boden. Meine Mutter wäre bei diesem Anblick in Ohnmacht gefallen. Auf dem Nachttisch standen sogar noch Teller und Gläser.

»Sieh in den Kommoden nach.«

»Muss ich irgendwas anfassen?«, fragte ich sarkastisch.

Sie gab bloß ein Schnauben von sich und eilte zum Kleiderschrank. Ich nahm mir die Kommode vor und zog die erste Schublade auf. Socken und Unterwäsche. Dass er weiße Feinrippunterhosen tragen würde, hatte ich nicht erwartet. Ich hätte auf Boxershorts getippt. *Konzentrier dich.* Ich sah auch die anderen Schubladen durch, fand aber nur Kleidung. Eine enthielt allen möglichen Krimskrams wie alte Parkscheine und Bankunterlagen, ansonsten nicht viel. Ich überprüfte seine Kontoauszüge, um herauszukriegen, ob John Schulden hatte und deshalb mit Saras Mutter einen Plan ausgeheckt hatte, um an Geld zu kommen. Aber er schien keine finanziellen Probleme zu haben.

»Irgendwas gefunden?«, fragte ich Sara, die hektisch im Kleiderschrank herumwühlte.

»Nein«, sagte sie. »Nur ein Haufen Müll und abgewetzte T-Shirts.«

»Wonach suchen wir denn? So was wie einen unterschriebenen Brief, in dem er den Mord gesteht? Mal ernsthaft, die meisten Leute bewahren keine Mordbeweise zu Hause auf.«

»Ein Brief wäre schön«, erwiderte sie. »Aber ein paar Hinweise wären auch schon nützlich.«

Ich seufzte und suchte weiter. In der untersten Schublade entdeckte ich ein paar Hemden, die aussahen, als wären sie noch nie getragen worden. Ich wollte die Lade gerade wieder zuschieben, da fielen mir bei dem Hemd auf der rechten Seite ein paar Knitterfalten auf. Offenbar hatte es jemand hastig in die Schublade gestopft. Ich zog es aufs Geratewohl heraus. Und bekam große Augen.

»Sara«, sagte ich leise.

Sie kam herüber. »Bingo.« Sie streifte Winterhandschuhe über und kniete sich auf den Boden, um die Pistole aus der Schublade zu nehmen. Sie drehte sie und musterte die Kommode, dann ließ sie langsam die Waffe sinken.

»Was ist?«, fragte ich.

Sie legte die Pistole auf die Kommode und nahm eine Uhr, die neben dem Fernseher lag. Es war ein altes Ding – das Gold war angelaufen, der Zeiger bewegte sich nicht mehr. Ich hätte keinen zweiten Blick darauf verschwendet, aber Sara hielt sie, als sei sie der wertvollste Gegenstand der Welt. Sie schaute mich an und ihre Augen füllten sich mit Tränen.

»Die hat deinem Vater gehört«, vermutete ich.

Sie nickte, über ihre Wangen rannen Tränen. »Er hat mir versprochen, dass ich sie einmal bekommen würde.« Ihre Hände zitterten. »Ich wusste, dass er sie nicht mitnehmen, sondern für mich zurücklassen würde. Sie hat meinem Großvater gehört. Und jetzt … jetzt ist sie hier.«

Da ich nicht wusste, was ich tun sollte, legte ich ihr einfach eine Hand auf die Schulter. »Es tut mir leid.«

»Er hat ihn umgebracht.«

Ich schwieg einen Moment. »Wir haben keinen Beweis. Viele Leute besitzen eine Waffe. Und vielleicht hat er die Uhr von deiner Mutter bekommen.«

»Glaubst du das?«

Ich zögerte. »Nein.«

Sie schob die Uhr in ihre Hosentasche. »Ich nehme sie mit.«

Ich hielt es zwar für eine ganz schlechte Idee, aber ihr Tonfall machte klar, dass jede Diskussion zwecklos war.

»Gut«, sagte ich. »Ich lege die Pistole wieder an ihren Platz zurück –«

Ich wurde von dem Geräusch der sich öffnenden Haustür und schweren Schritten auf den Dielen unterbrochen.

13

Sara und ich wechselten panische Blicke. Ich stopfte die Pistole wieder in die Schublade und schob sie zu, Sara sah sich nervös im Zimmer um.

»Das Bett«, flüsterte sie und verschwand blitzschnell unter dem Bettgestell.

Ich knipste das Licht aus, dann robbte ich über den staubigen Teppich hinterher. Ich ekelte mich vor den Kleiderhaufen unter dem Bett. Ein paar Socken wirkten, als würden sie schon seit einigen Jahren hier liegen. Es stank nach altem Schweiß und Schimmel. Ich musste einen Würgereiz unterdrücken.

Doch ich wurde schnell von näher kommenden Schritten abgelenkt. Ich erstarrte und Sara und ich sahen uns mit weit aufgerissenen Augen an.

Das Licht ging an und schwarze Stiefel betraten den Raum. Sie waren größer als mein Kopf. Plötzlich hörte ich eine barsche Stimme. Es war nicht Johns.

»Hey«, sagte der Mann. »Wo ist das Geld doch gleich?«

Schweigen.

»Wo im Schrank? Okay. Bleib dran.«

Neben mir nestelte Sara in ihrer Hosentasche herum und zog ihr Handy heraus. Sie drückte auf Aufnahme und lächelte mich an. Wir hörten jemanden im Kleiderschrank herumwühlen, kurz darauf einen leisen Fluch.

»Da ist es nicht … Ja, ich glaub schon, dass ich fünf Tausender erkennen kann.«

Mein ganzer Körper zitterte. *Was geht hier vor sich? Wie bin ich da hineingeraten? Was, wenn er uns findet?* Mir drehte sich der Magen um. Sara nahm meine Hand.

»Schon gut«, formte sie mit den Lippen.

Sie hielt sowohl meinem Blick als auch meinem Klammern stand, und irgendwann merkte ich, wie meine Panik nachließ. Wenn sie mich anstarrte, konnte ich es spüren. Wieder hatte ich das Gefühl, dass sie in mich hineinblickte. Ich hatte noch nie jemanden mit solchen Augen erlebt. Ein Geräusch lenkte mich ab, nun wurden die Nachttischschubladen aufgezogen. Die Stiefel waren nur noch ein paar Zentimeter entfernt.

»Bist du sicher, dass es hier ist?«, fragte der Mann. »Ich muss die Kohle gleich übergeben.«

Am anderen Ende der Leitung hörte ich schwach eine Stimme reden.

»Überall liegen Klamotten herum. Vielleicht unter dem Bett? Du wolltest doch nicht, dass Michelle es sieht, oder? Vielleicht hast du es druntergeworfen.«

Sara und ich wechselten Blicke und wurden blass. Ihre Hand umklammerte meine fester. Das war's dann.

Die Betthusse hob sich gerade, da hielt der Mann inne.

»Wo?«, blaffte er. »Du hast es in deiner Jacke? Na prima. Wo ist die? Alles klar.«

Er ließ die Betthusse fallen, machte das Licht aus und verließ das Zimmer. Sara drückte meine Hand so fest, dass ihre Knöchel ganz weiß wurden. Wir warteten, bis sich die Schritte entfernten und die Eingangstür wieder zuschlug.

Sara ließ meine Hand los und schaltete mit einem Seufzen ihr Telefon aus. »Nichts Brauchbares. Aber jetzt weiß ich wenigstens, dass meine Mutter nicht mit ihm unter einer Decke steckt.«

»Michelle?«, vermutete ich.

Sara nickte. »John hat also eine Pistole, die Uhr meines Vaters und außerdem gerade noch irgendeinem Typen fünftausend Dollar gegeben.« Sie sah mich an. »Wir können mit an Sicherheit grenzender Wahrscheinlichkeit davon ausgehen, dass wir es mit einem Killer zu tun haben.«

Zu Hause ging ich sofort auf mein Zimmer und setzte mich an den Computer. Ich versuchte, die Hände ruhig zu halten, damit ich tippen konnte. Ich wollte etwas schreiben oder tun, aber es ging einfach nicht. Ich dachte immer wieder an den Moment, als die Hände die Betthusse angehoben und ich mich schon tot gesehen hatte. Ich stieß den Stuhl zurück. Meine Kehle war wie zugeschnürt und meine Haut kribbelte. Ich war dabei zu verschwinden.

Der Stuhl unter mir versank und dann verschluckte mich die Große Leere.

Ich saß da und fühlte nichts. Ich konnte mich weder bewegen noch atmen noch sonst etwas tun, nur überleben und verzweifelt hoffen, auch weiterhin zu überleben. Ich war derart weggetreten, dass ich nicht einmal mehr wusste, wo ich mich befand.

Als die Große Leere endlich zurückwich, war ich müde. So müde, dass ich ins Bett kletterte, die Decke bis zum Kinn hochzog und einschlafen wollte. Aber die Angst saß mir in den Knochen. Die Zaps hörten nicht mehr auf. *Wenn du nicht das Programm absolvierst, wachst du nicht mehr auf.* Ich rollte mich auf die Seite und schloss die Augen, doch mein ganzer Körper begann zu zittern. Tränen liefen mir über die Wangen. Warum war ich so kaputt?

Und die Tränen strömten weiter über mein Gesicht, als ich mir die Zähne putzte, bis das Zahnfleisch blutete, und als ich die Schritte machte und den Lichtschalter an- und ausknipste. Sie flossen die ganzen zwei Stunden, und als ich schließlich ins Bett kletterte, flossen sie weiter, bis ich einschlief.

Es war der Freitag vor dem Spiel. Wir hatten an diesem Abend natürlich Training, und den größten Teil des Tages verbrachte ich mit Grübeleien, wie ich mich davor drücken könnte zu spielen. Max machte sich allmählich Sorgen.

»Hast du dir alles bildlich vorgestellt, wie ich dir erklärt habe?«, fragte er in der Mittagspause.

Ich schwieg kurz. »Vielleicht.«

Er warf mir einen finsteren Blick zu und lief am Basketballfeld auf und ab. »Es ist wichtig, sich alles bildlich vorzustellen, Dan.«

»Ich hatte viel um die Ohren.«

»Was denn?«

Ich musste in einem Mordfall ermitteln, ein Buch schreiben, versuchen, nicht verrückt zu werden … Es gab eine Menge, worum ich mich kümmern musste. Aber ich lief bloß rot an und sagte nichts.

»Das habe ich mir schon gedacht.« Er schüttelte den Kopf. »Wir müssen morgen gewinnen, Dan. Geht das in deinen Kopf?«

Er sah gestresster aus, als ich ihn je gesehen hatte. Sein Gesicht war rot, er ließ die Arme hängen, seine Hände verkrampften und lockerten sich, als würde er Zitronen ausquetschen. Mir fielen die Tränensäcke unter seinen Augen auf. Max schlief auch nicht.

»Alles okay mit dir?«

»Alles gut«, fuhr er mich an.

Als ich die Augenbrauen hochzog, seufzte er und drehte sich zu mir.

»Es ist einfach ein wichtiges Spiel. Coach Elwin von der Erie Highschool kommt, und du weißt, dass ich nächstes Jahr aufgestellt werden will.«

»Das ist der Grund?«

Er zögerte. »Mein Vater hat sich gemeldet. Er kommt her, um sich das Spiel anzusehen.«

»Du bist ihm nichts schuldig«, sagte ich.

Max machte ein düsteres Gesicht. »Ich will einfach nicht verlieren, wenn er hier ist. Ich will, dass er weiß …« Er redete nicht weiter.

»Was soll er wissen?«

Max wandte sich zum Gehen. »Dass ich ohne ihn klarkomme.«

Ich blickte ihm hinterher und dachte über Väter nach. Meinen sah ich vielleicht nicht allzu häufig, aber er war da. Max' und Saras waren fort und beide hatten einen Teil ihrer Kinder mitgenommen.

Abends beim Training stand es fest – unser Kicker würde nicht rechtzeitig zurückkommen. Sein Knie schmerzte noch zu sehr, als dass er hätte spielen können. Ich war gefragt.

»Hut!«, rief Max und der Center warf ihm den Ball in einer perfekten Spirale zurück. Max fing ihn und drehte ihn gekonnt, sodass die Schnürung nach außen zeigte und er in einem Winkel von ungefähr fünfundsiebzig Grad flog. Sein Blick war auf den Ball gerichtet und ich sah kurz, wie die gegnerische Linie nach vorn drängte und Coach Clemons sich verärgert an die Stirn fasste, weil er davon ausging, dass ich es vermasseln würde. Ich hatte Beklemmungen und Panik, als ich mich in Bewegung setzte.

Rechtes Bein, linkes Bein und kicken. Der Schuss war annehmbar, und der Ball segelte über die Linie, obwohl er leicht flatterte. Ich sah ihm hinterher, auch alle anderen in der Linie drehten sich nach ihm um und hofften, dass ich es ausnahmsweise mal auf die Reihe bekommen hätte. Der Ball war noch immer in der Luft, flog schnurgerade weiter, dann fiel er kurz vor der Latte aufs Feld.

Ich hatte es wieder vergeigt.

Max seufzte und stand auf, ich ließ bloß die Schultern hängen und wartete darauf, dass Coach Clemons mich anbrüllen würde. Aber er kam angerannt und schaute sich an, wo wir standen. Anschließend wandte er sich zu mir und bohrte mir den Finger in die Brust.

»Er ist geradeaus geflogen«, sagte er. »Mehr verlange ich nicht. Wir stehen an der Fünfunddreißig-Yard-Linie, also kicken wir einfach erst ab der Dreißig. Mach das morgen genauso, dann schaffen wir es. Alles klar?«

»Glaub schon.«

»Gut! Jetzt werden ein paar Runden gerannt!«

Es folgte allgemeines Aufstöhnen, aber dann liefen wir alle zu der Bahn ums Feld. Max schloss zu mir auf und schlug mir grinsend auf den Rücken.

»Siehst du? Wird doch besser!«

Ich lachte. »Ich habe nicht getroffen. Vermutlich senken bloß alle ihre Ansprüche.«

»So oder so.«

Als wir um die Kurve liefen, fiel mir etwas ins Auge. Jemand lehnte mit verschränkten Armen an einem Baum.

Sara.

Max bemerkte sie ebenfalls. »Ist das –«

»Ja.«

Er sah mich an. »Mag sie dich eigentlich?«

»Ich will nicht darüber reden.«

Er begann zu lachen und rannte weiter. Sara setzte sich einfach hin und wartete.

Als ich eine Stunde später verschwitzt und rot zu ihr hinüberschlenderte, saß sie immer noch da. Sie hatte weder ein Buch noch ein Handy oder sonst was dabei. Sie zupfte einfach Gras ab und ließ es im kühlen Wind davonwehen. Sie sah friedlich aus oder zumindest so, als sei sie ganz woanders.

»Hast du mir beim Training zugesehen?«, fragte ich.

Sie lächelte. »Kaum. Ich kann nicht mit anschauen, wie jemand so oft ein Field Goal verpatzt.« Sie stand auf und klopfte das Gras ab. »Ich wollte bloß nicht mehr zu Hause sein. Ich kann den Anblick meiner Mutter nicht mehr ertragen.«

»Wir waren uns aber einig, dass sie nichts Kriminelles getan hat, oder?«

»Das macht keinen Unterschied. Sie hat meinen Vater für einen Kriminellen verlassen. Also kann sie John ebenso gut angestiftet haben, ihn umzubringen.«

Einen Moment lang sagte keiner von uns etwas.

»Und, was tun wir als Nächstes?«, fragte ich.

Sie schüttelte den Kopf. »Ich weiß nicht. Ich glaube, wir haben nicht genug in der Hand, um zur Polizei zu gehen. Für sie ist mein Vater noch nicht mal tot. Sondern bloß verschwunden. Sie haben keine Leiche oder so. Wir brauchen mehr Informationen.«

»Und wie kriegen wir die?«

Sie sah mich nervös an. »John kommt am Sonntag zum Abendessen.«

»Und?«

»Ich hätte gern, dass du auch kommst.«

»Wie bitte?«

Ihre Augen wurden schmaler. »Ist es so furchtbar, mit mir zu Abend zu essen?«

»Nein, ich meine bloß … na ja, was sollen wir deiner Mutter erzählen?«

Sie zuckte mit den Achseln und begann, durch den Park zu laufen. »Dass du mein Freund bist. Da wird sie sich freuen.«

Ich eilte ihr hinterher und versuchte, diese neue Entwicklung in den Kopf zu bekommen.

»Und was wollen wir tun … ihn fragen?«

Sie lachte. »Nein. Wir werden unseren geballten Intellekt einsetzen und andere Fragen stellen, die uns zur Wahrheit führen. Beziehungsweise wirst du das tun. Ich rede ja nicht. Du erinnerst dich?«

»Ich weiß nicht –«

»Bist du dabei oder nicht?«

Ich blieb stehen. »Hör mal … Es tut mir leid mit deinem Vater. Und ich möchte dir helfen. Aber ich habe das Spiel und –«

»... und es ist nicht dein Problem«, flüsterte sie. Sie war ebenfalls stehen geblieben, aber sie wandte mir den Rücken zu.

»Nein, so habe ich es nicht gemeint …«

Sie drehte sich ein wenig und ich konnte ihr Profil sehen. Ihre Lippen waren fest aufeinandergepresst. »Du hast recht. Es tut mir leid. Das ist meine Angelegenheit.« Sie ging auf das weite Feld auf der anderen Straßenseite zu. »Du hast schon viel getan. Danke, Dan.«

Ich stand da und sah meine Chance auszusteigen. Aber ich konnte nicht. Ich rannte ihr hinterher. »Warte.«

Sie lief nicht langsamer. Ich packte sie am Arm und hielt sie fest.

»Warte.«

Als sie sich umdrehte, waren ihre Smaragdaugen voller Tränen. »Das bin nicht ich«, sagte sie mit brüchiger Stimme. »Ich hätte dich gar nicht darum bitten dürfen. Ich war egoistisch.

Ich weiß bloß … Ich weiß bloß nicht mehr weiter.« Ihr Arm unter meinen Fingern zitterte. »Er fehlt mir«, flüsterte sie. »Ich will ihn wiederhaben. Es tut mir leid.«

Sie machte sich los. Ihre Wangen waren knallrot, ihre Augen weit aufgerissen. Ich sah es wieder kommen.

Blackout.

Ihre Finger wanderten zu ihrem Oberkörper, sie machte auf dem Absatz kehrt und rannte weiter ins Feld hinein.

14

Es kam so überraschend, dass ich einen Moment lang bloß verdutzt dastand. Sie sprintete über das Feld, ihr Pferdeschwanz wippte wild hinter ihr her.

»Sara!«, rief ich. Mir wurde mit einem Mal klar, dass sie nicht zurückkommen würde.

Ich jagte ihr hinterher. Rings um mich sprangen Grashüpfer auf.

»Sara! Warte!«

Als ich sie wieder am Arm zu fassen bekam, war sie schon halb übers Feld. Sie wollte sich losreißen, aber ich ließ nicht locker und zwang sie, stehen zu bleiben. Sie drehte sich zu mir um. Tränen liefen ihr übers Gesicht.

Einen kurzen Moment sahen wir uns bloß an, dann wurde ihre Miene weicher.

»Lass mich einfach«, sagte sie. »Es wäre besser für dich. Du hast eine Chance, normal zu sein, Dan. Ich nicht.«

Ich schüttelte den Kopf. »Nein. Ich möchte dir helfen.«

»Du willst nicht –«

»Doch.«

Sie schien es in Erwägung zu ziehen. »Ich hätte nicht wegrennen sollen.«

Ich zuckte mit den Achseln. »Kein Problem.«

»Ich werde manchmal … wütend. Und dann traurig. Und dann nichts.«

Ich nickte. »Die Große Leere. Ist schon okay. Ich kenn das auch.«

Sie lächelte. »Schau dich um. Hast du dir schon mal gewünscht, allein auf der Welt zu sein?«

Ich blickte mich um. Es war irgendwie friedlich. Nichts als im Wind wogendes Gras und Häuser und Wolken, die träge über den Himmel trieben. Wir waren bloß kleine Flecken zwischen den Halmen.

Ich dachte an mein Buch. »Manchmal«, flüsterte ich.

»Ich auch. Wenn man die Einzige ist, kann man nicht verrückt sein.«

Sie drehte sich um, warf die Hände hoch und stieß einen Schrei aus. Dann begann sie zu lachen, ließ sich auf den Boden plumpsen und rollte durchs Gras. Irgendwann blieb sie auf dem Rücken liegen und starrte in den Himmel. Ein paar Haarsträhnen fielen ihr ins Gesicht und umrahmten ihre Augen.

»Ich könnte ewig hierbleiben«, sagte sie.

Ich legte mich neben sie und beobachtete, wie die Wolken vorbeitrieben.

»Was siehst du?«, fragte sie und ich schaute sie überrascht an. Sie klang wie Emma.

Ich überlegte einen Moment. »Freiheit«, antwortete ich schließlich.

Sie lächelte. »Ich auch.«

Nach einer Weile blickte sie mich an. »Ich werde mir Mühe geben, nicht mehr so durchzudrehen.«

»Das wäre schön.«

»Viel Glück mit deinem Spiel morgen. Ich würde ja kommen und dir zusehen, aber ich hasse Football.«

Ich lachte. »Kann ich verstehen.«

Wir standen auf und machten uns auf den Heimweg. Allmählich ging die Sonne unter.

»Wann ist das Abendessen am Sonntag?«, fragte ich ruhig.

Sie blickte mich überrascht an. Und dann lächelte sie.

Der Tag des Spiels begann grau und düster. Obwohl ich nachts höchstens eine Stunde geschlafen hatte, wachte ich früh auf. Das Programm hatte bis drei Uhr morgens gedauert, anschließend lag ich bis fünf wach. Nun war es sieben und ich war in den letzten zwei Stunden zweimal aufgestanden, weil ich auf die Toilette musste.

Ich lag einfach da und starrte in das milchige Licht, das durch meinen Vorhang hereinschimmerte. Ich hatte das Gefühl, einen Felsbrocken im Magen zu haben.

Schließlich machte ich einen Versuch aufzustehen, schaffte es aber nicht. Also legte ich mich wieder hin und versuchte es noch mal. Ich brauchte zehn Anläufe, um, noch in T-Shirt und Schlafhose, endlich aus meinem Zimmer und die Treppe hinunterzurennen.

Ich öffnete die Haustür und schaute hinaus. Der Nebelregen machte alles kalt und feucht und rutschig. Nicht gerade optimale Bedingungen zum Kicken. Ich schloss die Tür und versuchte, etwas zu essen. Ging nicht. Ich starrte bloß die Toastscheibe an.

Emma kam herein und schüttelte den Kopf. »Du solltest was essen«, ermahnte sie mich.

»Krieg nichts runter.«

»Es ist bloß ein Spiel«, sagte sie. »Und zwar eins, das du nicht mal magst, wenn ich das hinzufügen darf.«

»Es ist nicht das Spiel«, murmelte ich. »Sondern dass Dad und Mom zusehen. Steve. Raya. Max.«

Sie runzelte die Stirn.

»Und ich.«

»Dir ist Football doch auch egal.«

»Stimmt«, stimmte sie zu. »Dann denk an mich. Mir ist es egal, ob du ein Goal schießt oder nicht.«

»Field Goal.«

»Siehst du?«, sagte sie lächelnd. »Und jetzt iss was.«

Sie beruhigte mich so weit, dass ich den Toast herunterwürgen konnte, aber kurz danach kam mein Vater mit einem strahlenden Lächeln auf dem Gesicht in die Küche.

»Wichtiges Spiel heute, Dan«, sagte er stolz. »Bist du bereit?«

Wir mussten nach Portsmith, aber es war nur eine halbe Stunde Fahrt. Da viele Familien von anderen Teammitgliedern mitkamen, war es trotzdem fast wie ein Heimspiel. Allerdings würden mir noch mehr Leute dabei zusehen, wie ich Field Goals vermasselte und das Spiel verlor.

»Ja.«

Er nickte. »Gut. Wir fahren in zwanzig Minuten. Zieh dich an.«

Als er sich Cornflakes in eine Schale schüttete, pfiff er vor sich hin. Mir drehte sich wieder der Magen um und ich ging nach oben, um mich fertig zu machen.

Das Spiel fing ganz gut an. Zuerst musste ich beim Kickoff den Ball weit ins Feld schießen, was ich immer ein bisschen besser hinkriegte, weil ich kein Ziel verfehlen konnte. Der Kick war ganz ordentlich, und Max brachte den gegnerischen Returner an der Dreißig-Yard-Linie zu Boden, was ziemlich gut war. Als ich vom Feld ging, klopfte mir Coach Clemons sogar auf den Rücken und meine Mom hielt auf der Tribüne die Daumen nach oben.

Trotz des Wetters war sie dicht besetzt. Raya und Clara waren da, sie hatten sich gegen die feuchte Novemberkälte in Windjacken und Schals eingemummelt. Sogar Steve war ausnahmsweise erschienen, vermutlich wollte er sehen, wie ich mich zum Löffel machte, und drüben, ein paar Reihen unterhalb von Max' Mutter, saß Max' Vater. Obwohl er mittlerweile einen Bart hatte und graue Strähnen in den schwarzen Haaren, erkannte ich ihn von Fotos. Er beobachtete Max voller Stolz, als sei das sein gutes Recht.

Max spielte wie ein Besessener. Als wir das erste Mal den Ball hatten, schaffte er einen Touchdown, was uns 6:0 in Führung brachte. Ich rannte für einen Zusatzschuss aufs Feld und versuchte, ruhig zu bleiben. *Stell dir den Schuss bildlich vor.*

Der Ball kam zurück. Max platzierte ihn, ich machte meine zwei Schritte und schoss. Als er dem bewölkten Morgenhimmel entgegenflog, herrschte Stille. Und dann ging er durch die Torstangen. Ich hatte den Kick geschafft.

Max schlang grinsend einen Arm um mich. »Ich wusste, dass du es draufhast!«

Als wir vom Feld rannten, klopfte mir Coach Clemons noch einmal auf die Schulter. Alles war wie in einem absurden Traum.

Das Spiel ging in Nebel und Feuchtigkeit weiter, aber niemandem war kalt. Die Stimmung wurde immer hitziger. Die Schiedsrichter mussten zweimal einschreiten, um Rangeleien zu verhindern. Die zwei Bänke brüllten sich gegenseitig an. Irgendwann warf Coach Clemons sein Basecap beiseite und stürmte wegen einer Fehlentscheidung wild gestikulierend aufs Spielfeld.

Max war nicht wiederzuerkennen. Er ging mit rotem Kopf am Spielfeldrand auf und ab, brüllte Anweisungen und wurde immer hysterischer. Irgendwann packte er mich an den Schultern und rüttelte mich.

»Wir schaffen das, Danny«, sagte er. »Du hast es drauf, Kumpel.«

Er stürmte davon und ich schüttelte den Kopf. Er redete wie die anderen im Team. Ich glaube, er hatte mich noch nie zuvor »Danny« genannt. Taj tat es die ganze Zeit.

Ich merkte, dass ich auch ein bisschen aufgeregt wurde. Ich gehörte zum Team.

Es passierte zwei Minuten vor Spielschluss. Wir führten 31:25, als den anderen ein Touchdown gelang. Der gegnerische Kicker machte einen Zusatzpunkt und wir lagen einen Punkt zurück.

Es war mein ultimativer Albtraum. Ich saß auf der Bank und hoffte, dass Max noch in letzter Sekunde Punkte holen würde, damit wir nicht auf einen Kick angewiesen waren. Aber mein Gebet wurde nicht erhört.

Das Team begann den Angriff an unserer Vierzig-Yard-Linie. Ein paar Conversions. Zeit totschlagen. Wir wurden von Neuem mit zwei Versuchen an ihrer Neununddreißig aufgehalten. Einer unserer Runningbacks, Kyle, machte noch ein paar Yards für uns klar, indem er den Pass an der Vierunddreißig fing. Und dann drehten sich alle zu mir. Coach Clemons tauchte vor mir auf, er war in Panik.

Er versuchte, es sich nicht anmerken zu lassen. »Geh aufs Feld, Junge«, sagte er ernst. »Mach mich stolz.«

Ich lief durchs Team, als sei ich auf dem Weg zu meiner Hinrichtung. Meine Arme waren starr. Ich hörte meine Mutter in der jubelnden Menge.

»Los, zeig's ihnen, Dan!«

Danke, Mom.

Ich rannte zur Fünfunddreißig-Yard-Linie, wo mich Max wieder an den Schultern packte. »Du schaffst das.«

Ich nickte nur, weil ich mich nicht zu sprechen traute. Ich bekam kaum Luft. Mein Magen rumorte.

Aber ich würde das hinkriegen. Ich musste den Ball nur geradeaus schießen.

Wir stellten uns auf. Ich trat zwei Schritte zurück. Ich zitterte entsetzlich. *Denk an Emma,* redete ich mir zu. *Ihr ist es piepegal. Und Sara auch.* Ich dachte daran, wie sie im Gras gelegen und zu den Wolken hochgestarrt hatte.

Ihr war Football egal.

»Hut!«, brüllte Max.

Der Ball kam zurückgeflogen, er hielt ihn und ich kickte.

Es gab nur noch den Ball. Ich hörte weder Max schreien noch die gegnerische Line heranstürmen, hörte nicht mal die Zuschauer. Ich beobachtete bloß, wie der Ball sich um die eigene Achse drehte und auf die Torstangen zusegelte. Diesmal hatte ich ihn besser getroffen – er flatterte nicht. Es war der beste Kick meines Lebens. Und dann traf der Ball die Stange.

Es schepperte, er prallte ab und flog zurück aufs Feld, wo er direkt in den Armen eines Portsmith-Spielers landete, der zurückgelaufen war, um eventuelle Fehlwürfe aufzufangen. Ich hörte die Schreie. Das Aufstöhnen. Das war das Ende.

Doch dann tat der Portsmith-Spieler etwas Unbedachtes. Er entdeckte eine Lücke zu unserer End Zone und rannte los. Eine Sekunde lang war jeder in unserem Team einfach nur überrascht, aber dann nahmen sie die Verfolgung auf. Noch immer hochrot von der Demütigung rannte ich hinterher. Der Spieler musste zu Fall gebracht werden, sonst konnten die Potters die Zeit herunterspielen. Doch er rannte weiter. Er war direkt am Spielfeldrand und er wollte den Ruhm.

Aber Max wollte ihn noch mehr. Während ich dem Typen hinterherjagte, tauchte Max aus dem Nichts auf und rammte den Spieler so hart, dass er über den Spielfeldrand flog und den Ball fallen ließ. Der Ball prallte einmal auf und landete direkt vor meinen Füßen.

»Los!«, brüllte Max.

Mir blieb keine Wahl. Ich packte den Ball und rannte los. Alles ging unglaublich schnell. Ein Portsmith-Spieler kam auf mich zu, aber Taj rempelte ihn aus dem Weg, woraufhin beide zu Boden gingen. Ich rannte weiter. Die Blocks stellten sich an der Seitenlinie auf, und ich rannte, so schnell ich konnte. Es blieb keine Zeit zum Nachdenken. Ich sprintete einfach, bis ich ganz hinten in der End Zone war. Plötzlich kam mein ganzes Team mit großen Sprüngen schreiend auf mich zugerannt. Ich stand bloß da, hielt den Ball und dann wurde er vom Rest des Teams in die Luft geschleudert, alle umarmten mich und klopften mir auf den Rücken und hievten mich sogar auf ihre Schultern.

Ich sah, wie sich meine Eltern auf der Tribüne in die Arme fielen. Coach Clemons machte Freudensprünge.

Mit einem Grinsen im Gesicht ließ ich mich von der Feierstimmung mitreißen.

15

Es war der schönste Tag meines Lebens.

Das Team feierte im Haus von Coach Clemons bis abends eine Grillparty. Max spazierte den ganzen Nachmittag mit einem strahlenden Lächeln herum – selbst nachdem sein Vater nach einem kurzen Händeschütteln einfach wieder in sein Auto gestiegen und gefahren war. Gelächter und Glückwünsche und das Gefühl, von anderen beachtet zu werden, verschwammen miteinander.

Das war alles toll, der einzige Nachteil war, dass ich die Woche darauf wieder spielen musste.

Hoffentlich war Kevin bis dahin wieder fit.

Als wir schließlich nach Hause kamen, war ich erledigt und ging hoch, um mich hinzulegen. Ich ließ mich aufs Bett fallen und starrte lächelnd an die Decke. Nach dem Spiel hatte ich kaum Gelegenheit gehabt, mit Raya zu reden, aber ich hatte sie grinsen sehen, als die anderen mich auf den Schultern übers Spielfeld trugen. Sie hatte zwar gesagt, dass sie Football nicht mochte, aber jeder mochte Helden – zumindest, wenn man Steve Glauben schenkte.

Ich stellte mir ihr Lächeln vor und fragte mich, ob sie vielleicht an mich dachte.

Hoffentlich.

Aber ein Teil von mir erinnerte sich auch daran, dass es Sara Malvern gewesen war, an die ich kurz vor dem Kick gedacht hatte. Und ich dachte daran, wie ich neben ihr auf dem Feld gelegen und in die Wolken geschaut hatte. Ich dachte an die Haare, die ihr immer ins Gesicht wehten, über ihre Lippen. Ich dachte an ihre Finger auf meinen Wangen.

Aber ich durfte Sara Malvern nicht mögen. Sie war komisch und erinnerte mich ständig daran, dass ich auch nicht normal war. Und es gab nichts auf der Welt, was ich mir so sehr wünschte, wie normal zu sein. Ich wollte der Junge sein, der ich heute gewesen war.

An diesem Abend sah ich mir mit meinem Vater ein Spiel an. Das kam nicht häufig vor, aber er fragte mich, ob ich Lust hatte, ins Wohnzimmer herunterzukommen und beim Fernsehen Chips zu knabbern. Steve war nicht zu Hause und Emma hatte kein Interesse und so waren es nur wir beide.

Ich jubelte demselben Team zu wie er – Ohio State. Vermutlich erwartete er das von mir. Und obwohl ich mir wirklich nicht gern Football anschaue, freute ich mich, mit ihm zusammenzusitzen.

»Das Spiel heute konnte sich wirklich sehen lassen«, sagte er.

»Ja«, erwiderte ich. »Glück, vermutlich.«

»Klar, aber zu seinem Glück muss man trotzdem immer was beitragen. So ein Ende habe ich seit Jahren nicht gesehen.«

Ich zuckte mit den Achseln. »Ich auch nicht. Ich bin einfach froh, dass wir gewonnen haben.«

Ich war schon nicht mehr richtig bei der Sache. Im ersten Viertel aß ich einen Chip, aber irgendwas stimmte nicht. Ich beschloss, dass ich ihn wohl nicht richtig gekaut hatte, und aß noch einen. Drei. Und dann vier. Ich würde die ganze Schale niedermachen. Ich saß zwar da und hörte meinem Vater zu, aber in Gedanken war ich bei den Chips. Mein Hirn arbeitete auf Hochtouren.

Wenn ich das nicht in den Griff kriege, ist der ganze Tag im Eimer. Was habe ich falsch gemacht? Lag es an dem vierten? Dem fünften? Was soll ich tun?

Ich schwitzte ein bisschen und versuchte, still zu sitzen, aber ich konnte einfach nicht. Ich aß noch einen Chip.

»Wie läuft's so in der Schule?«, fragte mein Vater, ohne den Blick vom Fernseher zu wenden.

»Gut«, sagte ich. »Keine Probleme.«

Meine Hand griff in die Schüssel.

»In jedem Fach ein A?«

»Außer in Mathe.«

Er sah mich fragend an. »Schon wieder? Wo ist das Problem in Mathe?«

»Nirgendwo«, murmelte ich. »Es ist eben einfach nicht mein Glanzfach.«

Er ließ ein Schnauben hören. »Bis vor zwei Jahren hattest du immer ein A. Deine Mutter und ich sind beide gut in Mathe. Warum kriegst du das nicht hin?«

»Ich weiß es nicht.« Fünf Chips. Sechs. Sieben. Meine Hände zitterten über der Schüssel. Mittlerweile war ich schweißgebadet. Meine Haut fühlte sich gerötet an und brannte und kribbelte. Warum ich?

Ich dachte an Saras Worte. Dass wir Sternenkinder waren. Besonders. Und dass wir nicht richtig in die Welt passten. Sie musste deshalb Medikamente nehmen. Ich musste deshalb alles Mögliche zählen.

Mein Vater wandte sich wieder zum Fernseher. »Vielleicht sollten wir morgen mal ein bisschen üben. Übrigens, deine Mutter und ich haben uns unterhalten. Ist sonst alles in Ordnung mit dir?«

»Wie meinst du das?«, fragte ich, in Gedanken immer noch bei den Chips und den Zahlen.

Mit einem Mal schien er verlegen. »Schläfst du gut? Als ich gestern Nacht auf war, habe ich gesehen, dass bei dir Licht brannte. Und dann ging es wieder aus.«

Er brauchte nicht weiterzureden. Er hatte gesehen, dass ich das Licht ein- und ausgeschaltet hatte. Ich zog die Hände von den Chips zurück.

»Ach so«, sagte ich. »Ja, das war total schräg. Meine Lampe gab diesen Surrton von sich. Ich habe sie ein paarmal ein- und ausgeschaltet und dann hörte es wieder auf. Habe noch gelesen … War wahrscheinlich nervös wegen des Spiels.«

Er wirkte erleichtert. »Gut. Ich habe deiner Mutter schon gesagt, dass es nichts zu bedeuten hat. Ein Surren? Das werde ich mir mal anschauen.«

Wir wandten uns wieder dem Football zu und er sprach es nicht noch mal an. Ich wartete so lange, wie ich es aushielt, dann nahm ich noch einen Chip.

Als ich an die Tür klopfte, fühlte ich mich wie bei einem Field Goal, das über das Spiel entschied. Nachdem meine Mutter mitbekommen hatte, dass ich bei Sara essen würde, hatte sie auf einem ordentlichen Hemd und Stoffhosen bestanden. Trotz meiner Proteste war sie davon überzeugt, dass Sara nun meine Freundin war.

Ich wartete einen Moment und überlegte, ob ich davonlaufen sollte. Zu spät.

Die Tür wurde von einem bulligen Mann mit Tattoos geöffnet. John. Er musterte mich und schien zu überlegen, wo er mich hinstecken sollte.

»Ist Sara da?«, fragte ich.

Er sah mich immer noch fragend an. »Bist du nicht –«

Ich nickte. »Ja. Ich habe das Preisausschreiben für die Zeitung gemacht. Ich hoffe, Sie gewinnen!«, fügte ich unterwürfig hinzu.

Er zuckte mit den Achseln und trat einen Schritt zurück. »John. Sara ist noch oben. Du kannst in die Küche durchgehen.«

Ich zog die Schuhe aus. Während ich den Flur hinunterlief, sah ich mich neugierig um. Die Holzdielen waren blitzblank und glänzten, an den Wänden hingen Fotos von Sara. Von Saras Vater gab es keines. Genauer gesagt entdeckte ich auf dem Weg zur Küche mindestens zehn Bilder von Sara, was ich ein bisschen übertrieben fand. Ihre Mutter stand am Herd und schnitt Scheiben von einem Braten ab. Als ich die Küche betrat, drehte sie sich um. Lächelnd musterte sie mich.

Sie war wie meine Mutter gekleidet, und mir fiel auf, dass sie dieselbe kleine Nase hatte wie Sara. Es war schwierig, sich vorzustellen, dass John und sie ein Paar waren. Sie schien sich aber sehr zu freuen, mich zu sehen.

»Hi«, sagte sie. »Dan, hab ich recht?«

»Ja«, antwortete ich und gab ihr die Hand. »Schön, Sie kennenzulernen, Mrs Malvern.«

»Ganz meinerseits«, sagte sie und klang, als würde sie das ehrlich meinen. »Nenn mich ruhig Michelle.« Sie musterte mich aufmerksam. »Möchtest du etwas trinken?«

»Hm … gern.«

Sie eilte zum Kühlschrank. »Setz dich. Sara kommt auch gleich. Sprite?«

»Gern. Danke.«

Sie stellte mir ein Glas Limonade hin und sah mich wieder an. Als John sich am anderen Ende des Tisches auf einen Stuhl fallen ließ, lächelte sie. »Du bist also auf derselben Schule wie Sara.«

»Ja.«

Sie nickte. »Und wie … habt ihr euch kennengelernt?«

Sie wollte wissen, wie ich mich mit einem Mädchen angefreundet hatte, das nicht sprach. Das Medikamente einnehmen musste und sein Leben lang eine Schulbegleiterin gehabt hatte. Nach einem kurzen Blick auf John zuckte ich mit den Achseln.

»Einfach durch den Unterricht und so.«

Mit einem Lächeln wandte sie sich wieder dem Kochen zu und überließ mich John. Er las etwas auf seinem Telefon. Seine dunklen Augen begegneten meinen. Er legte das Handy beiseite und trank einen Schluck Bier.

»Du bist also auch in der Achten?«, fragte er schroff. Seine Haare waren nach hinten gekämmt, am Haaransatz war eine weiße Narbe zu sehen. Seine Wangen waren schon wieder voller Bartstoppeln und auf seinem Hals entdeckte ich eine Tätowierung.

»Genau«, nuschelte ich.

»Spielst du Football?«

Ich nickte. »Kicker.«

»Cool«, sagte er und wandte sich zu Saras Mutter um, wohl in der Hoffnung, sie würde sich bald zu uns setzen. Ich hatte den Eindruck, dass er nicht übermäßig erfreut war, mit der seltsamen Tochter seiner Freundin und deren Freund zu Abend zu essen.

»Sara!«, rief ihre Mutter und stellte das Essen auf den Tisch. Es sah richtig lecker aus, aber ich hatte keinen Hunger. Saras Mutter setzte sich ans Kopfende und deutete auf die Schüsseln. »Bedien dich, Dan. Das ist Roastbeef, meine Spezialität.«

Als ich zögerlich die Hand ausstreckte und mir auftat, spürte ich ihren Blick. In meiner Hosentasche steckte ein zerknittertes Blatt – Saras Gesprächsvorlage. Ich musste eine penible Abfolge von Fragen abarbeiten. Mein Magen war in Aufruhr.

»Wow«, kam unvermittelt von John.

Ich drehte mich zur Tür. Am liebsten hätte ich auch »Wow« gesagt. In der Türöffnung stand Sara … oder jemand, der Ähnlichkeit mit ihr hatte. Sie trug ein blaues Kleid mit weißem Gürtel und ihre Haare waren mit einer dazu passenden weißen Schleife zurückgebunden. Sie schien sich sogar ein bisschen geschminkt zu haben. Ihre Mutter presste die Hände zusammen und sah erfreut aus.

»Es ist noch besser, als ich gehofft habe«, murmelte sie. »Du siehst wunderhübsch aus. Setz dich.«

Als sie rechts von mir Platz nahm, waren Saras Wangen leicht gerötet und sie wich meinem Blick aus. Sie sah wirklich hübsch aus. Während John sich Roastbeef nahm, hielt sie den Blick auf den Teller gerichtet.

»Wir haben gerade mit Daniel über die Schule gesprochen«, erklärte Saras Mutter. »Habt ihr dieselben Lehrer?«

»Nein«, antwortete ich. »Sara ist normalerweise …« Ich redete nicht weiter. »Na ja … könnten wir jedenfalls. Sie ist klug, vermutlich ist sie weiter als wir anderen.«

Saras Lippen deuteten ein Lächeln an.

»Ja, das ist sie«, sagte ihre Mutter stolz. »Sie macht Mathe auf College-Niveau. Sie redet … nicht viel darüber.«

Als John mit einem Schnauben reagierte, bedachte ihn Saras Mutter mit einem strafenden Blick. Ich wandte mich wieder meinem Essen zu.

Plötzlich spürte ich einen Tritt.

»Wie haben Sie beide sich kennengelernt?«, fragte ich unvermittelt und warf Sara einen verstohlenen Blick zu.

Saras Mutter reagierte verdutzt. »Oh. Na ja … Ich glaube, bei irgendeiner Veranstaltung.«

»Bar«, verbesserte John.

Saras Augen wanderten zu ihm, dann trat sie mich noch mal. Ich zuckte zusammen.

»Cool«, nuschelte ich. »Vor Kurzem?«

Ihre Mutter musterte mich einen Moment. Sara hatte denselben durchdringenden Blick wie ihre Mutter. »Vor einem Jahr oder so.«

»Ist schon länger her«, sagte John. »Mindestens zwei Jahre.«

Mit einem Seitenblick auf ihn wandte sich Saras Mutter wieder an mich. »Aber wir wollen nicht über uns alte Leute reden. Seit wann seid ihr … Freunde?«

Ich blickte zu Sara, aber die schwieg natürlich.

»Noch nicht lang. Seit ein paar Wochen.«

»Redet ihr viel?«, fragte mich John grinsend. Saras Mutter sah ihn wieder genervt an.

»Ununterbrochen«, sagte ich.

Ihre Mutter schaute mich an. »Ihr … redet?«

»Klar. Wir reden ständig. Oder?«, fragte ich und sah zu Sara. Sie nickte.

»Oh«, sagte ihre Mutter. »Gut.«

Wieder ein Tritt. Allmählich tat es weh.

»Was machen Sie so, John?«, fragte ich.

So redete ich normalerweise nicht mit Erwachsenen. Oder überhaupt irgendjemandem. Aber mein Schienbein tat wirklich weh.

Er lehnte sich zurück und trank einen großen Schluck Bier. »Ich arbeite im Autowerk«, antwortete er. »Seit Jahren schon. Ab und zu Gelegenheitsjobs. Bau und so. Du weißt ja, wie es läuft.«

Eigentlich nicht, aber ich nickte trotzdem. »Kinder?«

»Nein«, sagte er. »Ich hab's nicht so mit Kindern. Nicht böse gemeint.«

»Kein Problem.«

Saras Mutter wollte offenbar die Situation retten. »Und was machen deine Eltern?«

»Mein Vater ist Ingenieur. Meine Mutter macht ehrenamtliche Sachen und so.«

»Sehr schön.«

Wieder ein Tritt. Ich funkelte Sara böse an, die bloß zurückfunkelte.

»Und«, sagte ich zu John. »Gehen Sie auf die Jagd oder so? Hab den großen Pick-up in Ihrer Auffahrt gesehen.«

John nickte. »Ja. Ich jage und angle.«

»Cool. Was benutzen Sie? Ein Gewehr oder einen Bogen …«

»Gewehr«, sagte er. »Mit Zielfernrohr und allem Drum und Dran. Es ist gut. Kannst du schießen?«

»Nein. Ich hab mich immer gefragt … kann man eigentlich auch mit Pistolen jagen? Oder nur mit Gewehren?«

Er zuckte mit den Achseln. »Könnte man schon, aber warum sollte man? Ich benutze einfach das Gewehr.«

»Alles klar. Dann besitzen Sie vermutlich gar keine Pistole, oder?«

Er hob eine Augenbraue und aß einen Bissen Roastbeef. »Nein. Bloß das Gewehr.«

Es kam kein Tritt. Puh. Allerdings wussten wir jetzt auch, dass John log. Das war kein gutes Zeichen, vor allem nachdem wir eine Pistole in seiner Kommode gefunden hatten.

Der Rest des Essens verlief einigermaßen normal. Saras Mutter stellte mir noch ein paar Fragen, John erzählte eine Geschichte, wie er einen Hirsch getötet hatte, und Sara saß schweigend da und starrte auf ihren Teller. Es war die längste Stunde meines Lebens.

Nach einem Stück Kuchen nahm Sara mich am Arm und zog mich aus der Küche. Sie führte mich in den Keller, wo wir uns vor einem großen Fernseher ausstreckten. Als sie mich ansah, lächelte sie.

»Gut gemacht.«

»Danke«, murmelte ich. »Aber ich glaube nicht, dass wir groß weitergekommen sind.«

Sie schüttelte den Kopf. »Natürlich sind wir weitergekommen. Er lügt, was die Pistole anbelangt, er übernimmt Schwarzjobs gegen Bargeld, und er kennt meine Mutter länger, als ich gedacht habe. Er hat ihn umgebracht, Dan. Davon bin ich überzeugter denn je.«

»Hoffst du gar nicht, dass du dich täuschen könntest?«

Sie sah mich an. »Doch, natürlich. Aber mein Vater hätte mich nie im Stich gelassen, Dan. Niemals. Er hätte mich mitgenommen. Wir standen uns so nah. Es gibt nur einen Grund, warum er verschwunden ist.«

»Und was machen wir jetzt?«

Sara seufzte und blickte auf den Fernseher. »Ich habe keine Ahnung.«

16

Ehe ich mich versah, war es Mittwoch. Da wir mittlerweile täglich trainierten, war mir nicht mal meine Dienstagspause vergönnt gewesen. Mit Sara hatte ich seit Sonntag nicht gesprochen, doch ich dachte an sie. Ob ich wollte oder nicht.

Da Kevin immer noch nicht fit war und alles danach aussah, dass ich wieder spielen musste, ging mir das Playoff-Spiel am Samstag überhaupt nicht mehr aus dem Kopf. Die Jungs redeten noch mit mir, was nett war, aber sobald das wichtige Spiel Thema war, hätte ich mich jedes Mal übergeben können.

Ich weiß nicht, ob es daran lag, dass ich nervös war, aber das Programm dauerte immer länger. Nachdem ich bloß noch stumm geschluchzt und mir sogar unüberlegt das Gesicht zerkratzt hatte, um die Tränen aufzuhalten, war ich in der Nacht zuvor erst um fünf Uhr morgens eingeschlafen. Ich war nur noch müde.

An diesem Abend wartete nach dem Training Sara wieder auf mich. Ich rannte zu ihr. Mir war bewusst, dass ich vermutlich nach Footballausrüstung stank. Es fiel ihr auf.

»Du riechst ein bisschen streng«, bemerkte sie lächelnd.

»Jaa«, brummte ich und trat einen Schritt zurück. »Tut mir leid.«

Sie winkte ab. »Kein Problem. Du siehst süß aus, wenn du verschwitzt bist.«

»Ah … danke.«

»Gern. Hör zu, ich hatte eine Idee.«

Sie zog ihr Telefon aus der Hosentasche und sah mich erwartungsvoll an.

»Wir werden jemanden anrufen …«

Sie lachte. »Nicht ganz. Wir werden ihn aufnehmen. Ich verstehe gar nicht, warum ich da nicht schon früher draufgekommen bin.«

»Es wird aber bei Gericht nicht zugelassen werden, das ist dir klar? Das weiß ich aus ›Law and Order‹.«

Sie nickte. »Außer die Aufnahme kam zufällig zustande. Ich habe ein bisschen recherchiert. Wir lassen das Telefon aus Versehen unter sein Sofa ›fallen‹. Der Akku hält zwei Tage durch, selbst im Aufnahmemodus. Danach holen wir es uns wieder.«

»Woher wollen wir wissen, dass er überhaupt etwas sagt? Er lebt allein.«

Sara lächelte und tätschelte mir den Arm. »Ach, Daniel. Mittlerweile müsstest du doch wissen, dass ich viel klüger bin. Wollen wir los?«

»Wir gehen jetzt?«

»Was du heute kannst besorgen, das verschiebe nicht auf morgen.«

Sie nahm mich am Arm und zog mich fast hüpfend hinter sich her. Ich musste lächeln. Auf dem Weg zu Johns Haus vermied ich wie üblich die Spalten auf dem Gehweg; vor dem nächsten Besuch in einem Mörderhaus die Tradition zu brechen, wäre kein guter Zeitpunkt gewesen. Ein paarmal blieb ich stehen oder machte extragroße Schritte.

Es entging Sara nicht.

»Was hast du denn?«

Ich sah sie überrascht an. »Was?«

Sie schaute mich bloß an.

Ich zögerte. »Ich weiß es nicht. Ich mache einfach … manchmal Sachen. Damit nichts Schlimmes passiert.«

Sie musterte mich aufmerksam. »Und funktioniert es?«

»Ich glaub schon«, murmelte ich.

»Hast du schon mal jemandem davon erzählt?«

»Nein. Ich will nicht, dass man mich für verrückt hält.«

Sie lächelte leicht. »Das habe ich nicht gedacht.«

Wir redeten nicht mehr, bis wir zu Johns Straße kamen. Sein Pick-up stand in der Auffahrt.

»Er ist da«, stellte ich fest. »Wir müssen ein anderes Mal wiederkommen.«

Sara schnaubte. »Wenn wir einbrechen, können wir nicht einfach zufällig ein Handy fallen lassen. Der Richter würde das wohl kaum als Zufall bezeichnen, oder? Natürlich ist er da. Ich habe auf seinem Dienstplan nachgeschaut. Wir statten ihm einen kleinen Besuch ab.«

»Warum?«

Sie zuckte mit den Achseln. »Du wirst ihm sagen, dass es mir leidtut, so fies zu ihm gewesen zu sein. Und dass ich meine Mutter glücklich machen und Frieden mit ihm schließen will.«

»Während wir Nachforschungen anstellen, ob er ein Mörder ist.«

»Du hast es erfasst.«

Ich stieß einen tiefen Seufzer aus. »Das kann ja lustig werden.«

Als John die Tür öffnete, wanderte sein Blick sofort zu Sara. Seine Neandertalerstirn legte sich in tiefe Falten. Er trank gerade ein Bier, seine haarige Pranke erinnerte an einen Baseballhandschuh.

Er wandte sich zu mir.

»Was gibt's?«, fragte er schroff.

Ich zögerte kurz. »Sara wollte vorbeikommen. Um Ihnen zu sagen, dass es ihr leidtut, dass sie so abweisend zu Ihnen gewesen ist. Sie war einfach durcheinander wegen ihres Vaters. Und sie möchte, dass ihre Mutter glücklich ist, und will Sie kennenlernen.«

John stand einen Augenblick nur da. Er trug ein Muskelshirt, auf seinem rechten Bizeps war das Tattoo einer Frau in rotem Kleid. Als er einen Schluck trank und mit den Schultern zuckte, spannte sich der Muskel an.

»Wollt ihr vielleicht kurz reinkommen oder so?«

Ich schaute Sara an, die nickte.

»Okay«, sagte John. Man sah ihm an, dass er wenig erfreut war. »Entschuldigt das Chaos.«

Wir traten ins Haus und folgten ihm ins Wohnzimmer, das ebenfalls ein Tohuwabohu aus Tellern mit Essensresten und leeren Bierflaschen war. Er deutete auf eine alte moosgrüne Couch und ließ sich in einen Fernsehsessel fallen.

»Hab nicht oft Gäste«, sagte er.

Ein bisschen näher als sonst ließen Sara und ich uns nebeneinander nieder und ich setzte ein Lächeln auf.

»Kein Problem«, erwiderte ich. »Ja … hmm … Wie Sie wissen, ist Sara ja nicht sehr gesprächig.«

»Das ist noch untertrieben«, sagte er und warf ihr einen Blick zu. Sie starrte zu Boden.

»Aber sie hat mir erzählt, dass sie Ihnen immer aus dem Weg gegangen ist und Sie böse angesehen hat und so.«

John schnaubte. »Das trifft es so ungefähr. Ist schon gut. Ist vermutlich nicht leicht, wenn irgendein fremder Typ bei dir zu Hause auftaucht.«

Sie sah ihn an, und einen Moment lang glaubte ich, sie würde reden. Doch sie blieb stumm. Eine Hand zupfte an ihrer Hosentasche herum, die andere presste sich auf ihre Brust. Hoffentlich bekam sie nicht genau in diesem Moment einen Blackout.

»Jaa«, sagte ich. »Sie vermisst einfach ihren Vater … Sie wissen ja, wie es ist. Sie fragt sich, warum er gegangen ist und so.«

John trank mit einem großen Schluck sein Bier aus und stellte die leere Flasche auf den Couchtisch.

»Manchmal gehen Väter eben weg«, sagte er. »Hat meiner auch gemacht. Aber deine Mutter hat mir seinen Abschiedsbrief gezeigt. Du hast ihm offenbar viel bedeutet. Es hatte nichts mit dir zu tun, Sara.«

Sie schaute ihn nicht an. Ihre Hände zitterten wieder. Es war Zeit zu verschwinden.

»Wo ist er hingegangen?«, fragte sie ruhig.

Überrascht schaute John erst sie, dann mich an. Er beugte sich vor.

»Du sprichst also doch«, stellte er fest.

»Wohin?«, wiederholte sie.

Er lehnte sich zurück und schüttelte den Kopf. »Ich weiß es nicht, Sara. Er ist einfach gegangen.«

Es wurde still im Zimmer und John erhob sich. »Ich brauche ein Bier.«

Er tappte kopfschüttelnd aus dem Zimmer und ich blickte zu Sara. Ihre Miene war starr. Aber sie zog langsam ihr Telefon heraus und ließ es unter die Couch gleiten. Dann nickte sie und wir standen beide auf.

John kam wieder herein.

»Geht ihr?«

»Ja«, sagte ich. »Danke. Wir müssen los. Wir wollten bloß … das bloß sagen, denke ich. Danke.«

Wir gingen schnell zur Haustür. Er kam langsam hinterher. Seine Miene gefiel mir nicht. Sie war misstrauisch und kalt und machte klar, dass wir hier nicht noch einmal willkommen wären.

Aber dann überraschte er mich. Er sah Sara an und sagte: »Es tut mir leid mit deinem Vater.«

Sie hielt seinem Blick eine Weile stand, aber dann huschte sie hastig hinaus in den Abend. Ich lief ihr hinterher. Als ich sie einholte, war sie die Straße schon halb hinunter. Sie fegte los wie ein aufkommender Sturm.

»Alles okay?«

»Wie konnte er?«, flüsterte sie. »Er hat mir in die Augen geschaut und sich entschuldigt, dass er meinen Vater umgebracht hat.«

»Er hat nicht gesagt –«

»Brauchte er auch nicht.« Sie sah mich mit schmerzverzerrtem Gesicht an. »Wir kriegen ihn schon noch dran.«

»Was hast du jetzt vor?«

Sie blickte geradeaus und ging noch immer so schnell, dass ich beinahe rennen musste.

»Ich werde ein paar Anrufe machen.«

Wir mussten zwei Tage warten. Sara hielt mich nicht auf dem Laufenden, was sie unternommen hatte, aber ich war sowieso nicht sicher, ob ich es wissen wollte. Ein Telefon im Aufnahmemodus zurückzulassen und Telefonate zu führen, die etwas in Gang bringen sollten, fühlte sich allmählich wie ein Krimi an. Doch ich hatte mich bereit erklärt, am Freitag mit ihr zurückzugehen und das Telefon zu holen, und in der Zwischenzeit hatte ich jede Menge, worüber ich nachdenken musste.

Es war in der letzten Pause am Donnerstagnachmittag, als Raya zu mir herüberkam. Ich sah den anderen Jungs beim Basketball zu, ich spielte nicht mit, weil ich Magengrummeln hatte. Irgendwie war es leichter, als noch alle davon ausgegangen waren, dass ich versagen würde. Jetzt erwarteten sie von mir, dass ich Samstag wieder einen Touchdown schaffen würde.

»Na, hast du Spaß?«, fragte Raya und stellte sich neben mich.

Heute trug sie die Haare offen, sie reichten ihr gerade bis zur Schulter und wellten sich ein bisschen. Ich bekam weiche Knie.

»Sieht man das nicht?«, erwiderte ich. »Ich gehe meiner Lieblingsbeschäftigung nach. Ich spiele nicht.«

Sie lachte. »Wie ich höre, hast du am Samstag wahrscheinlich nicht so viel Glück.«

»Nein.« Ich seufzte. »Da werde ich wohl wieder aufs Feld müssen.«

Zum ersten Mal fiel mir auf, dass sie nervös mit ihren Händen herumspielte.

»Übrigens … Morgen Abend kommen ein paar Leute zu mir. Habe es gerade mit meinen Eltern klargemacht. Nichts Großes, bloß ein bisschen im Keller abhängen und so. Hast du Lust zu kommen?«

»Gern«, antwortete ich wie aus der Pistole geschossen.

Sie lächelte. »Super. Sag Max auch Bescheid, aber das ist ja eigentlich sowieso klar. Und überhaupt … weiter so.«

»Ich werd's versuchen.«

Sie ging davon. Als ich mich wieder dem Spiel zuwandte, musste ich lächeln.

An diesem Abend lag ich neben Emma auf dem Boden und starrte an die Decke. Jeder von uns hatte ein aufgeschlagenes Buch auf der Brust liegen – ich »Eine Geschichte aus zwei Städten«, sie »Der König auf Camelot«. Wie üblich betrachteten wir den Putz an der Decke. Wir hatten uns schon eine komplizierte Geschichte über ein untergegangenes Königreich ausgedacht.

»Heute hat ein Junge gesagt, ich sei hässlich«, sagte Emma.

Ich spähte zu ihr hinüber. »Was?«

»Ja. Er hat etwas nach mir geworfen und mich als hässlich bezeichnet. Und ich sei ein Nerd.«

Sie sagte das so beiläufig, als würden wir übers Wetter oder so reden.

»Hast du es den Lehrern erzählt?«

Sie zuckte mit den Achseln. »Es war nur ein zusammengeknülltes Blatt. Nichts Schlimmes.«

»Oh Mann.« Ich drehte mich wieder zur Decke. »Und was hast du gesagt?«

»Nichts.« Sie schwieg. »Aber ich habe geweint. Danach, auf dem Klo.«

Ich merkte, wie Wut in mir aufstieg. »Wer war der Typ?«

Sie lachte. »Du brauchst ihn nicht zu verprügeln oder so. Es war einfach das erste Mal, dass mir so etwas passiert ist.«

»Kenn ich«, brummte ich.

Sie sah mich an. »Findest du mich hässlich?«

»Natürlich nicht. Aber Nerd könnte schon hinhauen.«

Emma lachte. »Auf jeden Fall. Und wie läuft es mit Raya?«

»Sie hat mich für morgen Abend eingeladen. Zu einer Party oder so was in der Art.«

»Klingt gut.«

»Vielleicht.«

Emma schwieg eine ganze Weile. »Was ist mit diesem anderen Mädchen? Sara?«

»Sie ist nur eine Freundin.«

»Echt schräg, dass du jetzt zwei Mädchen hast, mit denen du redest.«

Ich seufzte. »Stimmt.«

Als sie schlafen ging, setzte ich mich müde vor meinen Computer. Da ich wieder dieses vertraute Gefühl von Beklemmung oder Angst oder was auch immer hatte, das die nächtlichen Zaps auslöste, klappte ich meinen Laptop auf.

Daniel nahm die Tüte mit seinen Sachen. Als er Sara an der Tür traf, sah sie ihn enttäuscht an.
„Du siehst aus, als wolltest du auf Exkursion gehen", sagte sie.
Er musterte sie – ihre Haare wurden von einem Stirnband zurückgehalten, die Arme waren nackt, der Krocketschläger, der offenbar kein Krocketschläger war, lag wie ein Gewehr über ihrer Schulter.
„Waffe?", vermutete er.
„Ja."
Da sein Vater keine Pistole besaß, schnappte er sich den Baseballschläger. Er packte ihn mit beiden Händen und nickte. Nachdem Sara sich vergewissert hatte, dass die Luft draußen rein war, öffnete sie die Tür und eilte ins grelle Sonnenlicht hinaus.
Die Stille war kaum auszuhalten. Man hörte nur den Wind und die raschelnden Blätter und Saras schnelle, leise Schritte, die auf den grünen Kombi in der Einfahrt zurannten.
Daniel hielt Ausschau nach großen schwarzen Gestalten, entdeckte aber nichts. Sie stiegen in das Auto.
„Kannst du überhaupt fahren?", fragte er sie, als sie den Rückwärtsgang einlegte.
Sie schaute ihn an. „Macht das einen Unterschied?"
Sie fuhren mit quietschenden Reifen aus der Einfahrt, rasten die Straße hinunter und zum Highway. Sie kamen an verlassenen Häusern

vorbei und abgestellten Autos und Fahrrädern. Er hatte noch nie etwas so Unheimliches gesehen – vollkommene und absolute Einsamkeit. Nur Sara war noch da.

„Schön, oder?“ Sie blickte auf die vorbeifliegenden Häuser.

Er sah sie an. „So würde ich das nicht nennen.“

Sie lächelte. „Du wirst es noch schätzen lernen. Du bist schon seit einer ganzen Weile allein. Jetzt siehst du es nur plötzlich.“

„Was sind diese Gestalten?“

Sie zögerte. „Ich weiß es nicht. Mein Vater war ein Wächter, genau wie deiner. Sie gehörten einem Orden namens ‚Die Beobachter‘ an. Ich weiß nicht genau, was sie machten, aber wir hatten eine Station im Keller. Ich weiß nur, dass sie die Ortsfrequenz überwacht haben. Dass du sie geändert hast, hat alle durch den Spalt fallen lassen. Meine Vermutung ist, dass du auch etwas hierhergebracht hast.“

Daniel rieb sich überfordert die Stirn. „Wie weit ist es nach New York?“

„Zwölf Stunden“, sagte sie. „Mach’s dir bequem.“

Nachdem ich die Datei gespeichert hatte, wurde mir klar, dass ich es über die erste Seite hinausgeschafft hatte. Das war doch schon mal ein Anfang. Ich wollte gerade meinen Laptop zuklappen, als eine E-Mail hereinkam.

Wir holen das Handy morgen Abend um sieben. Wann musst du zu Hause sein? Es wird ziemlich lange dauern, die lange Aufnahme anzuhören.

Ich lehnte mich zurück.

Sara würde nicht erfreut sein.

17

Hey, Sara. Sorry, ich hab vergessen, dir was zu sagen … Ich kann das Telefon mit dir abholen, aber danach muss ich los. Ich bin zu Rayas Party eingeladen. Aber ich komme auf jeden Fall mit. Tut mir leid.

Nervös wartete ich auf ihre Antwort. Hoffentlich würde sie es verstehen.

Ein paar Sekunden später kam sie.

Ok.

Ich hatte ja nicht viel Erfahrung mit Frauen, aber die Antwort verhieß nichts Gutes.

Als Sara am nächsten Tag auf dem Gang an mir vorbeilief, würdigte sie mich keines Blickes. Ich wollte ihr schon hinterhergehen, aber dann fragte Max, wo ich hinwolle, und ich antwortete: »Nirgendwohin«, und lief weiter. Er sollte nicht mitbekommen, dass ich so viel Zeit mit Sara verbrachte. Und was wir dann taten, schon gar nicht.

In der Pause behielt ich meine Schwester im Auge, die wie sonst in der hintersten Ecke des Hofs gegen den Zaun gelehnt las. Wir spielten Basketball, aber da der Schulhof eine ziemlich offene Fläche war, konnte ich sie gut sehen. Ich wollte mitbekommen, ob irgendein Junge zu ihr ging, aber als die Glocke schrillte, hatte sich keiner auch nur auf zwanzig Meter genähert. Gut. Ansonsten hätte ich etwas unternehmen müssen und eigentlich konnte ich Auseinandersetzungen nicht leiden. Falls es ein großer Neunjähriger gewesen wäre, hätte er mich womöglich zusammengeschlagen, und das wäre richtig peinlich gewesen.

In der Mittagspause redeten viele über Rayas Party.

»Wann gehst du?«, fragte mich Max.

Ich biss von meinem Lyonersandwich ab. »Keine Ahnung. Wann erscheint man denn so bei Partys?«

»Gegen acht oder halb neun. Am Abend vor einem Spiel muss ich um elf zu Hause sein.«

»Okay. Meine Mutter holt dich ab, dann können wir zusammen hin.«

Max lächelte. »Wie nervös bist du auf der Skala von eins bis zehn?«

»Ich will nicht darüber reden.«

Ich war schon bei einigen Partys bei Max zu Hause gewesen, sonst aber noch nirgendwo. Raya war nie dabei gewesen. Einmal waren wir alle zusammen im Kino, aber da hatte Raya ungefähr neun Plätze weiter gesessen.

Ich spähte zu dem Tisch hinüber, wo sie mit Clara und den anderen Mädchen aß. Als sie es mitbekam, lächelte sie, und ich drehte mich mit rotem Kopf weg. Ich war so nervös wegen der Party, dass ich nicht daran dachte, dass wir noch mal in Johns Haus mussten.

»Wir werden bloß rumsitzen und uns Filme ansehen und reden«, sagte Max. »Glaub mir, das ist überhaupt nicht spannend. Ganz ehrlich, wegen des Spiels wäre ich eigentlich gar nicht hingegangen, aber ich wusste ja, dass du hinwillst.«

Ich starrte ihn wütend an. »Wehe, du kommst nicht mit.«

Max lachte und schüttelte den Kopf. »Komm runter. Wir werden gehen. Wenn du willst, können wir nach dem Training chillen und gleich von dir aus losfahren.«

Ich konzentrierte mich wieder auf mein Mittagessen. »Nee. Ich muss … noch ein paar Hausaufgaben machen.«

»An einem Freitagabend?«

»Ich arbeite vor.«

Er schnaubte. »Du bist so ein Streber. Dann holt mich einfach halb neun ab.«

»Geht klar.«

Das Training an diesem Abend war noch schlimmer als sonst. Ich ließ einen Fünfzehn-Yard-Pass fallen, was einen Tobsuchtsanfall von Coach Clemons und das vorzeitige Ableben seines Klemmbretts zur Folge hatte. Als wir vom Feld gingen, sahen alle ziemlich finster drein, vor allem Max. Wir spielten am nächsten Tag gegen die Beaverville Badgers, die in jeder Hinsicht groß, fies und gut waren. Selbst Max räumte ein, dass wir ein bisschen Glück brauchten, um das Spiel zu gewinnen, und das sagte er selten beim Football. Taj vermied jeden Blickkontakt mit mir. Ich meinte zu hören, dass er einen Tritt gegen mein Knie in Erwägung ziehe, damit ich mich zu Kevin auf die Bank setzen musste. Komisch, wie schnell Ruhm vergehen kann.

Ich traf mich mit Sara an der Ecke zu Johns Straße, wo sie mit verschränkten Armen am Stoppschild wartete.

»Du bist spät dran.«

»Ich musste erst nach Hause und duschen.«

»Nicht schlimm«, sagte sie. »Gehen wir. Ich weiß, dass du eine Party hast. Lass uns schnell das Telefon holen.«

»Tut mir leid, dass –«

»Schon gut. Du tust mir einen Gefallen und das weiß ich zu schätzen. Komm endlich.«

Als ich ihr zum Haus folgte, dachte ich an die Sara in meinem Buch. In diesem Moment konnte ich sie bildlich mit Stirnband und einem Pseudo-Krocketschläger vor mir sehen. Die reale Sara pirschte sich wie eine professionelle Einbrecherin auf die Veranda – geduckt und leichtfüßig auf den Spitzen ihrer weißen Turnschuhe. Sie drückte die Klingel, wartete, steckte den Schlüssel ins Schloss und stieß die Tür auf. Sie ließ mich als Ersten hineingehen, es war dunkel im Haus.

Sara schloss die Tür hinter uns und deutete mit einem Kopfnicken auf das Wohnzimmer. Ich ging voran, den Blick auf die Küche am Ende des Flurs gerichtet. Ich hatte schon viel zu viel Zeit in diesem Haus verbracht. Im Wohnzimmer – wo immer noch schmutziges Geschirr und Flaschen herumstanden – holte Sara das Telefon unter der Couch hervor.

»Läuft noch«, staunte sie und zeigte mir das Display. »Hat allerdings aufgehört aufzunehmen. Wahrscheinlich war der Speicher voll. Ich hoffe, es hat wenigstens einen Tag durchgehalten. Auf jeden Fall echt gut.« Sie blieb stehen. »Oh, oh.«

»Was ist?«

»Ich habe eine Nachricht von meiner Mutter«, murmelte sie. »John kommt um halb acht zu uns. Sie will wissen, ob ich mit ihnen zu Abend esse.«

»Ich dachte, er arbeitet bis zehn!«

Sie zuckte mit den Achseln. »Vermutlich konnte er früher gehen. Aber wenn er erst herkommt, um sich umzuziehen –«

»Lass uns abhauen.«

Sie nickte und verließ das Zimmer. Ich wollte ihr schon folgen, da passierte etwas Schreckliches. Die Zaps kamen über mich.

Es passierte in dem Moment, als ich vom Teppich trat. Ich spürte, wie sich Angst und Panik breitmachten, und mir wurde klar, dass ich, wenn ich sie nicht sofort in den Griff bekam, es vielleicht nicht rechtzeitig aus dem Haus herausschaffte. Ich war nicht sicher, ob ich es in den Griff bekommen würde. Ich blieb stehen und trat schnell wieder auf den Teppich zurück. Ich wollte es in Ordnung bringen, bevor Sara es mitbekam. Sie war schon fast im Flur, als ich vom Teppich heruntertrat. Es fühlte sich immer noch nicht richtig an. Jetzt flutete die Panik wie eine beißende Säure durch mich. Ich hatte ein Problem. So konnte ich nicht gehen. Ich musste es in den Griff bekommen. Ich versuchte aufs Neue, vom Teppich herunterzutreten. Aber es war nicht richtig. Vier ging natürlich gar nicht. Fünf daneben. Sechs stimmte nicht. Sieben ein Fehlschlag.

Sara steckte den Kopf ins Zimmer. »Was machst du da?«, zischte sie. »Wir müssen hier weg!«

»Ich komme gleich!«, sagte ich nervös und lief auf sie zu. Als sie verschwand, ging ich wieder zurück.

Mittlerweile war ich völlig neben der Spur. Die Große Leere nahte und ich musste mich schnell in Sicherheit bringen. Ich musste es bis zur Zehn schaffen.

Aber als ich bei neun angekommen war, tauchte Sara wieder auf.

»Dan!«

»Geh schon vor!«, brachte ich heraus. »Ich komm gleich nach.«

Sie musterte mich mit düsterer Miene. »Ich muss abschließen, du Blödmann. Was hast du?«

Ich versuchte, meine Füße wieder richtig hinzustellen. Es in den Griff zu bekommen, ohne dass sie es mitbekam. Aber es entging ihr nicht.

»Dafür ist jetzt keine Zeit«, sagte sie ruhig.

»Ich muss bloß –«

»Daniel«, unterbrach sie mich. »Wir sind hier im Haus eines Mörders. Wir müssen verschwinden. Es ist nicht wichtig.«

Ich weiß nicht, was passierte. Von einem Moment auf den anderen verschwamm alles vor meinen Augen. Ich fühlte mich hoffnungslos und verrückt und verloren.

»Es ist wichtig«, erwiderte ich.

Sie sah mir in die Augen. Und blickte wieder durch mich hindurch. Ich versuchte, sie an mich heranzulassen.

Sie kam auf mich zu und nahm, ohne den Blick zu lösen, meine Hand.

»Du bist stärker als deine Angst«, flüsterte sie und drückte meine Finger. »Du schaffst das.«

Ich spürte, wie mir Tränen übers Gesicht rannen, und nickte. »Okay.«

Ich folgte ihr gerade nach draußen, als die Scheinwerfer den Flur erhellten. John war zu Hause.

18

Ich blickte aus dem Fenster. »Wir sind erledigt.«

»Die Hintertür«, flüsterte sie in Panik. »Geh! Ich schließe die Tür ab.«

Wir rannten aus dem Wohnzimmer, ich nach links, sie nach rechts zur Haustür. In der verdreckten Küche fand ich die Tür zur Terrasse. Ich rüttelte am Schloss, meine Finger zitterten so sehr, dass ich kaum den kleinen Riegel zu fassen bekam, aber schließlich zog ich die Tür auf. Sara kam mit weit aufgerissenen Augen den Flur heruntergerannt. Sie fuchtelte mit der Hand und formte tonlos: »Los!« Im Hintergrund hörte man, wie die Haustür geöffnet wurde.

Sara flitzte an mir vorbei und ich zog die Tür zu, sie zu verriegeln, schaffte ich nicht mehr.

Der Garten war eingezäunt, aber in den hinteren Ecken standen hohe Büsche. Ich sah gerade noch, wie Sara in einen hineinrannte, kurz darauf stürzte auch ich mich kopfüber in die kratzenden, dornigen Äste. Ich landete mit einem dumpfen Aufschlag neben ihr auf der Erde. Im Flur ging das Licht an.

Nebeneinandergeduckt beobachteten wir die Silhouette, die

an der Terrassentür vorbeilief. Ich hörte die Nachbarn in ihren Gärten und durch ein offenes Fenster einen Fernseher und eine Grille in einem Busch. Ich hörte die Geräusche, aber sie drangen nicht zu mir durch. Die Große Leere hatte mich wieder im Griff.

Ich wusste, ich war mit neun Schritten von dem Teppich heruntergetreten, das war katastrophal. Ich hatte Angst, dass ich mich nie wieder gut fühlen würde.

Wir warteten, bis das Licht ausging und wir den Pick-up aus der Einfahrt rollen hörten.

Sara sah mich an. In der Dunkelheit war sie nur schemenhaft zu erkennen.

»Alles in Ordnung mit dir?«

»Alles gut«, sagte ich, aber ich wusste, dass meine Stimme abwesend klang. Ich wusste, dass nichts gut war. Ich war genauso verrückt wie sie.

»Sternenkind«, flüsterte sie. »Man zahlt einen Preis dafür, besonders zu sein.« Sie stand auf und ging auf das Gartentor zu. »Lass uns verschwinden. Auf dich wartet eine Party.«

Als ich auf der Party ankam, wurde ich gerade wieder normal. Es war ein merkwürdiger Heimweg gewesen. Ich war völlig neben mir und hatte fast nur »Jaaa« gebrummt, als Sara aufgeregt über die Aufnahme sprach. Sie wollte sie mit mir zusammen anhören und fragte, ob ich am Sonntagnachmittag Zeit hätte. Hatte ich natürlich.

Wenn ich in der Großen Leere bin, ist es einfach, Pläne zu schmieden. Da ich weder an die Zukunft noch die Vergangenheit denke, haben sie auch kein Gewicht. Ich versuche bloß herauszufinden, ob ich träume.

Bevor sie ging, drehte sich Sara noch einmal zu mir. »Recherchierst du im Internet?«

»Ja«, murmelte ich.

»Was denn?«

»Filme. Geschichte. Ich lese gern über Autoren nach. Weltereignisse.« Ich trat verlegen von einem Fuß auf den anderen. »Mode.«

»Aber nichts über … psychische Störungen?«

Ich sah sie fragend an. »Nein. Warum?«

Sie lächelte.

»Ging mir bloß so durch den Kopf. Viel Spaß bei deiner Party. Spritz dir zu Hause ein bisschen Wasser ins Gesicht.« Sie legte mir die Hand auf die Schulter. »Du lebst noch, Daniel Leigh. Alles geht irgendwann vorbei.«

Sie verschwand zwischen den Straßenlaternen und ich schlich nach Hause.

Eine Stunde später betrat ich eine Welt voller Lärm und Gelächter. Es waren ungefähr fünfzehn Leute da, alle saßen im Hobbyraum in Rayas Keller. Sie wohnte in einem großen, modernen Haus am Ende einer Sackgasse. Ihre Mutter öffnete uns die Tür, ihr Vater sah in einem anderen Zimmer fern. Seine schmalen Finger trommelten auf seine Wange. Es schien ihm nicht zu behagen, dass in seinem Haus eine Party stattfand.

Für den Fall, dass mein Traum irgendwann in Erfüllung gehen sollte und Raya und ich zusammenkommen würden, hatte ich einen kompletten Schlachtplan ausgeheckt, wie ich mich bei ihnen vorstellen und einschmeicheln würde, aber da ich immer noch ganz schön mitgenommen war, lächelte ich bloß unsicher und huschte hinter Max die Treppe hinunter.

Raya saß mit Clara auf der Couch, die natürlich sofort aufsprang und Max umarmte. Überraschenderweise umschlang sie auch mich kurz mit einem Arm, aber vermutlich war das so ein Partyding.

Ich quetschte mich zwischen Tom Dernt und ein Mädchen namens Laura auf die Couch. Es waren mindestens fünf verschiedene Unterhaltungen in Gang, dazu lief gleichzeitig ein Film und ich wusste nicht genau, wie ich mich verhalten sollte. Auf dem Tisch standen Schüsseln mit Knabberzeug sowie Limonade und Cola. Ich nahm mir einen Chip, damit konnte ich mich erst mal eine Weile beschäftigen.

Plötzlich stand Raya vor mir.

»Da bist du ja«, sagte sie. Sie streckte die Arme aus. Wollte sie etwa umarmt werden?

Ich sprang wie vom Blitz getroffen auf und schlang unbeholfen die Arme um sie und gab mir Mühe, nicht den Kokosduft ihrer Haare einzuatmen. Als wir uns wieder losließen, blieb sie einfach ganz nah stehen. Sie hatte Glitzerlipgloss aufgetragen. Als sie lächelte, zeigte sich das kleine Grübchen auf ihrer Wange. Ich versuchte, mich daran zu erinnern, wie man ganze Sätze bildete.

»Danke für die Einladung«, brachte ich heraus und strengte mich an, lässig auszusehen. »Schönes Haus.«

Sie lächelte breiter. »Musste ich lange für sparen. Komm zu uns. Jay behauptet, ›Terminator‹ sei der beste Film aller Zeiten. Du musst mir helfen, ihm das auszureden.«

»Und für welchen Film treten wir ein?«

Sie sah mich an, als gäbe es da überhaupt keine Diskussion. »›Tatsächlich … Liebe‹. Komm.«

Bevor ich wusste, wie mir geschah, saß ich neben Raya. Und zwar ziemlich nahe neben ihr. Unsere Beine berührten sich sogar, und mein Körper kribbelte so sehr, dass ich schon gar nicht mehr wusste, wie er sich normalerweise anfühlte. Irgendwann gelang es mir, sowohl Raya als Jay davon zu überzeugen, dass keiner von ihnen recht hatte, doch dann wollten plötzlich alle als Nächstes »Shining« ansehen, was überhaupt nicht meine Wahl gewesen wäre. Ich hasste Horrorfilme und bekam Albträume davon. Das konnte ich natürlich nicht zugeben.

»Spielen wir heute Abend irgendwas?«, fragte Taj laut.

»Was denn zum Beispiel?«, fragte Raya.

Er zuckte mit den Achseln. »Flaschen drehen? Was weiß ich.«

»Au ja, lasst uns was spielen!«, rief Clara kichernd.

Ich wechselte einen Blick mit Max. Seine Begeisterung schien sich in Grenzen zu halten. Meine auch. Schon beim Gedanken daran, jemanden zu küssen, schlug mein Magen Purzelbäume. Was, wenn ich mich ungeschickt dabei anstellte? Was, wenn alle über mich lachten? Was, wenn ich Raya küssen musste und sie nicht wollte?

Mir blieb keine Zeit zum Nachdenken. Innerhalb von Minuten saßen wir alle in einem großen Kreis. Clara war immer noch am Kichern. Taj redete besonders laut und ich saß Raya genau gegenüber. Neben mir war Max, der ebenfalls schwieg.

»Ich fange an!«, rief Taj, beugte sich vor und drehte eine Colaflasche. Sie hielt bei Max an. »Genau, wie ich geplant habe«, sagte er über das Gelächter hinweg und zwinkerte Max zu. »Bist du bereit?«

»Dreh noch mal«, antwortete Max lachend.

Beim nächsten Mal zeigte die Flasche auf Ashley. Sie gaben sich einen flüchtigen Kuss, Taj versuchte allerdings, ihn ein bisschen in die Länge zu ziehen. Ashley setzte sich kopfschüttelnd hin und alle lachten wieder los. Ich versuchte es auch, aber mir war ganz übel vor Nervosität. Ich spähte immer wieder zu Raya.

Vor Clara waren noch Tom Dernt und Ashley dran. Als sie drehte, hielt die Flasche bei mir. Ich will mir lieber gar nicht vorstellen, wie rot ich anlief. Max warf mir einen Blick zu und lachte, als alle johlten und Witze machten und Clara eine finstere Miene zur Schau trug, als sei es das Schlimmste, was ihr in ihrem ganzen Leben passiert war. Sie beugte sich vor und Max schubste mich ihr entgegen. Ich hatte das Gefühl, kotzen zu müssen. Was nicht cool gewesen wäre. Ich schaffte es in die Kreismitte und wir gaben uns unter noch lauterem Gejohle einen hastigen Kuss. Ihre Lippen waren wirklich weich und schmeckten nach Erdbeere, aber ich war viel zu sehr in Panik, um es zu genießen. Sie wich zurück, als hätte ich versucht, mich auf sie zu stürzen oder so. Noch immer hochrot vor Verlegenheit setzte ich mich wieder auf meinen Platz. Max klopfte mir auf den Rücken.

»Gut gemacht.«

»Danke«, murmelte ich.

Als Raya mit Drehen dran war, vermied ich noch immer jeden Augenkontakt mit den anderen. Die Flasche hielt bei mir an.

Zuerst bekam ich es überhaupt nicht mit. Dann hörte ich Taj grölen: »Er hat die Flasche manipuliert!«, und als ich aufblickte, sah ich die Flasche und dahinter Raya, die mich schüchtern anlächelte. Einen Moment lang war sie das Einzige, was ich sah.

Sie beugte sich zur Flasche vor. Dieses Mal musste ich nicht angeschubst werden.

Ich bewegte mich ihr entgegen und versuchte, mich zu erinnern, wer ich war und was ich tun sollte. Ich achtete aber bloß auf ihre Augen und ihr Lächeln.

Über der Flasche hielten wir kurz inne, dann küssten wir uns.

Sie küsste mich bloß eine Sekunde, aber ich machte keine Anstalten aufzuhören. Unsere Lippen berührten sich richtig – es war nicht dieses kaum spürbare Streifen wie bei Clara. Ich spürte, wie sich meine Lippen ganz fest auf ihre pressten, und hörte nichts mehr. Zumindest nicht, bis ich die tiefe, zornige Stimme auf der Treppe hörte.

»Raya Senya Singh!«, schnauzte ihr Vater sie an, der drohend auf der Treppe stand. »Komm sofort nach oben.«

19

Die Party fand ein jähes Ende. Raya kam zurück und teilte uns mit, dass alle gehen mussten. Sie sah gedemütigt und geknickt und wütend aus.

»Mein Vater ist bescheuert«, sagte sie. »Tut mir leid, nächstes Mal feiern wir bei Clara.«

Ich versteckte mich im Hintergrund neben Max. Als Raya die Treppe hinaufgelaufen war, hatte mir ihr Vater einen Blick zugeworfen, der so ziemlich das Furchterregendste war, was ich im Leben gesehen hatte. Vermutlich war ich bei ihnen so bald nicht mehr willkommen. Als die anderen ihre Eltern anriefen und die Treppe hochstiegen, duckte ich mich hinter Max und Taj.

Raya stand auf der untersten Stufe und verabschiedete sich von allen.

»Tut mir leid«, sagte sie, als ich an ihr vorbeiging. »Ganz schön peinlich.«

Ich brachte ein Lächeln zustande. »Aber der beste erste Kuss überhaupt«, witzelte ich.

Sie lachte. »Genau, wie ich ihn mir erträumt habe.«

Als ich oben an der Treppe ankam, sah ich ihren Vater im Wohnzimmer, also huschte ich schnell zum Ausgang und zog mir die Schuhe an. Er spähte zu mir herüber und seine dunklen Augen funkelten wütend durch die Brille.

»Wir können laufen«, sagte Max.

»Ja.«

Dann waren wir draußen und liefen die Straße hinunter, die Hände schoben wir wegen der Abendkälte in die Hosentaschen. Es war mittlerweile November und der Wind war schneidend. Schon wehten heruntergefallene Blätter über die Straße. Wir wirbelten sie beim Gehen auf.

Max musterte mich mit einem Seitenblick. »Und, war es die Sache wert?«

»Total.«

Er nickte. »Dachte ich mir. Du hast dich heute Abend von null auf zwei vorgearbeitet. Nicht übel.«

»Was soll ich sagen? Ich bin eben ein Schwerenöter.«

»Sag das nie wieder.«

Ich lachte. »Geht klar.«

Wir nahmen die Abkürzung durch den Park.

»Wie viele hast du schon geküsst?«, fragte ich.

»Zu viele, als dass ich sie noch zählen könnte.«

Ich starrte ihn an und er seufzte.

»Null.«

Ich schüttelte den Kopf und betrachtete die Sternendecke über uns. Ich dachte noch immer an den Kuss.

»Wie geht das denn? Alle Mädchen in der Schule stehen auf dich.«

Er zuckte mit den Achseln. »Ergab sich einfach noch keine

Gelegenheit. Keine Ahnung. Das kommt bestimmt noch in der Highschool.«

Als wir so durch die Dunkelheit liefen, musste ich plötzlich loslachen.

»Was ist?«, fragte er.

»Ich habe vor dir jemanden geküsst.«

Er sah mich finster an. »Glück.«

»Es zählt trotzdem.«

»Ja, und ab jetzt wieder volle Konzentration auf das Spiel morgen«, sagte er. »Es wird hart.«

Ich seufzte und wir traten auf die Straße, die vom warmen orangefarbenen Schimmer der Straßenlaternen erleuchtet wurde. Die Sterne waren im Licht schwerer zu erkennen.

Wir liefen auf die Kreuzung zu, an der sich unsere Wege trennen würden.

»Warum musstest du wieder damit anfangen und mir den Abend verderben?«

Max lachte und klopfte mir auf die Schulter. »Du wirst das gut machen.«

»Und wenn nicht?«

»Dann werde ich dir nach dem Spiel in den Hintern treten.«

Ich grinste. »Okay.«

Als ich heimkam, war es still im Haus. Emma schlief schon, und Steve war noch unterwegs, wahrscheinlich auf irgendeiner Party. Er war immer auf irgendeiner Party. Obwohl ich extra auf Zehenspitzen nach oben schlich, um meine Mutter nicht zu wecken, hallten meine Schritte durch die Stille. Dad schlief wie ein Murmeltier, aber Mom war immer halb wach und wartete auf Steve und mich. Ich kannte das Gefühl. Manchmal hatte ich auch das Gefühl, nie zu schlafen ... Es warteten immer ein Gedanke oder ein Zap oder eine Angst auf mich.

Doch in dieser Nacht glühte ich von dem Kuss mit Raya. Ich wusste, auf meinen Lippen war noch ein Hauch von ihrem Lipgloss, aber ich würde ihn nicht wegwischen. Ich schmeckte ganz schwach Cappuccino, als würden ihre Lippen immer noch meine berühren. Das Programm ging schneller an diesem Abend. Eine Stunde und zweiundvierzig Minuten, bis ich im Bett lag. Nur wegen der Zaps, die mich überkamen, als ich mit acht Schritten das Zimmer durchquerte, musste ich noch mal zurück. Es dauerte eine halbe Stunde, um durch mein Zimmer zu gehen, und als ich mich endlich hinlegte, taten meine Beine weh.

Aber selbst dann konnte ich noch Cappuccino schmecken und das schob die Ängste beiseite.

Ich schlief tief und fest und hoffte, dass ein Wirbelsturm das Spiel am nächsten Tag verhindern würde.

Aber das wäre vermutlich zu viel Glück auf einmal gewesen.

Es war regnerisch und kalt, aber es donnerte nicht. In Erie Hills musste es schon kräftig gewittern, damit ein Spiel abgesagt wurde, und Kälte allein war ganz bestimmt kein Grund. Wir marschierten in dem dichten Sprühregen, der unter mein Trikot und in meine Haut gekrochen war, hinaus aufs Feld. Ich zitterte, als ich mich zum Kickoff bereit machte.

Die Badgers waren riesig. Sie beäugten mich von der anderen Seite mit dunklen, listigen Blicken, ließen die Muskeln spielen und musterten mich eher wie ein Kaninchen als einen Spieler der Erie Hills Elephants. Die Tribüne war trotz des schlechten Wetters dicht besetzt, es waren sogar noch mehr Zuschauer als beim letzten Mal, weil die mitreisenden Badger-Fans am anderen Ende ihren eigenen Block bildeten. Die Eltern beobachteten uns und feuerten uns an.

Raya war auch da. Clara und sie waren in Regenmäntel und Mützen eingemummelt und sahen aus der zweiten Reihe zu. Als sich unsere Blicke trafen, lächelte sie und winkte mir zu.

Mein Magen drehte sich wieder zu einer Brezel zusammen. Gestern Abend schien sehr weit weg.

Der Pfiff erschallte. Ich holte zum Schuss aus, ohne mit dem anderen Bein festen Halt zu haben. Im Regen hatte ich noch nicht oft trainiert. Und so bewegte sich mein linkes Standbein beim Kicken unweigerlich nach vorn.

Es war, als wäre ich auf einer Bananenschale ausgerutscht. Ich kippte nach hinten und traf den Ball kaum, der daraufhin übers Feld hüpfte. Im nächsten Moment platschte ich unter ausgesprochen unelegantem Armgewedel in den Schlamm und versank gute zwei Zentimeter. Ich hörte das Gelächter auf der Tribüne.

Toller Start.

Der Rest des Spiels lief nicht viel besser. Die Badgers waren ein super Team und vor allem einer ihrer Spieler hätte locker für eine Unimannschaft spielen können. Er war ein großer, stämmiger Typ. Unter seinem Helm quollen rote Locken hervor, seine Beine erinnerten an Kolben. Soweit ich es mitbekam, hieß er Curt Stoughton und war in der Achten von einem Scout entdeckt worden. Als ich ihn den Nächsten von uns plattmachen sah, verstand ich auch, warum.

Zu unserem Glück war Max ebenfalls in Hochform. Noch vor der Halbzeit holte er mit drei Touchdowns und einem unglaublichen Hechtsprung in die End Zone Punkte für uns. Er wurde von den Eltern begeistert bejubelt. Als er grinsend an den Spielfeldrand zurückrannte, hörte ich seine Mutter auf der Tribüne kreischen.

Und dann gab es noch mich. Ich schaffte zweimal einen erfolgreichen Kickoff, allerdings auch einen weiteren Sturz. Bei drei Versuchen erzielte ich nur einen Extrapunkt und Coach Clemons hatte bisher noch nicht mal ein Field Goal von mir verlangt, obwohl das Team bei mehreren Gelegenheiten nah genug war. Einmal punteten wir von der Dreißig-Yard-Linie, die eindeutig in meiner Reichweite war. Mir war es egal. Ich hätte auch von der Zehn-Yard-Linie gepuntet, wenn das gegangen wäre.

Im dritten Viertel, eine Minute vor Schluss, verließ mich das Glück.

Wir kamen bis zur Einundzwanzigsten und wurden dann beim dritten Versuch aufgehalten, nachdem Curt durch unsere Angriffslinie gestürmt war und unseren Quarterback zum fünften Mal zu Fall gebracht hatte. Er kannte keine Gnade. Alle drehten sich zu mir.

Als ich seufzend aufs Feld trottete, hielt mich Coach Clemons am Arm fest.

»Du schaffst das, Leigh«, sagte er. Seine Finger drückten meinen Ellbogen. »Wir haben das geübt. Dreißig bis siebenundzwanzig. Es ist ein wichtiges Spiel. Du kannst uns Punktvorsprung holen. Alles in Ordnung?«

»Ich glaube schon –«

»Gut. Ab aufs Feld mit dir.«

Ich rannte zu unserem Team, das sich aufstellte, und Max nickte mir bloß zu und ging in Position. Wir standen leicht links, und ich wusste, ich musste kräftig und geradeaus schießen, sonst würde der Ball im Wind nach links abdriften. Kräftig und geradeaus.

»Hut!«

Der Ball kam ein wenig zu hoch zurück. Zum Glück stand Max da, er fing den schwierigen Snap, ging in die Hocke, hielt ihn für mich und verhinderte ein Debakel. Aber es dauerte länger als sonst. Curt rammte wie ein Bulldozer durch unsere Frontline und kam schnell näher. Mir blieben höchstens ein, zwei Sekunden. Ich beschleunigte meine Schritte und holte zum Schuss aus, obwohl ich wusste, dass ich vielleicht zu spät war. Das schien Max in diesem Moment auch klar zu werden.

Obwohl ich schon zum Schuss ausholte, zog er den Ball in letzter Sekunde weg. Mein Bein schwang durch die Leere, wo gerade der Ball gewesen war, und der Schwung ließ mich nach hinten weggleiten. Curt kam angeprescht, die Pranken zum Blocken gespreizt. Stattdessen erwischte er meinen Stollenschuh. Mein rechter Fuß knallte gegen seine Hand, ich hörte ihn aufkreischen, als mein Fuß seine Finger traf. Wir gingen beide zu Boden, während Max rechts von uns angegriffen wurde und den Ball umklammert hielt.

Mit einem Seitenblick stellte ich fest, dass Curt sich die Hand hielt. Einer seiner Finger war seitlich abgeknickt.

Ich murmelte: »Oh, oh.«

Kurz darauf wurde er vom Spielfeld geführt und ins Krankenhaus eingeliefert. Ich hörte jemanden sagen, er habe sich zwei Finger gebrochen. Ohne ihren Star war mit den Badgers nicht mehr viel los. Unsere Angriffslinie nahm das Team Stück für Stück auseinander und wir gewannen locker mit 50 : 38.

Nach Spielende kam Coach Clemons auf mich zu und schüttelte ausgelassen meinen Arm. »Und du hast es wieder geschafft, Danny. Du bist ein Glücksbringer. Nächste Woche ist das Meisterschaftsfinale. Du bist dabei.«

Mit diesen Worten mischte er sich unter die Feiernden und ich sank auf die Bank.

Nicht schon wieder.

Ohne Verkehr schienen die Highways länger.
Die Landschaft glitt vorbei – Hügel und Moore
und kleine Städte, die sich wie Pilzköpfe
aneinanderdrängten. Daniel und Sara entdeckten
keine Gestalten mehr, dafür flogen über ihnen
Vögel, die sich nicht um die Leere unten am Boden
scherten.
Sara fuhr entschlossen und aufmerksam, den Blick
auf die Straße gerichtet. Daniel kannte sie aus der
Schule, aber so hatte er sie noch nie erlebt. Sonst
war sie schüchtern und unnahbar und eigenartig,
sonderte sich ab und las allein in der Ecke. Doch nun
war sie eine Kämpferin. Eine Überlebende.
„Was weißt du sonst noch über die Stationen?",
fragte ich.
Sie zuckte mit den Achseln. „Nur das, was ich
meinem Vater abgelauscht habe. Er wollte nie
darüber reden. Aber ich weiß, dass sie ‚Die

Beobachter' genannt werden und dass die Stationen nach einem bestimmten Muster miteinander verbunden sind. Er sagte, die meisten Leute würden denken, Raum fände man nur draußen. Er sagte, man könne ihn aber ebenso gut drinnen finden. Ich glaube, er meinte die Dimensionen. Paralleluniversen."
„Deshalb glaubst du, ich hätte eine Tür geöffnet."
„Genau. Die Menschen gingen hinein und etwas anderes kam heraus."
„Aber warum wir nicht?", fragte Daniel.
„Offenbar sind wir besonders", erwiderte sie. „Irgendwie anders. Und es ist unsere Aufgabe, es wieder in Ordnung zu bringen."
Sie schwieg einen Moment.
„Und ich möchte meinen Vater finden."
Daniel antwortete eine Zeit lang nichts. „Glaubst du, wir können die Menschheit retten?"
„Ich hoffe es. Wenn wir erst mal in New York sind –"
Sie wurde von einem auf die Straße fliegenden Baum unterbrochen. Sara trat auf die Bremse, und wir schleuderten seitwärts und schrien auf, als der Baum auf uns zugerast kam. Wir konnten gerade noch rechtzeitig anhalten, er verfehlte uns um Haaresbreite. Sara und ich sahen einander mit weit aufgerissenen Augen an.
„Wie –", setzte ich an.
Ich beendete den Satz nicht. Hinter Sara tauchte

eine Gestalt auf, groß und schmal, schwarz wie die Nacht.

Meine Finger flogen über die Tastatur, da klingelte mein Handy. Vor Überraschung fiel ich fast vom Stuhl. Es war schon nach Mitternacht. Ich blickte aufs Display und runzelte die Stirn. Sara.

»Hallo?«, fragte ich unsicher.

»Schläfst du schon?«

»Nein.«

»Gut. Ich stehe vor deinem Haus.«

Ich spähte aus dem Fenster. »Was? Wo?«

»Disneyland«, antwortete sie sarkastisch. »Was glaubst du denn? Ich konnte nicht bis morgen warten. Ich habe die Aufnahme abgehört. Das musst du dir anhören. Kann ich reinkommen?«

Ich überlegte. Meiner Mutter würde das nicht gefallen.

»Bin schon unterwegs.«

Ich zog die Tür auf und ließ sie herein und wir schlichen uns in den Keller. Sara sprang auf die Couch und legte das Handy vor sich, dann deutete sie auf den Platz neben sich. Ich setzte mich und starrte das Telefon misstrauisch an.

»Was hast du herausgefunden?«

»Hör es dir an.«

Sie drückte auf Play und wir saßen schweigend da. Zuerst hörte ich Schlurfen und Bewegung und im Hintergrund einen laufenden Fernseher. Es klang wie ein Footballspiel. Und dann klingelte das Telefon. Es folgten ein Stöhnen und schwere Schritte.

»Hallo«, sagte eine schroffe Stimme. John. »Gut. Was gibt's?«

Ich schaute Sara an. Noch immer hatte ich ein komisches Gefühl dabei, so in seine Privatsphäre einzudringen. Sie hob den Blick nicht vom Telefon.

»Ist in Ordnung«, redete John weiter. »Samstag bin ich den ganzen Tag hier. Außer zum Abendessen. Da bin ich bei Michelle … Ja, das ist immer noch aktuell … ich weiß. Es gab viele Probleme. Das Mädchen ist nach wie vor komisch.«

Ich spähte zu Sara, aber sie zeigte keinerlei Reaktion.

»Ich weiß es nicht. Michelle hat mir erzählt … Das Mädchen hat ungefähr zehn verschiedene Störungen. Spricht nicht. Läuft herum wie ein Geist … Ja, na ja, hat sie vermutlich von ihrem Vater … Ich weiß. Es ist fast ein Jahr her.«

Sara beugte sich aufmerksam über das Telefon und winkte mich heran. Johns Stimme wurde leiser.

»Jaa. Ziemlich verfahren alles. Es wäre mir lieber gewesen, wenn ich da nicht reingezogen worden wäre, aber Michelle fand es wichtig. Sie hat mich darum gebeten. Ich habe ihr gesagt, sie soll es einfach gut sein lassen, aber sie wusste, dass das Mädchen Fragen stellen würde. Sie hing eben an ihrem Vater. Also hab ich es gemacht, und erst sah's so aus, als wär's gut damit. In letzter Zeit bin ich nicht sicher. Sie verhält sich wieder merkwürdig.«

Saras Hände zitterten. Ich starrte verblüfft auf das Telefon. Es war alles wahr. John hatte ihn umgebracht und es schien ihm nicht mal leidzutun. Es klang, als würde er übers Rasenmähen oder so was reden.

»Aber Michelle ist es wert«, sagte John. »Sie ist ein Schatz. Nur schade, dass alles andere so kompliziert ist. Ja, klar, wir können Samstag weiterreden. Um Zwei? … Okay, klingt gut. Bis dann.«

Das Telefongespräch war beendet und Sara schaltete die Aufnahme ab.

»Mehr habe ich nicht gefunden«, sagte sie. »Doch mehr brauche ich auch nicht.«

»Es ist kein Beweis«, murmelte ich. »Aber ich glaube dir jetzt. Und, was werden wir tun?«

Sara blickte mir in die Augen. »Wir überlegen uns, wie wir ihn drankriegen.« Sie stand auf und steuerte auf die Treppe zu. »Ich geh jetzt mal lieber heim.«

Mir fiel zum ersten Mal auf, dass sie einen Rucksack dabeihatte. Ich folgte ihr nach oben und auf die Veranda. Es war beißend kalt und ich zitterte in meinem Pulli und den Schlafhosen.

Sie drehte sich zu mir.

»Vor zwei Tagen bin ich noch spät hergekommen, weil ich mit dir reden wollte«, sagte sie.

Ich sah sie fragend an. »Ja?«

Sie nickte. »Ich konnte nicht schlafen und wollte ein paar Indizien mit dir besprechen.«

»Und warum hast du es nicht gemacht?«

Sara überlegte und spähte zu meinem Zimmer hoch. »Wie lange brauchst du, bis du einschlafen kannst?«

Plötzlich liefen mir aus einem anderen Grund Schauder über den Rücken.

»Warum?«

»Es tut mir leid«, sagte sie. »Ich hätte nicht bleiben sollen. Die Vorhänge waren zugezogen, aber durch einen kleinen Spalt konnte man hineinsehen. Ich habe eine Stunde gewartet und dich beobachtet.«

Ich erwiderte nichts. Scham und Demütigung und sogar Wut überkamen mich. Sie wollte meine Hand nehmen, aber ich zog sie weg. Sie redete weiter.

»Das Licht ging an und aus. Manchmal ununterbrochen, dann war wieder Pause, danach ging es weiter. Als ich mich auf den Heimweg machte, flackerte es immer noch. Wie lange brauchst du, bis du einschlafen kannst?«

Meine Augen füllten sich unerwartet mit Tränen. Ich sah in die andere Richtung. »Eine Weile.«

»Und wie fühlt sich das an?«, flüsterte sie.

Ich schwieg einen Moment. »Als würde ich jede Nacht sterben. Als würde ich den Verstand verlieren.«

»Und du weißt nicht, warum?«

Ich schüttelte den Kopf und die Tränen kullerten herunter. Mein Gesicht brannte vor Verlegenheit. Meine Knie fühlten sich plötzlich schwach an und ich wollte mich zusammenrollen. Obwohl ich mich immer versteckt hatte, hatte mich jemand gesehen.

»Ich habe keine Ahnung, was mit mir nicht stimmt«, brachte ich mit brüchiger Stimme heraus. »Vielleicht ist es die Strafe dafür, dass ich nicht immer brav bin oder so. Vielleicht bin ich kein guter Mensch oder –«

Sie nahm meine Hand und dieses Mal ließ ich es zu. »Wie ich dir gesagt habe«, erwiderte sie. »Du bist außergewöhnlich. Niemand behauptet, dass das einfach ist.« Mein Gesicht knüllte sich wie ein nasser Lappen zusammen. Meine Nase machte zu. Tränen flossen.

»Du hast nie darüber im Internet recherchiert, oder?«, fragte sie.

»Was soll ich denn da recherchieren?«

»Und du hast nie jemandem davon erzählt?«

Ich schüttelte den Kopf. »Ich möchte nicht, dass jemand was davon mitkriegt.«

»Verstehe ich.« Sie ließ meine Hand los, nahm den Rucksack ab und holte ein Buch heraus. Einen Moment lang schien sie zu überlegen, aber dann drückte sie es mir in die Hand. »Lies das«, sagte sie. »Ich habe es aus der Praxis meines Arztes. Wenn du magst … ruf mich morgen an.«

Sie ging schnell davon und ich drehte das Buch um und las mit tränenverschwommenen Augen:

»Zwangsstörungen. Wie sie unser Leben bestimmen können.«

20

Ich las fast die ganze Nacht. Zum Glück war am nächsten Tag Sonntag, denn ich schlief erst im Morgengrauen ein. Ich las und las es noch einmal und zählte und weinte stumm vor Verwirrung und Erleichterung und Zweifel und so vielen Gefühlen, dass ich mir, als ich endlich wegdämmerte, wie ein leerer Brunnen vorkam.

Es stand alles in dem Buch. Ich wusste es von der ersten Seite an.

»Zwangsstörung ist eine Angststörung. Teilweise wird sie für eine Hirnfehlfunktion gehalten, verursacht durch einen Defekt in einem Kerngebiet des Gehirns namens Amygdala. Die Störung hat zwei Aspekte: Zwangsgedanken und Zwangshandlungen. Beide nehmen beträchtlich Zeit in Anspruch und stellen eine massive Beeinträchtigung der Lebensqualität für den Einzelnen dar. Der Betroffene misst seinen zwanghaften Gedanken und Handlungen eine zentrale Rolle für sein Wohlbefinden bei und kann manchmal komplizierte Erklärungsmodelle konstruieren, um die Fortsetzung seiner Rituale zu begründen.

Die Ängste können folgende sein:

- Hygiene (Angst vor Bakterien, Krankheiten)
- irrationale Ängstlichkeit (Ängste, eine höhere Macht zu erzürnen oder sich gegen die eigenen Moralvorstellungen zu verhalten)
- Ängste um die persönliche Gesundheit (Angst zu sterben, zu ersticken, psychisch krank zu sein)
- Verantwortlichkeitsängste (Angst, dass anderen etwas zustoßen könnte)

Die Befürchtungen führen dazu, dass sich der Betroffene Rituale ausdenkt, um die aus den oben genannten Punkten resultierende unerträgliche und höchst bedrückende Angst zu lindern. Die Durchführung eines Rituals bewirkt ein Nachlassen der Angst und der Betroffene fühlt sich besser. Sobald die Angst zurückkehrt, muss der Betroffene das Ritual jedoch erneut vollziehen oder noch größere Qualen ertragen.«

Als ich das Buch ausgelesen hatte, lag ich im Bett und dachte darüber nach. Ich litt an Zwangsstörung. Es klang plausibel. Es war eine Störung.

Die Zaps wurden von Ängsten ausgelöst. Was ich tat – das Zählen und die Rituale –, waren bloß Mittel, die Ängste in den Griff zu bekommen. Die Zwangsgedanken lösten den Wunsch aus, bestimmte Dinge zu tun, und wenn ich sie dann tat, war es eine Zwangshandlung. Wenn ich mit Menschen redete oder Football spielte, überkamen mich die Zaps seltener, denn dann war ich zu beschäftigt, um die Ängste überhaupt wahrzunehmen.

Nachts bemerkte ich sie am stärksten, und genau das war die Zeit, in der ich keine Kontrolle mehr hatte. Das Programm war einfach nur ein langes Ritual. Auch die anderen Sachen hatten Namen. Das Blackout war eine Panikattacke. Die Große Leere hieß Derealisation. Es stand alles in dem Buch.

In meinem Kopf herrschte ein einziges Durcheinander. Ich war nicht allein. Es gab noch andere Menschen, die an dieser Krankheit litten.

Trotzdem stand ich auf und begann mit dem Programm. Ich brauchte drei Stunden dafür.

Als ich aufwachte, sah ich das Buch neben mir, und ich schob es unters Bett, damit es niemand sah. Zu wissen, dass auch andere Menschen Zwangsstörungen hatten, war zwar ein kleiner Trost, aber nun war ich offiziell verrückt. Ich war also doch wie Sara. Wir waren nicht außergewöhnlich.

Wir waren verrückt.

Ich hatte immer nur darüber nachgedacht, wie ich normal sein könnte. Ich hatte davon geträumt und so getan, als wäre es so und als gäbe es die Zaps eigentlich gar nicht. Aber nun hatte ich meine Bestätigung. Ich war nicht normal. Ich war es nie gewesen.

Ich setzte mich auf den Bettrand, die Arme um die Knie geschlungen, und rief Sara an. Sie nahm gleich ab, sie schien auf meinen Anruf gewartet zu haben.

»Seit wann weißt du es?«, fragte ich.

»Mir kam die Vermutung vor zwei Jahren«, sagte sie. »Ich habe dich im Unterricht mit deinem Buch gesehen. Wie du eine Seite umgeblättert und die Sätze noch mal gelesen hast. Am selben Nachmittag habe ich es recherchiert.«

Ich bohrte mir abwesend die Fingernägel in die Wange. »Warum hast du es mir nicht gesagt?«

»Damals haben wir nicht miteinander geredet. Und du liest so viel … Ich nahm an, du wüsstest Bescheid.«

»Ich dachte nicht … Ich wusste nicht, dass es eine Störung ist. Ich dachte, ich wäre der Einzige.«

»Das denken wir immer«, sagte sie. »Du solltest dich freuen.«

»Freuen? Ich habe mich für besonders gehalten. Dabei bin ich bloß verrückt.«

Ihre Stimme wurde leiser. »Du leidest an Zwangsstörung, Daniel. Aber du bist trotzdem außergewöhnlich.«

Wir schwiegen einen Moment.

»Wollen wir heute spazieren gehen?«, fragte sie.

»Gern.«

»Ich warte um eins an deiner Straßenecke. Bis dann, Daniel.«

Sie legte auf. Ich blieb noch ein bisschen auf dem Bett sitzen und fragte mich, ob sie recht hatte.

Bevor ich losging, schrieb ich ein bisschen. Es war das Einzige, was ich tun konnte, das Sinn ergab. Hier hatte ich alles im Griff. Es war meine Welt und meine Geschichte, und wenn ich wollte, konnte ich einen Satz löschen, und dann war er weg. Vielleicht steckte noch mehr dahinter. Der Daniel in meinem Buch war normal. Er rettete die Welt. Er war der Daniel, der ich gern sein wollte.

> Als Sara das Gaspedal durchtrat, schoss der Wagen an der Gestalt vorbei und verfehlte nur knapp ihre

ausgestreckten Hände. Sie machte einen scharfen Schlenker um den umgestürzten Baum und raste auf die Fahrbahn zurück. Als Daniel sich umdrehte, sah er, dass die Gestalt zu einem Sprung über den Baum ansetzte und die Verfolgung aufnahm.

Er konnte sie nun besser erkennen. Sie war bestimmt über zwei Meter groß und ebenso dünn wie er, die Arme reichten bis zu den Knien und endeten in schmalen Fingern, die mindestens dreißig Zentimeter lang waren. Das Gesicht war länglich und ebenfalls schmal, es hatte große schwarze Augen, Schlitze als Nasenlöcher und einen kleinen flachen Mund. Die Gestalt war dunkler als alles, was er je gesehen hatte, sie sah aus wie eine wandelnde Öllache, die das Tageslicht verschluckte.

Und sie war entsetzlich schnell. Obwohl Sara die Straße mit Höchstgeschwindigkeit hinunterraste, verfehlte die Gestalt, als sie einen Satz machte, nur knapp die Stoßstange.

Daniel drehte sich mit weit aufgerissenen Augen zu Sara. „Das war knapp."

Sie nickte. „Offenbar machen sie nun Jagd auf uns."

„Wie weit ist es noch?"

Sie warf einen Blick auf die Uhr. „Sieben Stunden." Sie spähte zu ihm herüber. „Und wir werden bald tanken müssen."

Ich schrieb noch zwei Kapitel, dann merkte ich, dass es ein Uhr war. Es war wieder Zeit für den verrückten Daniel.

Wir liefen zu dem weiten, offenen Feld im Norden der Stadt, das sich bis zu den Farmen am Horizont erstreckte. Es war flach genug, dass die Welt irgendwo zwischen Himmel und Weizenfeldern verschwand. Am Fluchtpunkt floss alles zusammen.

Es war ein Wort, das oft in der Kunst benutzt wird – der Ort, den man nicht mehr zu zeichnen brauchte, weil alles ineinanderfloss. Obwohl wir darauf zuliefen, würden wir den Punkt natürlich nie erreichen. Alles kann verschwinden, nur man selbst nicht.

Wir redeten nicht viel. Wir liefen einfach in seltsam wohltuender Stille, klein unter dem freien Himmel. Mir fiel das letzte Mal ein, als ich auf diesem Feld gewesen war.

Es war letztes Schuljahr gewesen. Meine Lehrerin in der Siebten, Mrs Saunders, war ganz anders als Mr Keats. Sie zog ihre Schüler der Zeitung vor.

Ich glaube, sie mochte mich. Sie erklärte mir, ich sei sowohl intelligent als auch ungewöhnlich. Ich weiß, der zweite Teil klingt fies, aber sie meinte es positiv. Ich verstand, was sie damit sagen wollte.

Sie gab uns die Aufgabe, einen Aufsatz über unser Wochenende zu schreiben, und einmal endete es damit, dass ich die Politik im Mittleren Osten diskutierte und wie der Kolonialismus noch immer die heutige Politik beeinflusste. Daraufhin schrieb sie:

Manchmal bist Du ein eigenartiger Junge. Aber das hier ist sehr klug. Es war mir überhaupt nicht bewusst, dass die Staatsgrenzen auf rückschrittlich denkende europäische Kolonialisten zurückgehen, die unfähig waren, die feinen Unterschiede einheimischer Kulturen zu begreifen. Was Du schreibst, ist sehr genau und fesselnd, wie immer.

PS: Hast Du am Wochenende etwas darüber gelesen? Der Zusammenhang zur gestellten Aufgabe ist mir nämlich sonst nicht ganz klar. Trotzdem sehr klug.

Insgeheim freute ich mich natürlich, und als sie mir den Aufsatz zurückgab, brannten meine Wangen. Sie lächelte und sagte sehr laut: »Gute Arbeit.«

Später hatte ich auf dem Gang gerade meine Bücher weggeräumt, als Bryan vorbeilief. Er spielte auch Football, war aber kein guter Freund von Max und deshalb eher fies. Er schlug mir die Schulbücher aus der Hand und starrte mich mit rosinengroßen Augen an. Er hatte Bartstoppeln auf dem Kinn, was mich ganz schön beeindruckt hat.

»Lehrerliebling«, spottete er.

Ich hatte angefangen, meine Bücher aufzusammeln. »Ich weiß nicht genau, was du damit sagen willst«, murmelte ich. »Aber falls du andeuten willst, dass sie mich mag, hoffe ich, du hast recht.«

Er kickte meine Bücher über den Gang.

»Du hältst dich wohl für besonders schlau, was?«, fragte er.

Mittlerweile hatten wir Zuschauer. Eine davon war Raya. Ich war damals schon in sie verknallt und bin bei ihrem Anblick rot angelaufen. Ein paar Mitschüler lachten.

Auch Taj, der vom Ende des Gangs zusah.

»Geht so«, erwiderte ich und bückte mich nach meinen Büchern.

Er stellte mir den rechten Schuh auf die Schulter und drückte mich auf den Boden. Ich schlug mir das Knie an den harten Keramikfliesen auf.

Als er auf mich herunterblickte, glaubte ich einen Moment lang, er würde mich schlagen. »Du bist ein Loser«, spie er mir entgegen. »Du bist ein Schleimscheißer und ein Niemand. Geil dich an deinen Wörtern auf und an deinen guten Noten, mehr hast du ja nicht.«

Es folgte wieder Gelächter. Es hätte mich verletzen sollen. Wörter und gute Noten sind zwar nicht gerade das Allerschlimmste, aber ich wollte mehr. Und wenn du deine Tage damit verbringst, gegen Zaps und die Große Leere anzukämpfen, und deine Nächte aus dreistündigen Programmen bestehen, nach denen du heulst und dich alleine fühlst, können Wörter wehtun.

In seinen Augen war so viel Hass gewesen, den ich nicht verstand. Später hatte ich herausgefunden, dass Bryans Mutter abgehauen war und sein Vater trank und sein Bruder im Gefängnis saß. War es da verwunderlich, dass er Hass in den Augen hatte? Doch an diesem Tag waren seine Augen auf mich gerichtet, und ich merkte, wie mir die Tränen kamen, und ich wusste, dass ich ein Problem hatte.

Zum Glück war Max genau in diesem Moment aufgetaucht und hatte Bryan unter der Androhung von Prügeln beiseitegeschubst und die Sache war erledigt.

Ich hatte schnell meine Bücher eingesammelt, mich bei Max bedankt und war gegangen, das Gelächter versuchte ich auszublenden. Ich war zum Feld gerannt, weil ich allein sein wollte, und dortgeblieben, bis die Sonne untergegangen war und die Dunkelheit mir Angst einjagte.

»Woran denkst du?«, fragte mich Sara.

»Nichts«, sagte ich.

Sie schmunzelte. »Glaub ich dir aufs Wort.« Sie blickte übers Feld. »Das ist mein Lieblingsplatz.«

»Weil du hier allein sein kannst?«

»Weil ich mir vorstellen kann, dass ich völlig allein sein könnte«, verbesserte sie mich.

Ich warf ihr einen Blick zu. »Was würdest du dann tun?«

Sie zuckte mit den Achseln. »Keine Ahnung. Mich auf den Times Square stellen und herumtanzen. Oder aufs Empire State Building hochfahren und mich dort hinlegen und in die Sterne gucken. Mir London und Delhi und Rio anschauen. Vielleicht in die Häuser von reichen Leuten gehen und so tun, als hätte ich eine Weile lang mal richtig viel Geld.«

»Das klingt schräg.«

»Finde ich nicht«, widersprach sie, fast verträumt. »Stell dir vor, wie frei man wäre.«

Ihre Stimme verunsicherte mich ein bisschen. Sie schien beinahe glücklich.

»Hast du mit deiner Mutter über John und die Aufnahme gesprochen?«, fragte ich vorsichtig.

»Natürlich nicht«, sagte sie. »Dazu hatte ich vorher schon keine Lust. Und jetzt hasse ich sie. Wenn ich John hochgehen lasse, wird sie auch ihr Fett abkriegen. Es wird ihr nichts ausmachen, wenn sie mich verliert. Wahrscheinlich wollte sie das sowieso schon immer.«

»Das ist bestimmt nicht so.«

Sie zuckte mit den Achseln. »Wie ich schon sagte, es ist nicht einfach, ein verrücktes Kind zu haben. Ich meine, sie mussten für eine Schulbegleiterin zahlen, und sie haben sich oft meinetwegen gestritten, und sie wussten nicht, worüber sie reden sollten, wenn ich schweigend am Tisch saß. Manchmal konnte ich ihr ansehen, dass sie sich wünschte, ich wäre nicht mehr da. Nicht, dass sie sich meinen Tod gewünscht hätte oder so oder dass sie mich umbringen wollte. Sie wünschte sich einfach, dass ich nicht da gewesen wäre. Mein Vater war nicht so.«

»Ich … ich weiß nicht, was ich darauf antworten soll.«

»Ist schon gut. Jeder möchte es so einfach wie möglich haben. Deshalb fasst du Sachen an, was weiß ich, hundert Mal, ohne dass es einen Grund gibt.« Sie redete nicht weiter. »Ich habe das Buch auch gelesen.«

Wir liefen weiter. Sie trug eine dicke Jacke mit hochgestelltem Kragen, ihr Pferdeschwanz baumelte aus der Öffnung hinten an ihrem Basecap. Ich wünschte mir, ich hätte auch wärmere Sachen an – meine Ohren taten weh.

»Hältst du mich jetzt für noch verrückter?« Sie warf mir einen Seitenblick zu.

»Nein. Noch genauso verrückt.«

Sara lachte. »Süß. Und, was wirst du wegen der Zwangsstörung unternehmen?«

»Ich weiß nicht. In dem Buch stand, es gäbe Medikamente und Therapien und so was. Aber ich will nicht, dass irgendjemand davon erfährt.«

»Warum?«

»Weil ich dann anders behandelt werde«, sagte ich einfach. »Das kennst du doch von dir selbst.«

Sie seufzte und blickte zu dem Punkt, wo Himmel und Erde aufeinandertrafen. »Ja.« Sie sah mich an. »Ich werde dich nicht anders behandeln. Ich gehe jeden Mittwoch zu diesem Dings. Gruppentherapie. Man kann einfach so vorbeikommen. Es ist für Menschen mit Angststörungen.«

Ich schüttelte den Kopf. »Ich glaube, so weit bin ich noch nicht.«

»Die Leute dort sind nett. Sie haben auch alle einen kleinen Knall, genau wie wir.«

»Ich will nicht, dass Leute denken, ich hätte einen Knall«, brummte ich mürrisch.

Sie zuckte mit den Achseln. »Wie du willst. Falls du deine Meinung ändern solltest, es findet immer mittwochs statt.«

Wir liefen eine Weile schweigend nebeneinanderher.

»Was unternehmen wir wegen John?«, fragte ich, um das Thema zu wechseln.

»Wir haben ein paar Sachen gegen ihn in der Hand«, meinte sie nachdenklich. »Aber es reicht noch nicht. Außer der Waffe haben wir keinen Beweis.« Sie überlegte. »Wir brauchen die Leiche.«

Ich spürte, wie ich Gänsehaut bekam. »Du meinst –«

»Wir müssen meinen Vater finden«, sagte sie ruhig. »Vorher gibt es keinen Mord. Nur Anschuldigungen.«

»Wie sollen wir die finden?«

»Keine Ahnung«, sagte sie. »Das ist der nächste Schritt.« Sie wandte sich zu mir. »Ich weiß, es wird schwer. Wenn du aussteigen willst, kann ich das verstehen. Du hast mir schon viel geholfen und das weiß ich wirklich zu schätzen. Du hast genug getan.«

Ich war versucht, ihren Vorschlag anzunehmen. Aber ich wusste, dass ich das nicht tun konnte.

»Uns wird schon was einfallen.«

Sie lächelte. »Danke. Willst du wissen, was ich manchmal tue?«

»Ja.«

Sie rannte ohne Vorwarnung wie eine Verrückte los. Ich war so überrascht, dass ich einen Moment lang nur verdattert dastand. Sie sprintete durch eine Wiese und verschwand bis zur Taille im hohen Gras. Ihr Pferdeschwanz schaukelte wild hin und her.

»Sara?«, rief ich.

Dann tat ich das einzig Sinnvolle: Ich raste ihr hinterher und jagte sie quer übers Feld. Sie war erstaunlich schnell.

Sie war schon fast am nächsten Feld, als sie plötzlich lachend stehen blieb und sich vorbeugte. Ich holte sie ein und krümmte mich ebenfalls, weil ich keine Luft mehr bekam.

»Was war das denn?«

Sie grinste mich an. »Frei sein.«

Ich schüttelte den Kopf, aber als wir uns aufrichteten, brachen wir beide in Gelächter aus.

»Weißt du … Ich war früher ein bisschen in dich verknallt«, sagte sie.

»Echt?«

»Ja. Vor ein paar Jahren. Ich fand dich seltsam, aber im allerbesten Sinne.«

Ich spürte wieder dieses Kribbeln. »Warum erzählst du mir das?«

Sie zuckte mit den Achseln. »Hatte ich gerade Lust dazu. Habe ich noch nie jemand erzählt, wie du dir vermutlich denken kannst.«

»Ja«, murmelte ich.

Sie winkte ab. »Keine Angst. Ich weiß, du stehst auf Raya, und ich habe sowieso einen neuen Schwarm.«

»Wen denn?«

Sie runzelte die Stirn. »Geht dich nichts an. Jetzt lass uns zurückgehen. Ich werde auch versuchen, mich normal zu verhalten.«

»Das wäre schön.«

Sie nahm meine Hand und zog mich Richtung Stadt.

»Komm schon. Wir müssen einen Mordfall lösen. Versuch, dich zu konzentrieren, Daniel.«

Auf dem Weg zur Straße versuchte ich, aus Sara Malvern schlau zu werden.

21

Irgendwie hatte ich angenommen, dass alles besser werden würde, sobald ich wusste, was mit mir los war, und es benennen konnte. Aber als ich mich an diesem Abend bettfertig machte, stand ich vor dem Spiegel und putzte mir die Zähne und fragte mich, ob ich einfach damit aufhören könnte. Ob ich meine Zähne einfach, ohne nachzuzählen, putzen und die Zahnbürste weglegen könnte.

Ich betrachtete mich eingehend. Vor allem meine Augen, weil immer alle behaupten, sie seien das Fenster zur Seele, und ich wissen wollte, ob es meiner Seele gut ging. Obwohl ich es gern tun würde, bin ich nicht sicher, ob ich an Seelen glaube. Zumindest hoffte ich, dass meine beschädigte Amygdala mit ihren Eskapaden aufhörte.

Als ich die Zahnbürste hinlegen wollte, kamen prompt die Zaps. Ich spürte, wie sich alles in mir verhärtete und mein Nacken zu kribbeln begann, und mir ging dieser Gedanke durch den Kopf.

Ich habe es nicht richtig gemacht und nun bekomme ich keine Luft und werde im Schlaf sterben.

Daraufhin schmerzte alles in mir noch mehr und ich fing an, meine Zähne wie jede Nacht zu putzen.

Es ist komisch, sein eigener Gefangener zu sein. Als würde man vom eigenen Verstand gemobbt und hätte Angst vor ihm, andererseits ist er aber auch man selbst und das ist extrem verwirrend. Ich putzte noch zwanzig Minuten weiter, und als ich fertig war, blutete mein Zahnfleisch wieder.

Danach brauchte ich eine halbe Stunde, um das Badezimmer zu verlassen, und eine Stunde am Lichtschalter, und als ich endlich im Bett lag, starrte ich an die Decke und fragte mich, wozu psychische Krankheiten eigentlich gut sein sollten. Ob irgendwas einfach nur kaputt war oder ob es einen Grund für sie gab. Vielleicht war ich ein Sternenkind. Vielleicht war ich besonders.

Ich weinte trotzdem beim Einschlafen und fühlte mich überhaupt nicht besonders.

Am Montag war es seltsam in der Schule. Taj nannte mich »Dan the Man«, nach dieser Serie, und die Jungs schüttelten mich an den Schultern und riefen den ganzen Tag »Regionalmeisterschaft!«, was zwar nett, aber auch ein bisschen nervig war. Ich brauchte nur aus der Toilette zu kommen und sofort fing jemand damit an. Oder ich versuchte, mein Lyonersandwich zu essen, und dann klatschte Taj mir auf den Rücken, und ich ließ es auf den Tisch fallen. Die Käsescheibe rutschte heraus und danach schmeckte es völlig anders.

Als ich in der Pause aufs Klo ging, traf ich Sara. Mittlerweile ging ihre Schulbegleiterin davon aus, dass wir miteinander reden würden, und lächelte bloß noch, bevor sie ihr Telefon herausholte. Sara blieb neben mir stehen.

»Sie findet, dass du ein ganz besonderer Mensch sein musst, weil du mich zum Reden gebracht hast«, sagte Sara.

Ich wurde rot. »Hm. Was hast du darauf geantwortet?«

»Ich habe genickt. Ich fand den Spaziergang gestern schön.«

»Ich auch.«

Sie beugte sich zu mir. »Ich habe einen Plan.«

Überrascht sah ich sie an. »Schon?«

»Ich habe Zeit«, sagte sie. »Diesen Sonntag? Kannst du da?«

»Denk schon.«

Sie lächelte. »Gut. Viel Spaß in Mathe.«

»Danke«, murmelte ich.

Damit lief sie einfach weiter und ihre Begleiterin eilte ihr hinterher.

Mit Raya hatte ich eine noch seltsamere Begegnung. Nach dem letzten Klingeln verließen wir gerade das Klassenzimmer, und ich steuerte auf meinen Spind und dann auf die Umkleide zu, um wohl oder übel meine Trainingssachen anzuziehen. Bis zur Regionalmeisterschaft am Samstagmorgen war jeden Tag Training angesetzt. Da die Erie Hills Elephants noch nie eine Regionalmeisterschaft gewonnen hatten, war es für alle außer mir eine große Sache. Man hatte mir einundzwanzig Mal auf den Rücken geklopft und ich hatte öfter mit dem Team gesprochen als in den ganzen zwei Jahren zuvor.

Da rief hinter mir eine vertraute Stimme: »Hey!«

Als ich mich umdrehte und Raya auf mich zulaufen sah, bekam ich wieder mein übliches Magengrummeln. Sie lächelte mich schief an. Sie trug eine weiße Bluse und einen knallbunten Schal um den Hals, der bis zu ihrem breiten Ledergürtel herunterhing. Ich weiß nicht, warum mir ihre Klamotten immer auffielen. Vermutlich versuchte ich, ihre Stimmung oder ihre Absicht daran abzulesen. Hätte ich an diesem Tag raten müssen, wäre meine Vermutung gewesen, dass sie aus irgendeinem Grund besonderen Wert auf ihr Aussehen legte, sie sah nämlich besonders stylish aus, und ihre Haare waren ganz glatt und glänzend.

»Hey«, sagte ich.

Sie blieb stehen und steckte ihre Hände in die Hosentaschen. »Hab heute kaum mit dir geredet.«

Was sollte das heißen?

»Ich weiß«, stimmte ich zu. »Vermutlich, weil ich immer mit dem Footballteam zusammen war.«

Sie lächelte. »Sieht aus, als würdest du jetzt dazugehören.«

»Bis ich danebenschieße und die Meisterschaft vergeige.«

»So ungefähr.«

Einen Moment herrschte Schweigen. Erwartete sie, dass ich noch etwas sagte? *Hirn einschalten, Daniel!*

Sie war schneller als ich. »Mein Vater war nicht gerade erfreut, als er uns beim Küssen erwischt hat.«

Ich merkte, wie sich meine Wangen puterrot färbten. »Oh.«

»Aber er wird dich nicht verprügeln oder so. Er wollte bloß wissen, wer du bist.«

»Hast du ihm meine Adresse gegeben?«

Sie lachte. »Er ist kein Schlägertyp. Ich habe ihm erklärt, dass es ein Spiel war. Aber ich habe ihm deinen Namen genannt und so und dass du kein Aufreißer bist und dass es dir superpeinlich war.«

»Trifft alles zu.«

»Wie dem auch sei, er meinte, du dürftest weiter zu uns kommen oder was mit mir unternehmen oder so.«

Mein Hirn gab wirklich sein Bestes, um das alles zu verarbeiten, aber es war ziemlich viel auf einmal.

»Das freut mich. Dann werde ich wohl nie der geächtete böse Junge deiner Träume.«

Hatte ich das wirklich gerade gesagt? Sie lachte los und irgendwie gelangte ihre Hand auf meinen Arm.

»Vermutlich nicht«, meinte sie. »Du wirst immer der nette Kerl sein. Aber du darfst mich besuchen, also ist das gut.« Ihre Hand zog sich hastig zurück und verschwand wieder in ihrer Hosentasche. Ich sah, dass Max mich feixend beobachtete.

»Jaa«, antwortete ich unsicher.

»Bis morgen, Dan«, sagte sie. Damit war sie verschwunden und ich stand sehr verwirrt da.

Max tauchte neben mir auf und hatte immer noch dieses allwissende Grinsen auf dem Gesicht. »Du siehst aus wie ein Feuerhydrant.«

»Ich versteh Mädchen einfach nicht.«

Er lachte und schubste mich zu meinem Spind. »Willkommen im Klub.«

»Wie?«, fragte Coach Clemons. »Wir stehen an der Fünfzehn-Yard-Linie, Dan. Der Fünfzehn!«

Ich zuckte mit den Achseln. »Ich bin kein besonders guter Kicker, Coach.«

»Aber ich!«, bot Kevin sich an. Seit er zurück war, wechselten wir uns mit dem Kicken ab, und obwohl auch er nicht mal annähernd bei hundert Prozent war, traf er wesentlich häufiger als ich. Leider war Coach Clemons nun aber offenbar davon überzeugt, dass ich dem Team Glück brachte, und bestand trotz unser beider Einwände darauf, dass ich am Samstag den Anfang machte.

»Du bist bloß nicht mit den Gedanken dabei«, sagte er. »Du musst dich konzentrieren.«

Er sah aus, als sei er seit Beginn der Play-offs um fünf Jahre gealtert. In seinem stoppeligen Schnurrbart waren mindestens doppelt so viele graue Haare und unter dem Erie-Hills-Basecap bekam er mit ziemlicher Sicherheit eine Glatze. Die meiste Zeit wirkte er sehr gestresst, und die Adern an seinen Schläfen sahen gefährlich danach aus, als würden sie jeden Moment platzen.

»Fünf Runden!«, brüllte er. »Danach nehmen wir uns wieder die Red Zone vor.«

Es folgte allgemeines Aufstöhnen. Ich schloss mich geknickt der Gruppe an, die auf die Bahn zutrabte. Kevin kam angelaufen und musterte mich mit seinen kleinen dunklen Augen und extrem übellauniger Miene.

»Es wäre besser, wenn ich spielen würde.«

»Sehe ich auch so.«

»Du hast meinen Platz geklaut.«

Ich sah ihn an. »Du kannst ihn gern zurückhaben.«

»Tu nicht so unschuldig!«

»Das meine ich ernst«, sagte ich. »Ich hasse es zu spielen. Wenn ich wieder Wasser einschenken könnte, wäre ich heilfroh.«

Er stieß ein Knurren hervor und rannte an mir vorbei. Ich

ließ ihn rennen. Die Typen hier würden mir nie abnehmen, dass ich wirklich nicht spielen wollte, und da ich das Gefühl nicht loswurde, dass Kevin mich fertigmachen wollte, würde ich mich von ihm fernhalten. Ich hatte zwar keine Lust zu spielen, aber noch weniger Lust hatte ich, zusammengeschlagen zu werden.

Beim Rennen sah ich den Coach mit dem Hilfscoach Spiele durchgehen, er schrie und spuckte und war völlig außer sich. Schräg, wie wichtig alle Football nahmen. Außer dem Training schien sie nichts zu interessieren.

»Heute nimmt er uns ganz schön ran«, sagte Max, als er neben mir auftauchte.

»Oh ja.«

»Du schaffst das. Es ist zwei Mal gut gelaufen. Noch ein Spiel und wir haben es geschafft.«

Ich runzelte die Stirn. »Kommt dein Vater und sieht sich das Spiel –«

»Ja. Hat gestern Abend angerufen. Meinte, die Regionalmeisterschaft lässt er sich nicht entgehen.«

Ich bemerkte, wie Max beim Laufen die Fäuste ballte. Er würde sich wieder die ganze Woche verrückt machen.

»Wir werden gewinnen«, sagte ich.

Max lächelte. »Das ist die richtige Einstellung. Du hast übrigens einen Fan.«

Ich folgte seinem Blick und entdeckte Sara, die uns beim Laufen zusah.

»Jetzt sogar schon zwei Mädchen?«, fragte mich Max. »Wer bist du? Was hast du mit Dan gemacht?«

Ich schüttelte resigniert den Kopf. »Keine Ahnung.«

22

Wie sich herausstellte, hatte sich Saras Mutter einfach nur mit dem Abholen verspätet. Sara hatte allein vor der Schule gesessen und war zum Sportplatz herübergekommen, um uns beim Training zuzusehen. Als wir zum Eingang zurückliefen, um auf ihre Mutter zu warten, grinsten zwar einige Jungs, die mit ihren Eltern davonfuhren, und warfen mir komische Blicke zu, aber ich blieb trotzdem bei Sara. Vermutlich war ich so beschäftigt damit, ein passabler Footballspieler zu werden, dass mir einfach die Kraft fehlte, auch noch cool sein zu wollen.

Wir saßen auf der Bordsteinkante und redeten, während die Sonne auf die Berge zuwanderte.

»Nach allem, was wir herausgefunden haben, will ich eigentlich nicht mal mehr von ihr rumgefahren werden«, sagte Sara. »Aber es ist ein ziemlicher Fußmarsch. Na ja, wenn wir am Ende Johns Schuld nachweisen können und sie mit drinhängt, muss ich mir vermutlich sowieso etwas einfallen lassen.«

Ich überlegte. »Was würde dann mit dir passieren?«

»Keine Ahnung«, sagte sie. »Ich bin dreizehn, wahrscheinlich würden meine Großeltern das Sorgerecht bekommen. Ich vermute bloß, dass sie mich auch nicht wollen. Sie sind nett, aber das heißt noch lange nicht, dass sie ein Kind bei sich wohnen haben möchten, das Antidepressiva schluckt. Das will doch niemand. Vielleicht komme ich zu Pflegeeltern oder so.«

Gerade fuhr Tom Dernt weg, er sah mich mit hochgezogener Augenbraue an.

»Vielleicht hatte deine Mutter nichts damit zu tun.«

»Hoffentlich. Aber es klang nicht so. Und ehrlich gesagt hatten mein Vater und sie ziemlich oft Streit.«

Ich musterte sie mit einem Seitenblick.

»Deinetwegen?«

»Und wegen anderer Dinge. Sie stritten darüber, wie viel sie arbeitete und dass sie oft ausging und manchmal über seinen Alkoholkonsum. Er trank ab und zu. Aber er war ein guter Vater. Glaub mir.«

»Du hast noch nie erwähnt, dass er getrunken hat.«

Sie zuckte mit den Achseln. »Er war dann nicht sturzbesoffen oder so.«

Ich wollte es nicht ansprechen, aber wahrscheinlich war es notwendig. »Und du bist sicher, dass er nicht einfach abgehauen ist?«

Sie sah mich an, ihre grünen Augen funkelten. »Ja«, sagte sie kalt. »Ganz egal, was wir an Beweisen gesammelt haben, ich weiß einfach, dass es nicht so war. Er hat mich lieb gehabt, Dan. Er kam jeden Abend in mein Zimmer und hat mir vorgelesen und mich zugedeckt und mir gesagt, dass ich sein Ein und Alles sei. Er hätte mich nie im Stich gelassen. Niemals. Aber wenn du das trotzdem immer noch denkst, solltest du mir vielleicht nicht mehr helfen.«

Die Schärfe in ihrer Stimme traf mich unerwartet. »Tut mir leid.«

Sie schüttelte den Kopf und erwiderte nichts. Wir schwiegen kurz, während der Rest der Mannschaft davonfuhr. Coach Clemons ging als Letzter, er warf mir bloß einen missbilligenden Blick zu. Auch wenn ich nicht mehr zu tun hatte, als von Zeit zu Zeit den Ball zu kicken, war er offenbar der Meinung, ich sollte mir lieber zu Hause Spielzüge im Playbook ansehen oder so.

»Er fehlt mir«, sagte sie.

»Ich weiß.«

»Er hat mich nicht im Stich gelassen, Dan. Er wusste Bescheid über meine … Krankheit. Die Panikattacken und die Depression. Er hätte mich nicht im Stich gelassen.«

Ich legte ihr die Hand aufs Knie. »Das glaube ich dir.« Als ich spürte, wie ihr Bein zuckte, nahm ich sie wieder weg.

»Tut mir leid«, murmelte sie. »Werde nicht oft angefasst. Hier. Schau.« Sie zog ihr Telefon heraus und öffnete die Fotos. Sie scrollte durch eine endlose Zahl von Bildern, die sie mit ihrem Vater zeigten – am Strand, Arm in Arm, beim Wandern, bei einem Essen, einfach nebeneinander auf der Couch. Sie hatte viel Ähnlichkeit mit ihm: die grünen Augen und die dunklen Haare. Auf jedem Bild lächelte er fröhlich und hatte sie im Arm.

»Hast du mit ihm geredet?«, fragte ich ruhig.

»Ja«, flüsterte sie. »Er war der Einzige, mit dem ich geredet habe. Bis du kamst.«

Ich nickte.

»Er sieht glücklich aus.«

Sie lächelte traurig. »War er auch. Das meine ich ja. Er ist nie im Leben abgehauen.«

Ich nickte.

»Schätze ich auch. Aber du hast es selbst gesagt. Offiziell gibt es keinen Mordfall. Wir brauchen eine Leiche.«

»Ich habe es dir doch schon gesagt – ich habe einen Plan.«

»Das bringt uns normalerweise in Schwierigkeiten.«

»Und das wird dieses Mal wahrscheinlich nicht anders sein«, gab sie zu.

Ich seufzte. »Dachte ich mir schon.«

Plötzlich bog ein blauer Kombi schwungvoll auf den Parkplatz ein und ich erkannte Saras Mutter am Steuer. Sie winkte mir zu.

Sara verdrehte die Augen. »Sollen wir dich mitnehmen?«

Ich schüttelte den Kopf. »Ich laufe. Kann ein bisschen frische Luft vertragen.«

Eigentlich wollte ich sagen, dass ich nicht mit Saras Mutter im Auto sitzen wollte, wenn wir gleichzeitig nach einem Weg suchten, sie und ihren Freund wegen Mordes verhaften zu lassen.

»Wie du willst«, meinte sie. »Bis morgen.«

»Tschüs.«

Sie fuhren davon und ich machte mich auf den Heimweg.

An diesem Tag kam mein Vater früher von der Arbeit und die ganze Familie aß zusammen zu Abend. Steve passte das natürlich nicht, aber da mein Vater nun mal da war, blieb Steve nichts anderes übrig, als mitzuessen und gute Miene zu machen. Es gab sogar Pizza, das war sonst immer unser Samstagabendessen. Montags war das noch nie vorgekommen.

Meine Mutter drehte sich zu Emma. »Wie war dein Tag, Liebes?«

Sie zuckte mit den Achseln. »Gut. Wir haben einen Test geschrieben.«

»Mal wieder ein A?«, riet Steve trocken.

»Wahrscheinlich«, antwortete sie.

»Und du, Steve?«, fragte mein Vater.

»Der Tag war okay.«

»Er meinte deine Noten«, sagte meine Mutter.

»Keine Tests«, erwiderte Steve. »Ich schaffe es in allen Fächern.«

»Na, das ist doch schon mal was«, meinte mein Vater sarkastisch.

»Dan?«, wandte sich meine Mutter an mich.

»Gut.«

»Wie war das Training?«, fragte Dad.

»Wie immer. Hab ein paarmal danebengeschossen und der Coach hat mich angebrüllt.«

Steve gluckste.

»Nur das Spiel zählt«, sagte mein Vater. »Du musst dich bloß ...«

»... konzentrieren«, beendete ich den Satz. »Ich weiß.«

Er nickte und wandte sich wieder seiner Pizza zu. Neben mir knabberte Emma wie eine Maus an einer Käsescheibe, während Steve auf der anderen Seite die restliche Pizza herunterschlang. Ich bemerkte, dass mich meine Mutter beobachtete, und hörte auf, mein Milchglas auf dem Tisch hin und her zu schieben.

Acht Mal. Zweimal musste ich noch, aber das konnte warten, bis sie wieder wegsah. Als sie es endlich tat, bewegte ich noch zweimal unauffällig das Glas und konnte mich endlich entspannen. Ich war so damit beschäftigt gewesen, dass ich meine Pizza auf dem Teller vergessen hatte. Wenn die Zaps kommen, vergeht mir immer als Erstes der Appetit.

»Und sonst?«, fragte meine Mutter.

Ihre Stimme klang ein bisschen anders. Ob sie das mit dem Milchglas mitbekommen hatte? Manchmal hatte ich das Gefühl, dass ihr solche Kleinigkeiten auffielen, aber ich war nie ganz sicher.

»Gut.«

Sie nickte. »Schläfst du gut? Ich habe dich letzte Nacht herumlaufen hören.«

Mittlerweile glühten meine Wangen. Ich würde keinen Bissen herunterkriegen. »Klar. War vermutlich unruhig.«

Sie starrte mich einen Moment an. Warum musste sie mich vor allen anderen darauf ansprechen?

»Und wie geht es Sara?«, fragte sie.

Ich sah sie an. »Gut …«

»Ich habe sie schon eine Weile nicht mehr gesehen. Trefft ihr euch noch?«

Nun beobachtete Emma mich mit einem scheuen Lächeln. Auch mein Vater musterte mich interessiert.

»Jaa«, sagte ich. »Manchmal.«

»Was macht ihr so?«, fragte Steve, den Mund voll Pizza.

»Steve«, mahnte meine Mutter. »Nicht mit vollem Mund. Aber ja, was macht ihr eigentlich so? Redet sie … viel?«

Ich seufzte. »Was hast du gehört?«

Sie sah mich mit Unschuldsmiene an. »Ich habe nur von einer der anderen Mütter gehört, dass sie … ruhig sei.«

»Ich habe gehört, dass sie spinnt«, sagte Steve.

Normalerweise reagierte ich auf so etwas nicht, vor allem nicht, wenn es von meinem Bruder kam. Er war älter und größer und ich hatte immer Angst vor ihm gehabt. Aber jetzt spürte ich, wie die Wut in mir hochkochte.

»Sie spinnt nicht«, sagte ich scharf.

Es ließ ihn kalt. »Die anderen nennen sie Psycho-Sara.«

»Das ist nicht nett«, murmelte Emma.

Meine Mutter schien hin- und hergerissen, ob sie Steve zusammenstauchen oder mich lieber fragen sollte, ob das stimmte. Ich beschloss, ihr die Entscheidung abzunehmen. »So wird sie genannt, weil sie nicht gern redet. Und wenn die anderen sie Psycho-Sara nennen, kannst du ihr das übel nehmen? Sie ist übrigens hochintelligent, wenn du es unbedingt wissen willst.«

Meine Eltern wechselten einen überraschten Blick. Ich war selbst ein bisschen erschrocken über mich.

»Kann ich aufstehen?«

Meine Mutter nickte. »Ja. Steve?«

»Entschuldigung«, brummte er.

Ich ließ meine halb gegessene Pizza einfach auf dem Teller liegen und stürmte hoch in mein Zimmer, wo ich die Tür schloss und mich aufs Bett fallen ließ. Meine Wangen und mein Nacken glühten und ich grübelte immer noch, warum ich so reagiert hatte. Ich wusste, dass alle sie Psycho-Sara nannten. Mir war auch klar, dass sie nun wahrscheinlich darüber tuschelten, dass ich mich mit ihr traf. Aber ich hatte das seltsame Bedürfnis, sie in Schutz zu nehmen. Als hätte sie mir gezeigt, wer sie wirklich war, und es sei nun meine Aufgabe, sie zu verteidigen. Nicht, dass sie das nötig gehabt hätte.

Plötzlich ging mir noch ein anderer Gedanke durch den Kopf. Mochte ich Sara Malvern etwa? Es kam mir völlig absurd vor. Ich stand doch auf Raya. Die coole, normale, beliebte Raya, die mich daran erinnerte, wie ich sein wollte – ebenfalls normal. Sara verkörperte die Welt, die ich abschütteln wollte. Die verrückte Welt, in der unser Hirn nicht richtig funktionierte und in der wir Jagd auf Mörder machten und ich aus einem Mädchen schlau zu werden versuchte, das unberechenbar war.

Ich wollte einfach wie Raya Singh sein, fertig, aus. Doch als ich den Deckenputz anstarrte, war es nicht Rayas Gesicht, das ich darin sah.

Bevor ich ins Bett ging, tippte ich noch einige Kapitel. Ich hatte endlich den Rhythmus gefunden. Ich schrieb ein paar Rückblenden und ein paar Szenen zur Figurenentwicklung, zum Beispiel den Tag, an dem Daniel mit seiner Mutter streitet, und den Tag, an dem sein Großvater stirbt. Dann kam ich zu der Tankstellenszene.

Sie bogen in eine einsam am Highway gelegene Tankstelle ein. Das Neonschild leuchtete hell im düsteren Mittagslicht. Sie hielten vor der Zapfsäule.
„Ich werde tanken", sagte sie. „Du passt auf, ob die Luft rein ist."
„Wir teilen uns auf?", fragte er schwach.
„Es sein denn, du hast zu viel Schiss."

Daniel seufzte. »Also gut.“
Er schnappte sich den Baseballschläger und näherte sich dem Gebäude von der Seite. Er starrte durch die Scheibe in den Laden, aber er war leer. Er schlich um die Ecke und spähte zum Parkplatz auf der Rückseite.
»Sara, bist du bald fertig?“, rief er nervös.
„Ich habe noch nicht mal angefangen.“
„Oh.“
Als er die Toilettentür entdeckte, merkte er, dass er eigentlich mal gehen könnte. Er warf einen Blick zu Sara. Es würde wahrscheinlich noch einen Moment dauern, bis sie den Tank gefüllt hatte. Er konnte sich ein bisschen Zeit lassen. Als Dan an der Tür zog, stellte er fest, dass sie nicht abgeschlossen war. Nach einem kurzen Blick ins Innere huschte er hinein.
Nachdem er sich die Hände gewaschen hatte, stieß er die Tür auf, von seiner anderen Hand baumelte träge der Schläger herunter. Das Geschöpf wartete schon.
Es baute sich vor ihm auf und starrte ihn mit schwarzen, leeren Augen an. Dann hob es eine seiner grässlichen Klauenpfoten und holte nach Daniels Kopf aus.
Der Baseballschläger fiel ihm aus der Hand. Er war zu verängstigt, um sich zu bewegen.
In diesem Moment sauste der Krocketschläger an ihm vorbei und landete genau auf dem Schädel der

Kreatur. Es folgte eine Explosion von knallblauem Licht und ein Rums, und die Gestalt flog in die Bäume, die den Parkplatz einfassten.

Sara drehte sich zu ihm um. „Wollen wir los?"

Sie rannten zum Auto und konnten gerade noch rechtzeitig hineinspringen, bevor zwei andere Geschöpfe auf die Lärmquelle zugerannt kamen.

Sara trat das Gaspedal durch und sie rasten auf den Highway.

Daniel sah sie erstaunt an.

Sie lächelte bloß. „Ich hab dir doch gesagt, dass es kein normaler Krocketschläger ist. Ab jetzt wär's mir lieber, wenn du deine Blase in den Griff kriegst. Wir müssen die Welt retten, aber wenn du vorher umgebracht wirst, weil du aufs Klo rennst, wird das schwierig."

Am Tag des Spiels war es hell und sonnig. Perfekte Bedingungen zum Kicken, ich würde also keine Ausrede haben, wenn ich es verpatzte. Meine Mutter zog die Gardinen auf, um mich zu wecken.

»Wichtiges Spiel heute«, sagte sie.

Dann ließ sie mich im Sonnenlicht zurück und ich versuchte, mich wieder unter die Decke zu verkriechen. Ich grübelte über plausible Ausreden nach. Grippe? Das würden sie mir nicht abnehmen. Ich konnte eine Verletzung vortäuschen. Vielleicht einen Sturz von der Veranda?

Ich aß drei Löffel Mini-Toppas, danach waren sie matschig

und sahen wie Haferbrei aus. Ich schüttete den Rest weg und ging ins Bad, wo ich eine Weile die Toilette anstarrte für den Fall, dass ich mich übergeben musste. Als nichts kam, stellte ich mich vor den Spiegel. Mein Gesicht sah ziemlich blass aus. Vielleicht war Grippe gar nicht so abwegig. Meine Haare standen in sämtliche Himmelsrichtungen, aber ich setzte bloß ein Basecap auf und ging die Treppe hinunter, wo mein Vater schon auf mich wartete, um mich zum Spiel zu fahren. Er wirkte aufgeregt.

Er drückte sogar meine Schulter.

»Bereit?«

»Ja«, murmelte ich.

Er grinste. »Nervosität ist gut.«

Ich brachte ein schwaches Lächeln zustande und folgte ihm zum Auto. Als ich von der Veranda hinunterstieg, vergaß ich vor lauter Aufregung, dass ich eigentlich einen Sturz hatte vortäuschen wollen. Nun blieb mir nichts anderes, als zu spielen. Mein Magen krampfte sich noch ein bisschen mehr zusammen.

Die Fahrt zum Platz war die längste meines Lebens. Mein Vater redete über Spiele und den Wind und die Sonne, während ich bloß daran denken konnte, dass die Theater-AG oder so etwas die bessere Wahl gewesen wäre. Heute würde ich das Spiel garantiert vermasseln. Es war nur eine Frage der Zeit.

Die Rocanville Ravens machten sich schon auf dem Feld warm. Dass sie komplett schwarz gekleidet waren, verringerte meine Angst nicht gerade. Es sah aus, als würden wir gegen eine Horde Geister spielen. Das war nicht gut.

Bevor ich mich versah, kam der Anpfiff, und ich kickte den Ball, so fest ich konnte, in Richtung der wartenden Ravens. Es war ein anständiger Schuss, und als ich vom Feld ging, klopfte mir Coach Clemons sogar auf den Rücken.

»Genau so, Leigh«, sagte er und klang, als würde er jeden Moment vor aufgestauter Energie platzen.

Am Ende des ersten Viertels versuchte ich mein erstes Field Goal. Wir waren drei Punkte im Rückstand – die Verteidigung beider Teams hatte die Offensive im Griff. Ich trottete aufs Feld und versuchte, Raya und meinen Vater und die hundert anderen Leute auszublenden, die mich beobachteten.

»Hut!«

Max fing den Ball und setzte ihn absolut perfekt auf den Boden. Schnürung nach außen. Ich kickte.

Er segelte fünf Yards nach links und landete in der End Zone. Daneben. Ich sah, wie Max sich auf die Lippe biss, aber dann stand er auf, schüttelte mir die Hand und meinte: »Nächstes Mal.«

Auf dem Weg zur Bank übersah mich Coach Clemons geflissentlich. Ich suchte mir einen Platz und ließ mich fallen. Schlechter Start. Es war ein knappes Spiel. Tom warf gut und Max schaffte es wie üblich auf den Spielberichtsbogen. Bis zur Halbzeit hatte er zwei Touchdowns erzielt und wir lagen sieben Punkte im Rückstand.

Coach Clemons' Halbzeitansage bestand im Wesentlichen aus Gebrüll.

»Wir sind nah dran, Jungs!«, schrie er und über den armen Brayden Little ergoss sich ein Spuckeregen. »Ein bisschen Abwehrarbeit und wir haben es. Leigh, konzentrier dich, Junge! Du schaffst das, Dan!«

Ich hatte bereits ein weiteres Field Goal und einen Extrapunkt vergeigt und somit drei von vier Möglichkeiten. Die meisten anderen Spieler würdigten mich keines Blickes, und ich wagte nicht, zur Tribüne zu schauen. Vermutlich duckte sich meine Familie schon unter die Bank. Es war genauso schlimm, wie ich befürchtet hatte. Ich sorgte dafür, dass wir das Spiel verloren.

Im dritten Viertel vermasselte ich noch einen Schuss. Kevin ließ am Spielfeldrand jede Menge Kommentare ab, dass ich ausgewechselt werden sollte, aber Coach Clemons wollte nichts davon hören. Wir lagen immer noch nur einen Touchdown im Rückstand, vermutlich hielt er mich nach wie vor für eine Art Glücksbringer.

Das empfand ich anders, als ich wieder einen Ball weit vorbeifliegen sah. Während ich zum Spielfeldrand zurückkehrte, spähte ich kurz zu meinem Vater, der mich mit dem aufgesetztesten Lächeln aller Zeiten bedachte und klatschte. Er war noch nie ein guter Schauspieler gewesen. Selbst Emma wirkte verlegen.

Mit Entsetzen beobachtete ich, dass das Spiel auch im vierten Viertel eng blieb. Als Max in den letzten zehn Minuten den Ausgleich erzielte, drehten sie auf der Bank durch. Ich rührte mich nicht vom Fleck, mein Magen rumorte. Es war zu knapp. Es würde auf mich hinauslaufen, das ahnte ich schon. Und ich würde danebenschießen.

Das Spiel schien in Zeitlupe stattzufinden. Ein paar Minuten später sah ich Taj einen Running Back umrennen. Kyle brachte den gegnerischen Quarterback bei einem Passversuch zu Fall. Bevor ich mich versah, wurde gepuntet und wir waren wieder an unserer Zehn-Yard-Linie.

Es waren noch fünf Minuten zu spielen und es stand unentschieden.

Ich stand auf und beobachtete unseren Angriff. Mit jedem Yard begannen meine Hände und Knie, stärker zu zittern. Max musste unbedingt punkten, sonst hinge alles von mir ab. Mit einem Touchdown würden wir gewinnen und alles wäre egal. Einen Moment sah es aus, als ginge mein Wunsch in Erfüllung. Er fing einen weiten Pass und kämpfte sich gerade zur End Zone vor, als sie ihn zu Fall brachten. Noch eine Minute Spielzeit. Sie würden es weiterprobieren.

Beim ersten Down verloren wir zwei Yards. Dann gewannen wir fünf. Dritter Versuch.

Ich kaute auf meinen Nägeln herum, doch da fing Tom den Ball, ließ sich zurückfallen und musterte das Feld. Die gegnerische Mannschaft griff Max mit zwei Spielern an, aber er war immer noch zu schnell. Er drängte sich durch, ohne sich weiter um die Defensive zu kümmern, und Tom nutzte die Lücke und warf eine makellose Spirale.

Und dann ließ Max den Ball fallen. Ich glaube nicht, dass ich das je erlebt hatte. Er ließ ihn einfach fest gegen seinen Oberkörper prallen, doch dann glitt er ihm durch die gespreizten Finger, ohne dass er es verhindern konnte.

Auf der Bank herrschte Stille. Auf der Tribüne ebenfalls. Ich sah fassungslos zu, wie Max den Ball anstarrte und anschließend seine Finger. Er konnte es auch nicht fassen.

Coach Clemons drehte sich mit bleichem Gesicht zu mir. »Jetzt bist du gefragt, Leigh.«

Als ich aufs Feld sprintete, fühlte ich mich wie ein Schaf auf dem Weg zur Schlachtbank.

Wir waren an der Einunddreißig aufgehalten worden – noch in meiner Reichweite, aber trotzdem ein kniffliger Schuss. Noch nie in meinem Leben war ich so nervös gewesen. Als ich bei der Spielbesprechung stehen blieb, hatte ich das Zittern in meinem rechten Bein kaum noch unter Kontrolle. Max war immer noch viel zu verdutzt, um etwas zu sagen. Ich klopfte an seinen Helm.

»Ist schon okay, Mann«, sagte ich.

Er sah mich an und nickte. Ich wusste, was er dachte. *Du wirst danebenschießen und wir verlieren das Spiel.* Ich hatte das Gefühl, jeden Moment ohnmächtig zu werden. Dummerweise blickte ich zur Tribüne, wo meine Eltern Händchen hielten. Steve und Emma sahen nervös zu mir herüber.

Raya und Clara saßen Arm in Arm nebeneinander. Alle starrten mich an.

Das Team stellte sich auf. Max nahm seine Position ein. Ich trat einen Schritt zurück und schluckte Magensäure herunter.

Es war still. Keiner der beiden Fanblocks wollte eine Reaktion zeigen. Und da entdeckte ich sie.

Sie beobachtete das Spiel von weit hinter dem Tor, wo sie mit angewinkeltem Bein an einem Baum lehnte. Mein Magen schlug einen kleinen Salto. Selbst Sara sah zu. Es war wirklich jeder da, den ich kannte.

Und dann bemerkte ich, dass sie etwas in der Hand hielt. Ein Schild. Sie drehte sich in meine Richtung, lächelte und hielt das Schild vor sich. Darauf stand:

FOOTBALL IST SCHWACHSINN

Ich lachte. Ich konnte nicht anders. Der Laut kam mit einer aufgestauten Energie heraus, die die Stille zerriss. Sara stand einfach da, hielt das Schild und lehnte am Baum, als sei es das Normalste auf der Welt. Ich hielt den Blick auf sie gerichtet:

»Hut!«

Der Ball kam zurückgeflogen und Max brachte ihn in Position. Ich dachte nicht eine Sekunde nach. Es war bloß ein Spiel.

Ich holte aus und traf so perfekt wie noch nie zuvor. Schon als der Ball meine Schuhspitze verließ, wusste ich, dass es ein guter Schuss war. Der Ball segelte durch die Torpfosten und dann war alles nur noch ein einziges Chaos aus Schreien und Sprüngen und Lachen. Ich wurde hochgehoben und zum Spielfeldrand getragen; und Max umarmte mich, er weinte fast, so glücklich war er. Ich erinnere mich an Bänder und einen Pokal und dass mein Dad sagte, er sei stolz, vor allem aber erinnere ich mich an Sara, die mit dem Schild am Baum lehnte und alles mit einem Lächeln beobachtete.

23

Die Regionalmeisterschaft zu gewinnen, war offenbar eine große Nummer, denn wir gingen Mittag essen und bekamen Eis spendiert, mein Vater trank sogar ein Bier, und das tat er sonst nie. Bis zur Grillparty bei Coach Clemons, die bis zehn Uhr abends dauerte, war der ganze Tag ein einziger verschwommener Trubel.

Als ich nach Hause kam, war ich platt, aber ich hatte es fast einen ganzen Tag lang ohne Zaps geschafft – beziehungsweise ohne Zwangshandlungen –, und das war ziemlich toll. In meinem Zimmer setzte ich mich an den Computer und war so glücklich wie schon lange nicht mehr. Einen kurzen Moment glaubte ich sogar, das Programm ausfallen lassen zu können, doch schon in der Sekunde, als mir der Gedanke durch den Kopf ging, wusste ich auch, dass ich es nicht schaffen würde. Sofort fühlte ich mich krank.

Es war in Ordnung. Ich würde es einfach ein bisschen hinauszögern. Ich klickte Facebook an und betrachtete eine Weile die Bilder des Spiels. Ein paar Jungs hatten sie gepostet und auf einem war sogar mein Name markiert worden.

Zum ersten Mal.

An mein Handy dachte ich überhaupt nicht. Erst als ich endlich beschloss, schlafen zu gehen, sah ich aus Gewohnheit nach und erstarrte. Es zeigte fünf entgangene Anrufe an. Alle von Saras Telefon. Und alle waren ein oder zwei Stunden her. Stirnrunzelnd rief ich zurück.

Saras Mutter nahm sofort ab. Sie klang panisch.

»Bist du es, Daniel?«

»Ja.«

»Ist Sara bei dir?«

»Nein«, erwiderte ich. »Warum?«

Ich hörte, wie ihre Mutter ein Schluchzen unterdrückte. »Sie ist verschwunden. Ich habe sie den ganzen Tag nicht gesehen. Ihr Handy lag hier zu Hause. Sie ist weg.«

Einen Moment lang war ich zu verdattert, um irgendetwas zu erwidern. Dann fragte ich: »Wann haben Sie sie das letzte Mal gesehen?«

»Als sie von deinem Spiel nach Hause kam. Wir haben … uns gestritten. Na ja, zumindest so weit, wie man das als Streit bezeichnen kann, sie redet ja kaum mit mir. Sie wollte in die Bibliothek, und ich habe ihr angeboten, sie zu fahren, aber das wollte sie nicht. Aber es ist zu weit zum Laufen und so hat John sie hingebracht. Er sagte, er habe sie dort abgesetzt. Aber in der Bibliothek hat sie keiner gesehen. Sie kennen sie dort. Sie ist nicht dort gewesen.«

Ich spürte, wie mein Inneres vor Kälte erstarrte. »John hat sie gefahren?«

»Ja. Er sucht gerade nach ihr. Ich habe die Polizei eingeschaltet.«

Ich schaute aus dem Fenster. »Ich gehe auch nach ihr suchen.«

Ihre Antwort wartete ich nicht ab. Ich steckte das Telefon in die Hosentasche und rannte die Treppe hinunter.

Ich suchte den ganzen Abend. Meine Mutter begleitete mich und fuhr mich eine Weile herum, aber wir fanden nichts. Es war dunkel und überall waren bloß Schatten. Wir schwiegen.

Als mich meine Mutter nach Hause zurückbrachte, war es fast zwei Uhr morgens.

»Es tut mir leid, Dan«, sagte sie. »Heute Nacht können wir nichts mehr tun. Die Polizei ist auf der Suche.«

»Ich glaube, es war der Freund ihrer Mutter«, flüsterte ich.

Sie sah mich an. »Was?«

»Wir haben Nachforschungen über ihn angestellt. Sara glaubt, dass er ihren Vater umgebracht hat. Vielleicht hat sie ihn zur Rede gestellt. Und falls es so war, hat er ihr vielleicht etwas angetan.« Jetzt sprudelte alles aus mir heraus. »Sie könnte in Gefahr sein.«

Meine Mutter sah mich fragend an. »Wie seid ihr überhaupt darauf gekommen? Hattet ihr Beweise?«

»Wir haben unsere Gründe.«

Sie überlegte einen Moment. »Ich rufe die Polizei an. Sie werden mit dir reden wollen.«

Ich nickte. »Ruf sie an.«

Zehn Minuten später standen sie bei uns vor der Tür. Zwei Polizisten – ein junger Mann mit Kinnbart und muskulösen Armen und ein älterer, grauhaariger Sergeant mit Bierbauch und unfreundlichen Augen. Sie setzten sich in der Küche mir gegenüber.

Ich verschwieg bewusst einige Einzelheiten – vor allem die ganze Sache mit den Einbrüchen in Johns Haus. Aber ich erzählte ihnen von der Aufnahme und wie sich John bei Sara entschuldigt hatte und von dem gefälschten Abschiedsbrief, den er geschrieben hatte.

Sie wechselten ein paarmal Blicke, meine Mutter und mein Vater beobachteten uns.

»Wir können losfahren und John verhören«, sagte der Ältere, Sergeant Bent, schroff. »Aber wir können niemanden aufgrund von Briefen und Entschuldigungen verhaften. Ich kenne John. Kein schlechter Kerl. Wir werden trotzdem mit ihm reden.«

Der jüngere Polizist wandte sich an mich. »Ihre Mutter hat erwähnt, dass das Mädchen außer mit dir mit niemandem spricht. Warum?«

Ich überlegte. »Ich weiß es nicht. Vermutlich wusste sie, dass ich ihr zuhören würde.«

Sie wechselten wieder einen Blick, anschließend sprachen sie mit gedämpfter Stimme mit meinen Eltern. Sie glaubten mir nicht. Das war offensichtlich. Es war mir egal, aber ich machte mir Sorgen um Sara.

»Wer sucht nach Sara?«, fragte ich laut.

Sergeant Bent drehte sich zu mir um. »Wir haben drei Kollegen losgeschickt. Sie werden sie finden, mein Junge. Ihr ist nichts passiert.«

Danach fuhren sie los, und meine Eltern sagten mir, ich solle mich schlafen legen. Sie glaubten mir auch nicht.

Meine Mutter drückte mir einen Kuss auf die Stirn und flüsterte: »Es ist alles gut mit ihr. Bestimmt siehst du sie morgen früh.«

Dann verließ sie mit meinem Vater das Zimmer und ich war wieder allein. Eine Weile ging ich auf und ab. Ich wollte das Programm machen, damit es mir besser ging, aber ich war noch nicht so weit, ins Bett zu gehen. Ich konnte bloß an Sara denken. Was, wenn er ihr etwas angetan hatte? Ich setzte mich hin und stand wieder auf und überlegte, was ich tun sollte.

Wie sollte ich schlafen, wenn sie irgendwo dort draußen war?

Ich dachte an die letzten Wochen. An den Tag, als sie mich auf dem Gang zum ersten Mal gegrüßt hatte. Das Spiel mit dem Berühren. Das Schild. Die Besuche bei John. Den Abend im Gebüsch. Den Spaziergang übers Feld, als sie mir erzählt hatte, dass sie gern allein auf der Welt wäre.

Bevor meine Eltern auch nur im Bett lagen, war ich schon aus der Tür.

»Sara?«

Ich lief durch die Dunkelheit, das Gras reichte mir bis zur Hüfte. Es war, als würde ich nachts durch Wasser waten, über mir nur das Licht der zahllosen Sterne und hinter mir die Straßenlaternen. Es war kalt und ich spürte die Kälte unter meinen Pullover und in meine Jeans kriechen und sich wie ein nasses Handtuch auf meine Haut legen. Ich bibberte.

»Sara!«

»Ich bin hier!«, antwortete eine matte Stimme. Trotz der Stille war sie kaum zu hören.

Eine Minute später fand ich sie. Sie lag flach auf dem Rücken im Gras. Sie starrte einfach zum Himmel hinauf und rührte sich nicht, als ich vor ihr auftauchte.

»Hey«, sagte ich.

»Hey.«

Ich kniete mich neben sie und sah sie fragend an. »Alle suchen nach dir.«

Sie betrachtete weiter die Sterne. »Gut so.«

»Wie lange bist du schon hier?«

Sie überlegte. »Keine Ahnung. Ich habe mein Handy nicht dabei. Vermutlich seit heute Mittag.«

Ich starrte sie einen Moment an, dann legte ich mich neben sie. Es war kalt und feucht und irgendwie komisch, so in die Dunkelheit einzutauchen, aber manchmal macht man anderen Leuten zuliebe eben seltsame Dinge.

Das ist wahrscheinlich Freundschaft.

»Wie ist es, nachts mitten auf einem Feld zu liegen?«, fragte sie.

»Anders.«

Die Sterne, die ich durch die Fetzen Schwarz sah, die mein Blickfeld wie die Ränder eines schwarzen Lochs einrahmten, waren wunderschön.

Sie lachte. »Ja. Tut mir leid, dass du nach mir gesucht hast. Ich hätte nach Hause gehen sollen.«

»Warum hast du das nicht getan? Was ist heute passiert?«

»Ich habe mich mit meiner Mutter gestritten. Sie hat gesagt, dass sie ihr Bestes gebe, um mich allein großzuziehen. Und ich habe ihr gesagt, dass es ihre eigene Schuld ist, dass sie allein ist. Dass ich Dad vermisse. Dass ich lieber mit ihm weggegangen wäre.«

»Das hast du wirklich gesagt?«

»Ja. Sie fing an zu weinen. Sie meinte, ich hätte überhaupt keine Ahnung. John ist dazwischengegangen. Er hat mir angeboten, mich zur Bibliothek zu fahren. Das habe ich angenommen. Ich wollte sowieso mit ihm reden. Hat ihn überrascht, wie du dir vorstellen kannst.«

Ich spähte zu ihr hinüber. In der Dunkelheit konnte ich bloß die feinen Züge ihres Gesichts erkennen und den Widerschein der Sterne in ihren Augen. »Und?«

»Ich habe ihn gefragt, ob er meinen Vater kannte. Er verneinte. Ich habe ihn gefragt, ob er weiß, wo mein Vater ist. Er verneinte. Ich habe ihn gefragt, ob es ihm leidtäte, wie alles gelaufen ist.«

Sie redete nicht weiter.

»Und?«, fragte ich.

»Er sah mich an und sagte Ja. Und er sagte, es täte ihm leid. Aber mehr sagte er nicht.«

Wir lauschten eine Weile dem Zirpen der Grillen.

»Ich habe der Polizei erzählt, dass ich Angst hatte, John könnte dir etwas angetan haben.«

Sie sah mich an. »Was?«

»Sie kamen zu uns nach Hause und ich habe ihnen alles erzählt. Na ja, nicht, dass wir in sein Haus eingebrochen sind und so, aber alles andere.«

»Und sie haben dir nicht geglaubt.«

»Woher weißt du das?«

»Weil ich ihnen auch schon einen Brief geschrieben habe. Sie haben mir erklärt, dass sie ohne Beweise nichts unternehmen können.«

Ich seufzte. »Also haben wir nicht genug.«

»Nein. Aber heute Abend hat er es mehr oder weniger gestanden. Deshalb bin ich hierhergekommen. Ich konnte ihnen nicht mehr ins Gesicht sehen.«

Ich streckte die Hand aus und fand in der Dunkelheit ihre. Sie war kalt und feucht. Unsere Schultern lagen eng aneinandergedrückt, die Wärme reichte gerade, um mich vom Zittern abzuhalten. Doch ihr musste mittlerweile richtig kalt sein.

»Wir sollten zurückgehen«, sagte ich leise.

»Noch fünf Minuten?«

Ich lächelte. »Klar.«

Wir lagen noch einen Moment schweigend da, dann machten wir uns auf den Heimweg.

24

Saras Mutter kam laut rufend und in Tränen aufgelöst aus dem Haus gerannt und drückte sie an sich, bis Sara sich von ihr losmachen musste. Sie nickte ihrer Mutter und John und der Polizistin bloß zu und ging nach oben. Damit blieb es mir überlassen, ihre Fragen zu beantworten, doch ich erklärte nur, sie sei davongelaufen und ich hätte sie an dem Platz gefunden, an dem sie sich gern versteckte.

Als sie mir noch weitere Fragen stellten, gab ich vor, müde zu sein, und irgendwann ließen sie mich in Ruhe.

John bot mir an, mich nach Hause zu fahren, aber ich lehnte ab und lief.

Meine Eltern bekamen nicht einmal mit, dass ich weg gewesen war. Ich schlich mich ins Haus zurück und ging auf mein Zimmer und begann um vier Uhr morgens mit dem Programm. Um fünf lag ich im Bett und schlief auf der Stelle ein.

Ich wurde von einer E-Mail von Sara geweckt.

Heute ist es so weit. Wir treffen uns um 14 Uhr an der Ecke bei Johns Haus.

Ich drehte mich um und versuchte, wieder einzuschlafen, aber es war zu spät. Die Sonne schien durch die Fenster, und am Nachmittag hatten wir vor, einen Mörder zu stellen. Ich kletterte aus dem Bett.

Ich frühstückte mit Emma. Zum Glück schliefen meine Eltern nach der letzten Nacht aus. Ich hatte keine Lust auf eine Diskussion über falsche Anschuldigungen und meine verrückte Freundin Sara und was sonst noch so alles anstand.

»Ich habe letzte Nacht was gehört«, sagte Emma.

Ich seufzte. »Wie viel?«

»Alles.«

Ich sah sie genervt an. »Es war ungefähr ein Uhr morgens.«

»Ich habe gelesen«, sagte sie mit Unschuldsmiene. »Ich habe es nur zufällig mitbekommen.«

»Klar.«

Sie legte den Löffel auf den Tisch und schaute mich nachdenklich an. »Ihr ermittelt in einem Mordfall.«

»So ähnlich.«

Sie nickte, als sei das eine völlig alltägliche Neuigkeit, und trommelte mit dem Finger auf den Tisch.

»Habt ihr eine Waffe gefunden?«

Ich runzelte die Stirn. »Vielleicht.«

»Motiv?«

»Glaube schon.«

Sie nickte. »Aber ihr habt keine Leiche.«

»Woher weißt du das alles?«, fragte ich sie mit finsterem Blick.

»›CSI‹.«

»Mom hat dir gesagt, du sollst dir das nicht mehr ansehen.«

Sie zuckte mit den Achseln. »Tja, wenn ihr keine Leiche habt, braucht ihr ein Geständnis. Oder der Mörder muss euch zur Leiche führen. Indizien reichen eben nicht.«

Ich starrte sie an und rieb mir entnervt über die Stirn. »Du schaust zu viel fern.«

»Und du hättest mich von Anfang an anheuern sollen«, sagte sie pampig. »Was machst du übrigens heute?«

Ich schob meine Schale weg und lehnte mich zurück. »Wir kümmern uns vielleicht um ein Geständnis.«

Ich beschloss, vor dem Treffen mit Sara noch ein bisschen zu schreiben. Ich hatte eine Heidenangst, wieder zu Johns Haus zu gehen, schreiben würde mich hoffentlich ruhiger machen. Außerdem mussten Autoren wahrscheinlich auch schreiben, wenn sie keine Lust hatten, beispielsweise an Tagen, an denen die Aufklärung eines Mordfalls anstand. Vermutete ich jedenfalls. Ich kannte ja keine Schriftsteller.

Aber ich wusste aus dem Buch, dass ich kurz vor einer Panikattacke stand. Es hätte mir helfen sollen, dass ich nun wusste, was es wirklich war, aber das tat es nicht. Schreiben schon. Dort gab es noch den normalen Daniel.

Seit der Tankstellenszene hatte ich noch ein paar Kapitel geschrieben, hauptsächlich kurze. Vermutlich wurde es ein kurzer Roman. Vielleicht höchstens eine Novelle. Aber ich konnte später ja immer noch mehr hinzufügen.

Ich war gerade an der Stelle angekommen, in der sie vor dem New Yorker Wohnhaus standen. Es wurde allmählich aufregend. Sie waren kurz vor dem Ziel.

Sara und Dan schlichen die Treppe hinauf.
Über dem einundzwanzig Stockwerke hohen Betontreppenhaus lag eine schwere Stille. Es war nicht einfach gewesen, den richtigen Charles Oliver zu finden, und ihren Besuch in den letzten beiden Wohnungen hatten sie beinahe mit dem Leben bezahlt. Doch dieses Mal waren sie fast sicher. Selbst der Anrufbeantworter hatte sich entsprechend gemeldet: „Charles Oliver. Falls es sich um einen Notfall handelt, rufen Sie mich bitte direkt an. Falls das nicht möglich ist, kommen Sie lieber hoch und klären es."
Sie hätten den Aufzug nehmen können, aber Sara hatte gewarnt: Falls er sich öffnete und ein Monster vor ihnen stand, hätten sie ein ernsthaftes Problem. Sie nahm lieber die Treppe.
Schweigend stiegen sie eine Stufe nach der anderen hoch. Der Schläger in Daniels Hand zitterte. Er hatte Angst, aber er wollte es endlich hinter sich bringen. Er konnte seinen Fehler fast ungeschehen machen.
Sie erreichten den neunten Stock und traten auf den Korridor. Es war unheimlich still.
Sie blickten nach links und rechts. Nichts. Sara nickte Dan zu und begann, den Flur hinunterzugehen. Sie bewegte sich wie eine Katze, die sich anpirschte.
Dan folgte, er hatte Gänsehaut. Es war zu still.
Kurz vor dem Apartment blickte er hinter sich und entdeckte es.
Sie waren nicht allein.

Das Geschöpf beobachtete sie vom anderen Ende des Korridors, es spreizte die Finger, als mache es sich für ein Festmahl bereit. Daniel drehte sich zu Sara.

„Lauf!"

Sie sprinteten den Gang hinunter und blieben vor der 912 stehen. Sara klopfte.

„Hast du vergessen, dass niemand mehr da ist?", fragte Dan.

Das Geschöpf kam mit ausgefahrenen Krallen auf sie zu.

„Stimmt", sagte sie. „Und was machen wir jetzt?"

Er sah sie an. „Ich dachte, du hättest einen Plan."

„Nein."

Das Geschöpf hatte sie fast eingeholt. Dan konnte das Licht auf den Klauen schimmern sehen.

Sara drehte am Türknauf. „Wohnungen haben normalerweise ein Tür- und ein Bolzenschloss."

Daniel erwiderte das Starren der Kreatur mit weit aufgerissenen Augen. „Mach schon!"

Sara holte mit ihrem Krocketschläger aus. Nach einem blauen Aufblitzen rollte der Türknauf über den Boden. Sie trat die Tür auf und dann drängten sie sich hinein. Sie konnten sie gerade noch rechtzeitig schließen, bevor von der anderen Seite ein dumpfer Schlag zu hören war. Sie stemmten sich mit dem Rücken gegen die Tür und Sara hantierte an dem Bolzen herum und verriegelte sie.

Ich lehnte mich zurück und sah nach, wie spät es war. Sara wartete. Es war an der Zeit, endlich den Mordfall aufzuklären.

Wir trafen uns an der Ecke von Johns Straße. Es war ein frischer, klarer Novembertag, schon kalt genug, dass meine Nasenspitze und die Finger kribbelten und meine Zehen kalt wurden. Sara wartete geduldig. Für den Fall, dass John vorbeikommen sollte, hatte sie sich hinter eine Hecke geduckt.

Ich spähte zu seinem Haus hinüber, wo sein schwarzer Pick-up in der Auffahrt stand.

»Ich weiß«, sagte ich. »Ich bin zu spät dran.«

Sie zuckte mit den Achseln. »Nur ein paar Minuten. Nicht schlimm.«

Ich musterte sie misstrauisch. »Was hast du getan?«

Sie lächelte. »Ich hab mir das hier genommen.« Sie fischte ein schwarzes iPhone aus der Jackentasche, das definitiv nicht ihr gehörte. Als sie die PIN eingab, erschien auf dem Bildschirm das lächelnde Gesicht ihrer Mutter.

»Wo ist deine Mom?«

»Mit meiner Großmutter unterwegs. Sie sind in der Stadt zum Einkaufen und den ganzen Tag weg. Sie hat schon vom Telefon meiner Großmutter angerufen und gefragt, ob sie ihr Handy vergessen hat. Hat sie nicht, ich habe es heute Morgen aus ihrer Handtasche genommen.«

Ich sah sie fragend an. »Und der Plan ist …«

»… meine Mutter zu werden«, sagte sie. »Mein Handy liegt hinten in Johns Pick-up. Und die Anti-Diebstahl-App ist eingeschaltet.«

»Du verfolgst ihn per GPS.«

»Richtig. Komm in mein Büro.«

Ich duckte mich seufzend in die Hecke, damit wir von der Straße nicht mehr zu sehen waren. Wir setzten uns auf die Erde. Ich hoffte inständig, dass uns die Hausbesitzer nicht in ihrem Gebüsch entdecken würden. Es wäre kompliziert zu erklären gewesen.

Sara entsperrte das Telefon. »Eventuell müssen wir schnell los. Bist du bereit?«

»Denk schon.«

Sie nickte und begann zu tippen. *Sara stellt Fragen. Ich denke, sie ist dahintergekommen.*

Wir warteten eine Minute und schwiegen. Dann meldete das Telefon eine Nachricht.

Wie? Was für Fragen?

Wir sahen uns an. Sara tippte weiter. *Warum wir es getan haben. Und über dich. Sie möchte dein Haus sehen, und ich glaube, sie vermutet, dass er dort sein könnte.*

Was willst du tun?

Sara lächelte. *Sorg einfach dafür, dass im Haus nichts zu finden ist. Es ist besser, wenn wir es ihr zeigen. Es ist nichts dort, oder?*

Pause. *Nur der Brief, den du mir geschickt hast. Den kann ich entsorgen. Und wenn sie meine Pistole sieht … Ich werde sie verstecken.*

Gut. Wenn ich zurück bin, komme ich mit ihr vorbei.

Okay.

Ich spürte, wie mein Herz gegen meinen Brustkorb bummerte. Es war wahr. Alles. Ich sah Sara an und dann ging sie aufs Ganze.

Falls sie etwas findet … Kannst du dafür sorgen, dass alles okay ist? Sie könnte was finden. Sie ist zu klug.

»War das unbedingt nötig?«, fragte ich trocken. Sie zuckte mit den Achseln.

Okay. Dann geh ich jetzt mal los.

Sara und ich blickten uns an.

»Wow«, murmelte ich.

»Ja«, erwiderte sie leise.

Nun zitterten ihre Hände. Ich verstand, warum. Ihr Vater war wirklich tot. Ihre Mutter hatte ihrem Freund geholfen, ihn umzubringen. Ich wusste, dass Sara immer gehofft hatte, sie würde sich täuschen. Aber diese Hoffnung hatte sich nicht erfüllt. Ihr Vater war tot, und sie war gerade dabei, den Rest ihrer Familie zu zerstören.

»Alles in Ordnung mit dir?«, wollte ich wissen.

Sie nickte. »Für so was haben wir jetzt keine Zeit. Bleib in Deckung.«

Kurz darauf heulte ein Motor auf. Als der schwarze Pick-up die Straße hinunter und um die Ecke bretterte, blieben wir geduckt sitzen, dann lauschten wir, wie das Geräusch immer leiser wurde.

»Funktioniert es?«, fragte ich.

Sara öffnete die App und wir sahen einen kleinen blauen Punkt davonfahren. »Da ist er.« Sie schaute mich an. »Im Haus ist ein Brief von meiner Mutter. Wir brauchen ihn. Wir brauchen alle Beweismittel, die wir kriegen können.«

Ich seufzte. »Ich gehe rein. Behalte das GPS im Auge.«

Sie drückte meine Hand und presste den Schlüssel hinein. »Danke. Beeil dich.«

Ich kroch aus der Hecke und lief eilig die Straße hinunter. Als mir auf der anderen Straßenseite zwei Leute mit ihren Hunden entgegenkamen, versuchte ich, einen möglichst unverdächtigen Eindruck zu machen. Sobald sie an mir vorbei waren, sprintete ich auf die Veranda, nach einem Blick links und rechts schloss ich die Tür auf. Der vertraute Mief von Schweiß und Bier hing in der Luft und durch die geschlossenen Vorhänge fiel stumpfes Licht. Ich musste nach dem Brief suchen – schnell.

Für den Fall, dass er ihn weggeworfen hatte, sah ich zuerst im Küchenabfall nach. Aber da waren nur faulige Essensreste und Verpackungen. Bestimmt hatte er sich nicht die Mühe gemacht, ihn darunter zu vergraben. Ich suchte im Bad weiter. Nichts.

Offenbar hatte er ihn noch nicht weggeworfen. Ich wollte mir gerade das Schlafzimmer vornehmen, als mein Blick auf die Pistole auf der Flurkonsole fiel. Es war die Waffe aus der Kommode. Scheinbar hatte er sie herausgeholt, um sie zu verstecken, wollte sich aber erst um die Leiche kümmern. Mein Magen rumorte. War Saras Vater irgendwo im Wald verscharrt? Wollte John die Stelle nun noch mit Ästen abdecken? Würde er Sara und mir dasselbe antun, wenn er uns fand? Natürlich würde er das. Ich musste mich sputen.

Ich ging in sein Schlafzimmer und sah mich in dem Dreckloch nach Winkeln um, die ich mir noch nicht vorgenommen hatte.

Ich brauchte nicht lange zu suchen. Man sah, dass John schon vor der Warnung wegen der Leiche angefangen hatte, Spuren zu beseitigen. Auf dem Bett lag ein Brief – zerknittert und fahrig geschrieben. Mein ganzer Körper kribbelte. Ich durchquerte langsam das Zimmer und nahm das Blatt. Die Tinte war tränenfleckig.

Lieber John,

ich weiß, ich sollte Dich nicht darum bitten. Wir sind erst ein paar Monate zusammen und es war wunderschön. Du bist mir nichts schuldig, aber ich muss Dich trotzdem fragen. Die Situation ist schlimmer geworden. Sehr viel schlimmer. Ich weiß, ich war keine gute Ehefrau und auch kein anständiger Mensch und ich habe es verdient. Aber er ist ständig aggressiv. Brüllt herum, wenn Sara nicht da ist. Er trinkt immer mehr und nimmt Tabletten, und ich habe Angst, dass etwas passieren wird. Er kann nicht hier im Haus bleiben. Sara bekommt es mit. Es ist nicht gesund für sie. Sie darf es nicht erfahren.

Ich brauche Deine Hilfe. Er muss aus meinem Leben verschwinden. Ich möchte einen Neuanfang mit Dir und das hier hinter mir lassen. Allein schaffe ich es nicht, ich bin nicht stark genug. Wenn Du mir in dieser Sache helfen würdest, können wir endlich zusammenleben. Und Du müsstest eine Nachricht schreiben … einen Brief … in dem er erklärt, dass er gegangen ist. Ich muss meinem kleinen Mädchen irgendetwas in die Hand geben. Sie liebt ihren Vater nach wie vor. Sie sieht nicht, was aus ihm geworden ist.

Ich wollte Dir das lieber im Brief sagen, persönlich könnte ich es nicht, ohne zu weinen. Ich habe das Gefühl, gescheitert zu sein, als Mutter und Ehefrau und überhaupt. Es tut mir leid, dass ich Dich da hineinziehe. Wenn Du mir helfen willst, ruf mich später an.

Alles Liebe,

Michelle

Ich las den Brief langsam durch. Es war Mord – schlicht und ergreifend. Nun hatten wir den Beweis.

Und jetzt musste ich raus hier. Und zwar schnell.

Ich wandte mich zum Gehen. Meine Hände auf dem linierten Papier zitterten so stark, dass es knisterte. Ich glaube, ich bemerkte den Schatten, bevor ich den Mann sah. Bedrohlich stand er in der Türöffnung, sein Kopf und die breiten Schultern berührten den Rahmen wie ein perfekt proportioniertes Porträt. Er hielt eine Pistole in der rechten Hand. Die Pistole.

Er sah mich an, fast zögerlich. Seine Augen waren dunkler als der Raum.

»Das ist wirklich Pech«, sagte er leise.

25

Wie erstarrt stand ich da. Es fühlte sich komischerweise wie ein Zap an. Mein Herz pochte und ich bekam keine Luft und meine Arme kribbelten. Ich glaubte zu sterben, auch darin bestand Ähnlichkeit. Der einzige Unterschied war, dass ich es nicht in den Griff bekommen würde. Außer den Mann anzustarren, der mich umbringen würde, konnte ich nichts tun. Ich musste mich schlicht ergeben.

John ließ mich nicht aus den Augen, als er den Arm bewegte. Dann legte er die Pistole auf die Kommode.

Ich betrachtete sie verwirrt. Er setzte sich aufs Bett. Er wirkte erschöpft und stützte das Gesicht in die Hände.

»Ich wollte nichts damit zu tun haben«, sagte er.

Er fragte nicht mal, warum ich in seinem Haus war. Vermutlich ahnte er es schon.

»Michelle hat mich gebeten und ich liebe sie. Aber ich hatte Sara immer gern. Ich weiß, sie redet nicht und sie hat ihre … Probleme, aber es hat mich nicht gestört, dass sie still war. Sie schien ein liebes Mädchen zu sein. Ihre Mutter hat mir sogar ihre Noten gezeigt … in jedem Fach ein glattes A. Kluges Mädchen. Ich fand, sie hatte die Wahrheit verdient, aber ich habe auf ihre Mutter vertraut.«

Ich hörte Schritte und kurz darauf tauchte Sara in der Türöffnung auf. Sie sah mich verdattert an.

»Ich wollte dich warnen«, sagte sie. »Aber dein Telefon ist abgeschaltet.«

Ich nahm mein Handy und sah nach. »Stimmt.«

Als John sie anblickte, hatte er zu meiner Überraschung Tränen in den Augen. »Ich hab schon vermutet, dass du das warst. Ich habe nicht nachgedacht. Deine Mutter ist heute unterwegs. Und sie benutzt nie Großbuchstaben. Schreibt eben nicht oft Nachrichten. Sie hätte angerufen. Als mir das klar wurde, war ich schon fast dort.«

»Warum hast du es getan?«, fragte Sara.

Ihre Augen schimmerten jetzt auch tränenfeucht. Ihre Hände lagen auf dem Telefon, bereit, den Notruf zu wählen. Ihr Finger schwebte über der Anruftaste. Sie würde ihn hochgehen lassen.

Er schüttelte den Kopf. »Sie hat mich darum gebeten. Ich hatte ein ungutes Gefühl, aber sie hielt es in Anbetracht seines Zustandes für das Beste. Und als die Nachricht kam, wusste sie, dass es zu viel für dich wäre. Es war nur ein, zwei Tage später. Im Hotel. Sie ging zur Polizei und bat sie, es nicht an die große Glocke zu hängen. Alles lief unauffällig. Wir beschlossen, bei der Geschichte zu bleiben.«

Sara und ich wechselten einen verblüfften Blick.

»Sie ist zur Polizei gegangen?«

John runzelte die Stirn. »Natürlich. Sie wollte nicht, dass es in die Zeitung kam oder so. Und da sie geahnt hat, dass du vielleicht zur Polizei gehen würdest, hat sie darum gebeten, keine Informationen herauszugeben.«

Sara lehnte sich gegen den Türrahmen, und ich dachte schon, das Handy würde ihr jeden Moment aus den schlaffen Fingern gleiten. Es war zu viel für sie. Sie zitterte, und ihre Augen wurden glasig, und ich wusste, dass die Große Leere heraufzog. Aber sie brauchte Antworten.

»Warum bewahrte die Polizei Stillschweigen?«, flüsterte sie, als wäre sie ganz weit weg.

»Sie hielten es auch für das Beste. Und deine Mutter hat darum gebeten, Sara. Sie hat vermutlich einen Anspruch darauf. Aber ich … Ich hatte Probleme mit meinem Alten. Viele Probleme. Ich fand, du hättest die Wahrheit verdient. Du hättest verdient, um ihn zu trauern.«

»Um ihn zu trauern?« Nun blitzten ihre Augen wütend. »Du hast ihn umgebracht und willst, dass ich um ihn trauere?«

John blickte sie an. Nun war er derjenige, der verdattert aussah. Ich ließ die Pistole nicht aus den Augen. Wenn es hart auf hart kam, musste ich schneller sein als John. Ich hatte zwar keine Ahnung, was ich damit tun würde, aber ich musste trotzdem schneller sein.

»Umgebracht?«, fragte er verwirrt. »Ich habe niemanden umgebracht.«

Ich beschloss, mich einzumischen. Ich hielt den Brief hoch. »Und was ist dann das hier?«

»Der Brief, den sie mir geschrieben hat«, sagte er und sah noch immer verblüfft aus. »Sie hat mich gebeten, deinen Vater in ein Hotel zu begleiten. Und den Brief zu schreiben, dass er weggehen würde. Er war nicht mehr dazu in der Lage.«

Sara sank auf den Boden. Ich wollte ihr helfen, aber nichts ergab irgendeinen Sinn.

»Aber die Pistole …«

John wandte sich zu mir. »Es ist eine Pistole. Viele Menschen haben eine. Ich wollte bloß nicht, dass Sara sie findet und mich für einen Kriminellen hält oder so. Ich habe in der Vergangenheit ein paar Dummheiten gemacht, das gebe ich zu. Aber ich habe mich geändert. Ich wollte, dass sie mich mag.« Er drehte sich wieder zu Sara. »Ich hoffte, dass sie eines Tages einen Vater in mir sehen würde.«

Sara begann zu weinen. »Einen Vater?«, brachte sie heraus. »Wie konntest du dir einbilden, dass ich je –«

John sah tieftraurig aus. »Sara, ich habe ihn nicht umgebracht. Dein Vater war krank. Er hatte schwere Depressionen und das mit deiner Mutter und mir gab ihm den Rest. Er trank und schluckte verschreibungspflichtige Tabletten und er war in schlechter Verfassung. Wir haben ihn gebeten, das Haus für eine Weile zu verlassen und in ein Hotel zu gehen. Ich hätte mich nicht einmischen sollen, doch deine Mutter schaffte es nicht allein. Sie hat ihn geliebt, aber es war einfach schon so lange Zeit schwer mit ihm. Ich weiß, das ist keine Entschuldigung für das, was ich getan habe. Aber er ging ins Hotel. Und zwei Tage später fanden sie ihn. Überdosis. Er hat sich umgebracht.«

Sara begann zu schluchzen. Ich legte ihr die Arme um die Schultern und ließ sie weinen. Ihr ganzer Körper bebte.

»Und wo wolltest du gerade hin?«, fragte ich.

John rieb sich grob über die Augen. »Zum Friedhof. Ich wollte ein paar frische Blumen aufs Grab legen, damit es schön aussah, falls Michelle sich dafür entschied, Sara die Wahrheit zu sagen. Ich wollte, dass sie weiß, dass wir ihn nicht vergessen haben.«

»Und die Uhr?«

Er lächelte schwach. »Ich habe sie genommen, um sie einem Freund zu geben, der Schmuck nacharbeitet. Ich wollte, dass er sie für Sara poliert und repariert. Ich dachte, es ist ein schönes Geschenk. Keine Ahnung. Ich habe es vermasselt, Sara. Es tut mir leid.«

»Was ist mit der Anzeige wegen Körperverletzung?«, fragte ich. »Was ist mit dem Typen, der sich hier fünftausend Dollar abgeholt hat?«

John sah mich fragend an. »Da wart ihr beiden auch hier im Haus?«

»Ja«, brummte ich.

»Ein alter Kumpel«, sagte er barsch. »Ich werde nicht lügen. Ich habe früher ein paar schlechte Entscheidungen getroffen, mich mit schlechten Menschen eingelassen, aber das kriege ich allmählich in den Griff. Deine Mutter weiß das alles«, sagte er und schaute Sara an. »Ich wollte mich wirklich ändern. Ich habe es versucht. Ich dachte, ich könnte vielleicht sogar eine Familie haben, und war deshalb zu allem bereit. Ich dachte, vielleicht könnte ich irgendwann so was wie ein Vater für dich sein.«

Mit einem Mal sah er nicht mehr wie der Mann aus, für den ich ihn gehalten hatte. Er hatte Tattoos und ein verlebtes Gesicht, aber seine dunklen Augen waren sanft, und über seine Wangen liefen Tränen. Er konnte seine großen, schwieligen Hände nicht still halten.

Ich wusste, dass er die Wahrheit sagte. In jedem Punkt. Er hatte wirklich versucht, Sara zu beschützen.

Sie blickte unter tränenfeuchten Ponyfransen auf. »Warum wollte sie es mir nicht sagen?«

Er zögerte. Aber vermutlich hatte er genug von der Lügerei.

»Weil er die gleiche Sache hatte wie du, Süße. Er litt an Depressionen. Er hat sogar dieselben Medikamente genommen. Ich glaube, sie wollte nicht, dass du denkst, dir würde dasselbe Schicksal bevorstehen. Das ist nicht so. Du bist ein starkes Mädchen. Klug. Irgendwann hätte sie es dir gesagt. Aber sie hatte Angst, dass sich dein Zustand verschlechtern würde. Dass du dich nie wieder davon erholst.«

Sara liefen erneut Tränen über die Wangen.

John rührte sich nicht. Er ließ sie einfach dort sitzen und weinen.

Später fuhren wir zum Friedhof. Sara stand lange am Grab und starrte den Stein an. Es lagen Blumen darunter, wenn auch schon ein wenig verwelkt.

»Ich wollte frische vorbeibringen«, wiederholte John leise. Sonst sagte er nichts.

Es war eigentlich ein ganz schöner Ort. Als meine Großmutter gestorben ist, bin ich einmal auf einem Friedhof gewesen. Es war ein grauer, regnerischer Tag und alle weinten. Heute war es hell, und obwohl es schon November war, leuchtete der gepflegte Rasen noch grün. Andere Familien liefen umher, hielten sich an der Hand und erinnerten sich.

Es war kein schrecklicher Ort, aber ich glaube, für Sara

machte es keinen Unterschied. Sie musste sich einfach verabschieden, und ich war froh, dass sie die Gelegenheit dazu bekam. Ich hielt ein wenig Abstand.

Irgendwann drehte sie sich um und nahm meine Hand. Sie sah John an.

»Ich bin froh, dass du dich um einen Grabstein für ihn gekümmert hast«, sagte sie leise. »Vielleicht kann ich zum Lesen hierherkommen.«

Er nickte. »Das hat alles deine Mom veranlasst. Sie hat mir erzählt, dass die Beerdigung still verlief. Sie war nur mit ihrer Mutter und den Eltern deines Vaters hier. Nicht mit mir.«

»Das wusste er wahrscheinlich zu schätzen«, sagte Sara mit Blick auf den Grabstein. »Es tut mir leid, dass ich dich für einen Mörder gehalten habe.«

»Du hattest jedes Recht, dir Gedanken zu machen, was passiert ist.« Er überlegte. »Sollen wir deine Mutter anrufen?«

Sara seufzte. »Ja. Wartest du mit mir, Dan?«

»Klar.«

Als John ein paar Schritte weiterging, um ihre Mutter auf dem Handy ihrer Großmutter anzurufen, standen wir schweigend da. Sara wirkte verloren.

»Er hat seine Depressionen vor mir verheimlicht.« Sie flüsterte fast. »Vermutlich konnte er mich deshalb verstehen. Ich war einfach wie er.«

Ich warf einen Seitenblick zu ihr. »Nur weil ihr dieselbe Störung habt, seid ihr nicht zwangsläufig gleich.«

Sie blickte starr auf den Grabstein. »Ich bin kein Sternenkind, Daniel.«

Sie nahm das Armband ab und legte es auf das Grab ihres

Vaters, die kleinen Sterntalismane baumelten hin und her. Da ich nicht wusste, was ich sagen sollte, schwieg ich einfach weiter.

»Ich habe nie wirklich geglaubt, dass ich ein Sternenkind bin. Ich hatte bloß einmal darüber gelesen und es gefiel mir. Es gab mir das Gefühl, etwas Besonderes zu sein.«

»Du bist etwas Besonderes.«

Sie schüttelte den Kopf und ihre Augen füllten sich wieder mit Tränen. »Sie mussten mich vor der Wahrheit beschützen, weil sie dachten, ich käme nicht damit klar. Ich habe mich für so klug gehalten. Aber ich habe überhaupt nichts begriffen.« Sie wandte sich zu mir. »Ich bin allein. War ich immer. Ich habe nicht mit anderen geredet, weil ich mich allein sicherer fühlte. Ich war einfach Psycho-Sara, und ich redete nicht, und so konnte niemand wissen, ob ich vielleicht doch nichts Besonderes war.« Nun strömten ihr die Tränen übers Gesicht. »Es war die einzige Möglichkeit.«

»Du warst allein«, stimmte ich zu. »Aber das bist du nicht mehr. Ich weiß, deine Mutter hat dich angelogen, aber sie wollte dich bloß schützen. Und John … er scheint ein anständiger Kerl zu sein.«

Als sie nichts erwiderte, nahm ich ihre Hand und drückte sie.

»Und ich bin auch da. Du bist seltsam und launisch und vielleicht ein bisschen verrückt, aber du bist auch der interessanteste Mensch, der mir je begegnet ist. Glaub mir, du bist etwas Besonderes. Und von nun an solltest du vielleicht nicht mehr so sehr versuchen, allein zu sein.«

Sie lächelte und dann erwiderte sie meinen Händedruck.

Irgendwann verließen wir zusammen den Friedhof und sie weinte nicht mehr.

Als ihre Mutter nach Hause kam, ging ich heim. Ihre Mutter und ihre Großmutter brachen in Tränen aus, und Sara ließ sich widerstandslos von ihnen umarmen, aber ich sah die Wut in ihren Augen. Ich stahl mich leise aus dem Zimmer und John fuhr mich nach Hause.

»Tut mir leid, dass ich in dein Haus eingebrochen bin«, sagte ich. »Drei Mal.«

Er räusperte sich. »Schon gut. Hattest wahrscheinlich ganz schön Angst, als ich mit der Pistole reinkam.«

»Ja.«

Er blickte durchs Fenster in den dunklen Himmel hinaus. Es war fast sieben. »Beziehungen sind echt kompliziert, Junge.«

»Scheint so.«

»Es ist gut, dass du für sie da bist. Sie braucht jemanden. Kümmere dich um sie.«

Ich spähte zu ihm hinüber. »Wir sind nicht zusammen, falls du das meinst.«

Er lächelte. »Ja. Das behaupten sie alle.«

Ich runzelte die Stirn und wir bogen in die Einfahrt vor unserem Haus. Ich glaube, meine Mutter beobachtete uns durch das Fenster. Sie machte sich wahrscheinlich schon große Sorgen, weil mein Telefon den ganzen Tag ausgeschaltet gewesen war. Und nun brachte mich ein Typ mit Tattoos nach Hause. Ich sah wohl besser zu, dass ich reinkam, bevor sie John zur Rede stellte.

»Danke, dass du mich nach Hause gebracht hast.«

»Darf ich dich was fragen?«

Ich überlegte. »Klar.«

»Glaubst du, es war richtig? Es Sara zu verschweigen? Ich meine, Michelle hat mich darum gebeten. Habe ich das Richtige getan?«

Ich ließ es mir durch den Kopf gehen. »Keine Ahnung. Man kann nie sicher wissen, was das Richtige ist.«

Er nickte und deutete auf das Haus, wo meine Mutter schon die Tür aufhielt. »Da hast du recht. Ich hoffe, es war richtig. Ich habe es jedenfalls versucht. Jemand zu sein, auf den die beiden zählen können. Aber wahrscheinlich habe ich es vermasselt.«

Ich zuckte mit den Achseln und stieg aus dem Pick-up. »So oder so, es ist nie zu spät, um etwas in Ordnung zu bringen.«

Ich schlug die Tür zu und flitzte ins Haus. Meine Mutter warf John einen neugierigen Blick zu und schloss schnell die Tür hinter mir. Nachdem ich den meisten ihrer Fragen erfolgreich aus dem Weg gegangen und auf mein Zimmer geflüchtet war, beschloss ich, mich an meinen Laptop zu setzen. Es war Zeit, das Buch fertig zu schreiben.

26

In der Wohnung war es still. Die Vorhänge waren fest zugezogen und über dem Raum lag eine schwere Dunkelheit. Hinter ihnen hörte Daniel lange Fingernägel über die Tür kratzen. Sie prüften, suchten nach einem Weg hinein. Sara und Daniel wechselten einen Blick und sahen noch einmal nach, ob die Tür wirklich verriegelt war.

„Sie werden bald einen Weg finden“, sagte sie. „Lass uns loslegen.“

Das Wohnzimmer war unauffällig, still und leer. Auf dem Couchtisch stand ein halb volles Glas, auf dem sich Staub sammelte. Allmählich verdunstete das Wasser.

„Das Schlafzimmer“, flüsterte sie entschlossen.

Daniel lief ihr hinterher. An einer Wand stand ein schmales Bett, die andere Hälfte des Raums nahmen zahlreiche Monitore und Sensoren und Server in Anspruch. Es war die beeindruckendste Anlage, die er je gesehen hatte. Dicke Datenleitungen führten in die Wände, auf eine davon war ein Symbol gemalt: ein einzelner Stern. Es war das Symbol des Netzwerks. Die Station, an die alle anderen angeschlossen waren. Und laut Sara das geheime Eingangstor zu einer anderen Dimension.

Und zwar einer, die Daniel endlich in Ordnung bringen konnte. Er konnte die Menschen zurückholen. Er konnte die Welt retten.

Der Schalter befand sich seitlich am Computer – gut sichtbar. Wie Sara vermutet hatte, war er auf Aus geschaltet. Nachdem Charles Oliver verschwunden war, hatte es niemanden gegeben, um ihn wieder einzuschalten. Bis zu diesem Moment.

Sara drehte sich lächelnd zu ihm. „Du hast die Ehre, Dan."

Er nickte und ging durch den Raum. Seine Schritte knarzten auf den alten Dielen.

Als er sich dem Schalter näherte, dachte er an die Fahrt nach New York. Die Gestalten, die leeren Straßen, die Zeit, die er mit Sara verbracht hatte. Die Gefühle, die er für sie hatte. Die ganze schwierige Reise, um seinen Fehler wieder rückgängig zu machen. Um seine Bestimmung zu finden. Um der Mensch zu werden, der er sein sollte.

Als er näher kam, wurde der Stern größer. Er symbolisierte seinen außergewöhnlichen Weg. Er symbolisierte Sara und ihn. Sternenkinder. Helden.

Er musste bloß den Schalter umlegen, dann würde alles wieder gut werden.

Ich lehnte mich einen Moment zurück, meine Hände lagen auf der Tastatur. Es war, als hätte ich völlig unbewusst drauflosgeschrieben. Meine Finger hatten sich einfach bewegt. Doch nun hatte mein Hirn die Geschichte eingeholt, und ich hatte das Gefühl, auf den Stern und den Schalter zuzugehen. Und genau in diesem Moment wurde mir klar, wie die Geschichte enden musste.

Daniel blieb stehen. Er betrachtete den Schalter, der auf ihn wartete.
„Was hast du?", drängte Sara.
Das Kratzen an der Tür wurde lauter. Die Gestalten kamen näher.
„Ich weiß nicht."
Sie warf ihm einen düsteren Blick zu. „Leg den Schalter um! Alles wird normal werden. Du kannst wieder ein gewöhnlicher Junge sein."
Er blieb weiter stehen. „Nein."
Sie eilte auf ihn zu. „Was?"
Er schüttelte den Kopf. „Ich werde ihn nicht umlegen. Es gefällt mir hier."
Sie sah verwirrt aus. „Wir sind so weit gefahren, um hierherzukommen. Hast du in letzter Zeit mal rausgeschaut? Die Menschheit ist verschwunden. Die Welt ist leer. Wir werden gerade von Monstern angegriffen. Wir werden sterben."

Er drehte sich lächelnd zu ihr um. „Aber jetzt sind wir zwei gegen die Welt. Wir sind nicht mehr allein."

Sara sah ihn fragend an. „Was tun wir damit?"

„Alles", erwiderte Daniel. „Wir brauchen niemand anderes. Wir können die Monster besiegen."

Er griff nach Saras Hand.

„Was hältst du davon? Wir gegen die Welt?"

»Dan?«

Ich drehte mich zur Tür. Es war Emma.

»Ja?«

»Hast du Lust, noch ein bisschen zu lesen?« Sie hatte ihr Buch unterm Arm.

Ich betrachtete sie einen Moment. Vermutlich war mein Ende doch nicht die richtige Lösung. Klar, irgendwie war es cool, sich vorzustellen, mit Sara in einer menschenleeren Welt zu leben. Aber ich wollte es nicht wirklich. Ich wollte nicht allein sein. Ich würde Emma vermissen und meine Eltern und sogar Steve.

Ich würde Max vermissen und die Videospiele mit ihm dienstagabends und alles andere.

Ich lächelte. »Klar.«

Ich drehte mich wieder zum Computer und Emma kam herein und legte sich auf den Teppich.

Sara drückte Daniels Hand und lächelte. Der Krocketschläger hing noch immer über ihrer Schulter. „Wir können trotzdem ein Team sein",

sagte sie. „Wir können trotzdem gegen die Welt antreten. Aber zuerst müssen wir sie zurückholen."
Daniel ließ es sich durch den Kopf gehen, dann nickte er. „Gemeinsam?"
„Gemeinsam", stimmte sie zu.
Sie gingen zu dem Schalter, legten die Finger darauf und schalteten den Computer an. Sofort saß ein blasser, klapprig dürrer Mann auf dem Stuhl. Er sah sie an und nickte.
„Wie lange waren wir weg?", fragte er ruhig.
„Ein paar Tage", antwortete Sara.
„Kommt mir vor, als hätte ich nur geblinzelt", murmelte er. „Faszinierend. Aber tu mir einen Gefallen. Leg diesen Schalter nicht noch mal um."
Daniel lächelte grimmig. „Kommt nicht wieder vor."
Sie liefen den Korridor hinunter und beobachteten, wie die Hausbewohner aus ihren Wohnungen herauskamen. Sie wirkten völlig normal. Sara und Dan traten hinaus in das strahlende Tageslicht. Auf den Straßen herrschte schon reges Treiben. Der Mond war verschwunden.
Daniel betrachtete die chaotischen Straßen der Stadt.
Er nahm wieder Saras Hand und zum ersten Mal seit Jahren – schon lange bevor er den Schalter umgelegt hatte – fühlte er sich nicht allein.

Ich lächelte und speicherte. Nicht wirklich toll. Die Figurenentwicklung stimmte nicht und die Geschichte musste noch aufgepeppt werden, auch mit dem Titel war ich mir nicht sicher. Aber mir gefiel das Ende. Und das war für mich die Hauptsache.

Ich legte mich neben Emma auf den Teppich.

»Ich sehe eine Fee«, sagte sie. »Elleor. Ein Farnkind von Laron, das sich in einen menschlichen Prinzen verliebt hat.«

Ich lächelte. »Ich erkenne einen Prinzen. Logan. Er hat dunkle Haare und blaue Augen. Er hat sich gerade zum ersten Mal selbst gesehen.«

Wir schlugen unsere Bücher auf und begannen zu lesen. Ich schlief mit dem Buch auf der Brust ein, und als ich aufwachte, lag ich im Bett. Mein Vater musste mich hineingelegt haben. Ich stand auf und begann mit meinem Programm.

27

Der Montag in der Schule war seltsam. Mit einem Mal schien ich beliebt zu sein. Taj und Tom redeten mit mir und stolzierten mit ihren Medaillen durch die Schule, sie luden mich ein, Basketball mit ihnen zu spielen, und verloren kein Wort, wenn ich einen Korbleger verpatzte. Max war so glücklich wie noch nie.

Nach der Meisterschaft war ein Highschooltrainer auf ihn zugekommen und hatte gesagt, er würde sich sehr freuen, Max nächstes Jahr in seiner Mannschaft zu sehen. Sogar von ein paar Unis waren Scouts auf der Tribüne gewesen und ein paar von ihnen hatten sich ebenfalls vorgestellt. Auf Max wartete eine strahlende Zukunft. Doch für ihn war es das Wichtigste, dass sein Vater dies alles mitbekommen hatte.

In der ersten Pause kam Raya zu mir. Ihre Haare lockten sich leicht und fielen ihr ins Gesicht.

»Dein Wochenende war bestimmt sehr aufregend«, meinte sie.

Ich feixte. »Kann man wohl sagen.«

»Muss komisch sein … der Held des Teams zu sein.«

»Es war ein einziger Schuss«, sagte ich. »Eigentlich hat Max das Spiel für uns gewonnen.«

Sie lächelte und gab mir einen kleinen Schubs. »Es war ein guter Schuss.«

Ich kannte diese kleinen Schubser. Es war eine klassische Methode zu flirten. Das hatte ich in einem Online-Magazin gelesen.

»Danke«, sagte ich. »Ich geb mir Mühe.«

»Ich habe meinem Vater erzählt, dass du das Spiel gewonnen hast«, sagte sie lächelnd. »Aber er meinte, er könne dich trotzdem nicht leiden.«

Ich lachte. »Ist okay.«

»Aber damit bist du der Rebell, weißt du.«

»Was soll ich sagen? Ich bin der Albtraum aller Väter.«

Wir lachten und da entdeckte ich Sara auf der anderen Seite des Schulhofs. Sie saß neben ihrer Schulbegleiterin auf einer Bank und sah aus, wie ich sie in Erinnerung hatte. Abwesender Blick. Allein. Sie war alles, was ich nicht sein wollte.

»Entschuldigst du mich mal eine Sekunde?«, fragte ich Raya.

Sie sah mich überrascht an. »Klar.«

Ich lief allein über den Hof. Hinter mir wurde lautstark das Basketballspiel fortgesetzt.

Ich blickte nicht zurück.

Sara bemerkte mich erst, als ich direkt vor ihr stand. Und dann machte sie große Augen. Ein Lächeln zupfte an ihren Lippen. Ihre Helferin warf mir einen Blick zu und dann sah sie auf ihr Telefon.

»Ich muss nur mal schnell jemanden anrufen«, sagte sie, und weg war sie.

»Hey«, begrüßte ich Sara.

»Hey.«

»Wie geht's dir?«

Sie zuckte mit den Schultern. »Okay. Ist immer noch komisch mit meiner Mutter. Aber vielleicht wird es irgendwann besser.«

Ich nickte und setzte mich neben sie. »Bestimmt.«

»Solltest du nicht bei deinen Freunden sein?«

»Bin ich doch.«

Sie kicherte und klang zum ersten Mal wie eine Dreizehnjährige.

»Sie werden sich über dich lustig machen. Du gibst dich mit Psycho-Sara ab.«

Ich zuckte mit den Achseln. »Sollen sie doch. Wenn du psycho bist, dann bin ich es eben auch. Debilo-Daniel. Wie findest du das?«

»Ich hasse es.«

Ich lachte. »Ich auch. Hör zu … Ich habe mir überlegt, mit meinen Eltern darüber zu reden, ob ich irgendwann mit dir mitkommen könnte. Zu dieser Gruppe.«

»Echt?«, fragte sie überrascht. »Warum?«

»Wir sind zwar außergewöhnlich, aber ich denke, ein bisschen Hilfe kann trotzdem nicht schaden.«

Wir saßen eine Weile da und beobachteten die Jüngeren, die auf dem Schulhof herumrannten.

»Wäre das dann so was wie … ein Date?«, fragte Sara.

»Wir würden zusammen zu einem Therapeuten gehen.«

»Könnte trotzdem zählen.«

Ich lächelte und schüttelte den Kopf. »Ja. Ich glaube, es könnte als Date durchgehen. Übrigens, bevor ich es vergesse …« Ich zog das Armband aus meiner Hosentasche und reichte es ihr. Ich hatte es mitgenommen, als sie nicht hingesehen hatte.

Sie nahm es zögernd und schaute mich an. »Ich bin kein Sternenkind. Du erinnerst dich?«

Ich grinste und holte noch ein Armband heraus. Eigentlich war es bloß ein Stück Schnur mit einer zu einem Stern gebogenen Büroklammer als Glücksbringer, etwas Besseres war mir auf die Schnelle nicht eingefallen. Ich streifte es über mein Handgelenk.

»Natürlich sind wir das«, erwiderte ich. »Regel Nummer eins. Sternenkind ist man auf Lebenszeit.«

Sara grinste und ihre Augen wurden ein wenig feucht. Sie schlang ohne Vorwarnung die Arme um mich. Ich wusste, dass wir möglicherweise beobachtet wurden, aber ausnahmsweise war es mir egal.

Zwei Abende später aßen meine Mutter, Emma, Steve und ich gerade zu Abend. Mein Vater war noch auf der Arbeit und würde wie immer spät nach Hause kommen. Steve schlang ein paar Spaghetti herunter, damit er aufbrechen konnte, und meine Mutter sprach mit Emma über ein Schulprojekt. Ich saß einfach da, aß und dachte nach.

Ich hatte so viel Zeit damit zugebracht, meine Zwangsstörung vor ihnen zu verheimlichen. Ich hatte gedacht, ich sei anders oder besonders oder verrückt, und ich hatte nicht gewollt, dass irgendjemand davon erfuhr. Ich verhielt mich genau wie Sara. Aber es machte mich fertig.

»Und was habt ihr vorhin gemacht, Sara und du?«, fragte meine Mutter.

Ich hatte ihr noch nichts von der Therapiegruppe erzählt. Kleine Schritte.

»Nichts Besonderes«, antwortete ich.

»Ich fass es nicht, dass Daniel eine Freundin hat«, mischte sich Steve ein.

Ich warf ihm einen bösen Blick zu. »Wir sind einfach nur befreundet.«

»Klar«, erwiderte er.

Emma kicherte.

»Meinst du … sie wird irgendwann mehr mit uns reden?«, erkundigte sich Mom vorsichtig.

»Ich glaube schon«, sagte ich. »Sie arbeitet daran.«

Plötzlich ging die Haustür auf und ich hörte meinen Vater hereinkommen. Mom blickte überrascht auf.

»Du kommst zeitig«, stellte sie fest, als mein Vater in die Küche trat.

»Hab den früheren Zug erwischt«, erwiderte er. Er wuschelte mir durch die Haare, was irgendwie seltsam war. Und nett. »Da ist ja unser Meisterschütze. Feiert das Team noch oder trainiert ihr schon wieder?«

»Wir feiern noch«, sagte ich. Er lächelte und holte sich einen Teller. In diesem Moment ging mir durch den Kopf, dass es ihm vielleicht gar nicht um Football ging. Vielleicht war es einfach seine Art, auf mich zuzugehen, weil wir sonst nicht viele gemeinsame Interessen hatten. Als er sich ans Kopfende des Tisches setzte, dachte ich an mein Buch. Ich hatte vor langer Zeit beschlossen, dass mein Vater nur Football mochte und Steve mich hasste und für meine Mutter nur Emma zählte. Ich hatte mich selbst von allem ausgeschlossen.

»Worüber unterhaltet ihr euch gerade?«, fragte mein Vater.

Ich schmunzelte. Ich war noch nicht so weit, ihm von der Zwangsstörung zu erzählen – ich brauchte noch Zeit, und es war alles viel zu neu. Aber mit einem Mal wusste ich, dass ich es ihnen jederzeit erzählen konnte und dass sie trotzdem für mich da sein würden. Ich würde nicht mehr allein sein.

»Wir haben gerade über Daniels Freundin gesprochen«, sagte Steve. »Ich glaube, es ist ernst mit ihnen.«

»Wirklich?« Interessiert wandte sich mein Vater zu mir. »Hattet ihr eine Verabredung oder so?«

Ich warf Steve einen resignierten Blick zu. »Können wir das Thema wechseln?«

Bevor ich schlafen ging, begann ich mit der Überarbeitung meines Buchs. Irgendwo hatte ich gelesen, dass das Überarbeiten eines Romans mindestens doppelt so lange dauern sollte wie das Schreiben, daher machte ich mich wohl besser an die Arbeit.

Ich beschloss, den Titel fürs Erste zu behalten – »Der letzte Junge«. Irgendwie passte er schon. Buch-Daniel hatte sich immer als das letzte Kind betrachtet, auch bevor er den Schalter umgelegt hatte. Er lebte in seiner eigenen leeren Welt. Aber dann lud er Sara mit dem explosiven Krocketschläger ein, sie mit ihm zu teilen, und fühlte sich nicht mehr so allein. Dieser Teil gefiel mir.

Ich klappte den Laptop zu, stand auf und streckte mich.

Ich wusste natürlich, was als Nächstes kam. Ich würde ins Bad gehen und mit dem Programm anfangen. Ich musste es tun. Wenn ich es nicht tat, würde ich sterben.

Ich dachte an die Gruppe. Wie Sara und ich darauf gewartet hatten, dass meine Mutter uns abholte. Sara hatte mir das Versprechen abgenommen, dass ich ihr eine Nachricht schreiben würde, bevor ich mit dem Programm anfing. Mehr nicht, nur eine Nachricht.

Ich wand mich einen Moment, dann nahm ich mein Telefon.

Ich fange gleich an.

Ich wartete einen Moment. Es kam keine Antwort. Wahrscheinlich schlief sie schon. Ich seufzte und legte das Telefon weg, zog meine Schlafhose an und machte mich für das Programm bereit. Ich merkte, wie mir die Tränen in die Augen schossen.

Kurz dachte ich, ich könnte es auslassen.

Ich wollte gerade zur Tür, da vibrierte mein Telefon. Ich blieb stehen und nahm es in die Hand.

Schalt dein Licht aus und leg dich hin.

Ich runzelte die Stirn. *Ich kann nicht.*

Nur kurz. Du kannst dein Programm später machen. Bitte.

Ich zögerte, dann schaltete ich das Licht aus und kletterte ins Bett. Meine Haut kribbelte, und mein Magen tat weh, aber es war nur ein kurzer Moment. Das konnte ich später in den Griff bekommen.

Okay. Ich bin im Bett.

Gut. Wenn du aufstehst … schreib mir.

Okay.

Ich zog die Decke hoch. Mittlerweile zitterte ich.

Du schaffst das.

Hoffentlich.

Gute Nacht, Zwangs-Daniel.

Ich lachte. Sie hasste »Debilo-Daniel« so sehr, dass sie sich einen neuen Namen ausgedacht hatte.

Gute Nacht, Psycho-Sara.

Ich legte das Telefon neben mich und beschloss zu warten, so lange ich konnte. Ich musste es versuchen.

Ich las die Nachricht noch einmal und lächelte. Dann wurde mir noch etwas klar.

Wir waren nur verrückt, wenn wir uns allein glaubten. Aber jetzt waren wir zwei und in den Augen des anderen völlig normal. Und als ich dort so im Dunkeln lag, war das das Allerwichtigste für mich.

NACHWORT

Der Daniel dieser Geschichte ist in vieler Hinsicht ein recht exaktes Abbild von mir selbst, als ich in diesem Alter war. Auch ich habe bis zu fünf Stunden jede Nacht gebraucht, um ins Bett zu gehen. Auch ich litt an Panikattacken, Angstzuständen und Derealisation. Mehrmals am Tag hatte ich das Gefühl zu sterben – was, wie ich später erfuhr, durch die Angstzustände und Panikattacken ausgelöst wurde – und ich begann mit ritualisierten Zwangshandlungen, um mit der grauenvollen Angst klarzukommen. Bis ich sechzehn war, hatte ich keine Ahnung, was mit mir los war. Ich dachte, ich wäre beschädigt und verflucht. Ich hielt es vor allen geheim, selbst vor meinen Eltern. Ich fühlte mich allein.

Zwangsstörung ist eine der häufigsten und gleichzeitig am wenigsten erforschten psychischen Erkrankungen der Welt. »Ich bin so ein Zwangscharakter« ist ein beliebter flapsiger Spruch geworden, um zu beschreiben, dass man es gern ordentlich und sauber mag. Aber Zwangsstörung hat nichts damit zu tun, dass man reinlich ist oder seine Socken sortiert. Es ist ein ständiger Kampf mit dem eigenen Kopf, der einen jede

Minute des Tages verfolgt. Daniel kämpfte zum Beispiel gegen den verzweifelten Drang an, das Licht ein- und auszuschalten, zu zählen und Abläufe zu wiederholen. Für die meisten – vor allem Heranwachsende – ist es ein Kampf, den sie in tiefster Heimlichkeit ausfechten.

Menschen mit Zwangsstörung haben alle etwas gemeinsam. Wir wollen nicht als verrückt gelten. Wir wollen nicht ausgestoßen werden. Ich habe mein Geheimnis viele Jahre lang gehütet, und als ich endlich Hilfe gesucht habe, war ich schon fast dreißig. Der Kampf, mit Angststörungen und Depressionen klarzukommen, darf und *sollte* kein einsamer Kampf sein. Dies ist eine Geschichte über Hoffnung und Akzeptanz. Ich wünsche mir, dass jeder, der sie liest und mit einer psychischen Erkrankung kämpft, erkennt, dass viele Betroffene in ähnlicher Verfassung sind und dass es Menschen gibt, die helfen wollen. Meine Zwangsstörung ist eine Herausforderung, der ich mich jeden Tag stellen muss, aber ich habe dieses Buch geschrieben, weil ich glaube, dass man sie überwinden kann. Wenn Du es mit einer psychischen Erkrankung zu tun hast, schäme Dich nicht, um Hilfe zu bitten. Denk dran: Du bist nicht allein.

Wenn Du Fragen hast oder Hilfe für Dich oder einen Bekannten suchst, sprich mit Deinem Arzt (der Dich an einen ausgebildeten Therapeuten überweisen kann), oder informiere Dich bei der Deutschen Gesellschaft für Zwangserkrankungen unter *zwaenge.de* im Internet oder bei Selbsthilfegruppen in Deiner Nähe.

Natürlich magellan©

FSC
www.fsc.org
MIX
Papier aus verantwortungsvollen Quellen
FSC® C083411

Wir pflanzen Bäume
Für unsere Umwelt
www.magellanverlag.de

Gedruckt auf FSC®-Papier
Lösungsmittelfreier Klebstoff
Drucklack auf Wasserbasis
Hergestellt in Deutschland

1. Auflage 2018

Die Originalausgabe erschien 2016 unter dem Titel »OCDaniel«
bei Simon & Schuster, Inc.
Aus dem Englischen von Claudia Max
Lektorat: Marion Perko
Umschlaggestaltung: Christian Keller
unter Verwendung von Motiven von iStock / charmedesign
ISBN 978-3-7348-5402-6

www.magellanverlag.de